微风过境
城犹在

妮巧儿 著

广西人民出版社

图书在版编目（CIP）数据

微风过境城犹在 / 妮巧儿著.—南宁：广西人民出版社，2016. 9

ISBN 978-7-219-09694-9

Ⅰ. ①微… Ⅱ. ①妮… Ⅲ. ①长篇小说-中国-当代 Ⅳ. ①I247. 5

中国版本图书馆CIP数据核字（2015）第 304567 号

责任编辑　周月华
责任校对　张慧琴
美术编辑　陈晓蕾
印前制作　麦林书装

出版发行　广西人民出版社
社　　址　广西南宁市桂春路 6 号
邮　　编　530028
印　　刷　广西民族印刷包装集团有限公司
开　　本　880mm×1230mm　1/32
印　　张　9
字　　数　184 千字
版　　次　2016 年 9 月　第 1 版
印　　次　2016 年 9 月　第 1 次印刷
书　　号　ISBN 978-7-219-09694-9/I·1895
定　　价　26. 80 元

目录
Contents

第一章　不一样的狐狸精

金牡丹国际酒店是X市最大的娱乐酒店，里头集舞池、KTV、健身房、3D投影厅、住宿以及各式餐厅于一体，是都市白领、富豪们闲时最爱去的娱乐场所之一。

夜幕降临后，这里总是顾客满盈、座无虚席。

酒店三楼紫荆厅209包厢的气氛今晚尤为热闹。推杯换盏间，男男女女的欢声笑语夹带着浓烈的酒气，盈满一室。

“叶经理，我是研发部的小赵，欢迎您调来总公司，日后还请您多多关照。来来来，我敬您一杯。”话音一落，已喝得满脸通红的中年秃顶大叔率先举起手中盛满白酒的杯子，豪爽地一饮而尽。

坐在主位上的年轻男人叶东城微微一笑，睁着那双已蒙上淡淡醉意的眼，温和地端起自己的酒杯，把里头的液体饮尽。

叶东城的酒杯刚放下，坐在秃顶大叔旁边的明显已有六分醉意的清秀女孩也朝他举起酒杯，笑嘻嘻地说：“叶经理，我是研发部的小林，我也敬您一杯。祝您心想事成，步步高升！”

叶东城微笑着点头，端起助理陈静重新给他斟满的酒杯，爽快地喝光。

座上的其他人见此，纷纷仿效秃顶大叔，开始了新一轮的敬酒。

“叶经理，我是研发部的……”

“叶经理，我是……”

“叶经理……”

连续喝了十多杯，本就有些醉意的叶东城此刻已是双颊泛红，夜色一样深邃的双眸像是萦绕着一层薄雾，在水晶壁灯的映照下，泛着迷离柔和的星光。

坐在他旁边的陈静不由得看呆了。她曾参加过无数次各种形式的酒会，却还是头一次看到酒品这么好的男人。明明已染上七八分酒意，他的面容却依旧沉静，唇畔的微笑温和得像是窗外的夜风。若不是那张俊脸泛起的那抹漂亮得让人惊艳的桃红色，以及身上散发出的淡淡的香醇的酒气，说什么她也不相信他喝了酒。

正想着，见他又端起酒杯凑到唇边，她下意识地低声阻止：“叶经理，您已经喝了将近三十杯，再喝下去，您的胃会受不了的。”

是吗？他已经喝了这么多了？

叶东城茫然地眨了眨眼，还没来得及细想，便被胃部涌上的那一阵阵火灼般的滚烫感刺激得脸色泛青。他不得不放下酒杯，待胃里那阵痛得让人近乎窒息的滚烫感退去后，才勉强维持着表面的清醒，抱歉地对座上的众人说：“各位，不好意思，我要去一趟洗手间。你们继续喝，不用管我。”

闻言，已喝得失去理智的秃顶大叔醉醺醺地挥了挥手，连职位尊称也忘记了，大咧咧地嘶吼道：“东城，我等你回来！我们一会儿再喝！嗝……”

叶东城微笑着点头，捂着隐隐抽痛的胃部，离座推门而出。

与209包厢的热闹相比，309包厢的气氛就显得过于压抑了。

一个西装革履的中年男人，正面目狰狞地压在年轻女孩的身上。年轻女孩拼命挣扎，结果换来了狠狠的一记耳光。

严末微的脑袋被打得偏向一边，左脸瞬间变得又红又肿，脑袋嗡嗡作响，眼睛有好几秒是对不上焦的。待视线稍微恢复清明后，她浑身僵硬地盯着那个肆无忌惮地趴在她的身上，粗暴地企图脱下她的衣服的肥胖男子，眼底的害怕和惊慌渐渐被冷静取代。

是她太傻，她不该把邓海富想得这么简单，以为可以找他谈合作。现在，别说合作，就连自保也成了问题。

紧咬着粉唇，严末微犹豫了片刻，凭着记忆，伸手朝沙发旁边的玻璃桌摸去。她记得刚才给邓海富斟酒后，她随手就把酒瓶放在桌子边沿……

严末微的指尖触到一个冰凉的硬物。她心中一凛，顺势抓住瓶颈就要往邓海富的脑门上砸——

在酒瓶将要落下的那一刻，她却犹豫了……

这瓶子若敲在邓海富的脑袋上，势必会把他砸得头破血流，公安局那关是肯定逃不掉的。到时候事情闹大了，传到秦明宗那里去，说不定会影响她的计划。为了这个计划，她努力了这么多年，好不容易混进腾升的内部，要是败在这个色欲熏心的奸商手里，她说什么也不会甘心。可是，她的清白……

就在严末微犹豫不决的那几秒，邓海富的手已摸上她赤裸的背部，那油腻恶心的触感让她瞬间感到毛骨悚然、鸡皮疙瘩四起！

没有再犹豫，她举高手中的酒瓶——

只要再给她一秒！

一秒后，这个坚硬的玻璃瓶子会落在这个恶心男人的脑门上！鲜血会从狰狞的伤口汩汩冒出，濡湿那个恶心男人的假发，再沿着他的额角滑下，一滴一滴地落在地板上，染红那块雪白的羊绒地毯！

用不着多久，酒店的工作人员会发现她所做的一切，警车和救护车的鸣笛声交织着在窗外响起……

她的计划，她的人生，就这样完了……

——然而，这一切都没有发生。

在酒瓶落下的前一秒，包厢的门突然被人推开了——

一个身形伟岸、斯文俊秀的年轻男人怔怔地站在门外，睁着那双明显带着醉意的墨眸，茫然地看着他们。

邓海富被开门的声音惊动，他下意识地停下手中的动作，恼怒地看向门口。

严末微趁机推开他，抛下酒瓶，冲出房间。

到手的猎物就这样跑了，邓海富气得脸色涨红，双眼冒火地瞪着坏了他好事的年轻男人，怒声问："你是谁?"

叶东城困惑地眨了眨眼，脑子里全是问号：呃，他不就是去了一趟洗手间吗？怎么房间里的人全换了？

想到这，他下意识地抬头看了一眼门牌号码。

这一看，他的酒意顿时醒了大半——

只见嵌在雕花木门正上方的小铜牌上清楚地写着：309。

309！

天啊！他刚才醉眼昏花，错把309看成209了！

自知理亏，叶东城连忙道歉："呃，对不起，我走错房间了。"

说罢，在里头的人发飙前，他连忙帮对方掩上门。

转身，叶东城正要往209包厢走，却见刚才从房间里冲出来的女孩子并没有离开。她站在离他不远的地方，背部紧紧地靠着墙壁，紧捂着胸口的手微微颤抖着，白得没有一丝血色的小脸上尽是惊惶无助的神色。

他迟疑了片刻，走过去问："小姐，你是不是需要帮忙?"

严末微神色戒备地盯着他，双手紧紧地捂着胸前的衣服，没有说话。

叶东城自讨没趣，耸了耸肩，决定不再多管闲事。他转身，正要离开，身后却传来女孩略带迟疑的轻唤声——

"这位先生，请您等一等。"

女孩的声音很好听，清冷却不失柔软，像极了藏在花蕊里的晨露。

停下脚步，他回身安静地看着她，耐心地等待她的下文。

迎上他清澈温和的目光，严末微咬了咬唇，垂下长长的羽睫，嗫嚅着开口："我的裙子破了，我不知道该怎么离开这里。"

叶东城打量了一下她的衣服，却因为站立角度的关系，并没能看出问题的所在，于是礼貌地询问："方便让我了解一下问题的大概情况吗？"

看着目光坦然的他，严末微犹豫了一秒，缓缓地转身。

在走廊壁灯的橘色光芒下，女孩雪白无瑕的背部闪着柔润的光泽，美得像一片圣洁的雪原。

纵然是一向以临危不乱为傲的叶东城也不禁红了耳根。

他干咳了声，故作镇定地把目光移到别处："小姐，你的裙子在后背的位置破了一个很大的口子，裂缝直到腰际线，几乎露出整个……呃……背部。"

严末微蹙起秀眉，面露忧色："那该怎么办？"

叶东城想了想，又朝身上看了看，脑中灵光一闪。

他解下西装上的袖扣，上前把她背后破裂的裙子拉紧，微凉的指尖不小心在她的肌肤上划过，那温热细滑的触感让他微怔了一下。待他回过神来，只见被他突如其来的动作吓着的女孩已闪到一旁，宛如惊弓之鸟般紧揪着身上的裙子，满脸防备地盯着他。

"你要干什么？！"

叶东城的脸窘得通红，他尴尬地干咳了声，晃了晃手中的袖扣："你别害怕，我只是想帮你把衣服扣起来。"

看清他手里的东西，严末微愣了愣，脸上浮上了一抹不好意思的红晕："对不起，是我误会了。"说着，她转过身，重新背对着他："麻烦您了。"

叶东城有些紧张地咽了咽唾沫，双手微颤着，别扭地帮她把撕开的布料钉在一起，又脱下身上的西装披到她身上，语气已恢复坦然："我已经帮你把裙子的裂缝暂时钉上，你穿着我的衣服离开，别人不会看出端倪的。"

严末微看着他，真诚地说："谢谢。"

"不用谢。"说着，叶东城像是想起什么，又低头从口袋里掏出钱包，拿出三张一百元递给她，"这些钱你拿着，一会儿坐车用。"

严末微迟疑着接过钱，犹豫了片刻，问："先生，如果方便，可以把您的手机号码留给我吗？我回头把钱还给您。"

"不用了，有缘自会相见。"说罢，叶东城意有所指地看了 309 包厢一眼，"走吧！里头的人估计快出来了。"

严末微点点头，深深地看了他一眼后，咬着唇，转身匆匆离开。

目送着她离开，直到她的背影消失在走廊尽头，叶东城才转身朝 209 包厢走去。

离开金牡丹国际酒店，严末微直接打的回家。一室的安宁静谧并没能抚平她满心的烦躁，邓海富那张泛着油光的淫笑着的大脸一直在她的眼前来回晃动，致使她彻夜难眠，以至于第二天差点迟到。

匆匆回到公司，她刚踏进办公室，下属小雅便敲门进来："严副经理，叶经理要看腾升网络的数据分析表，陈助理刚才已经过来催了好几次了。"

严末微点头："我知道了，你先出去工作吧！"

两分钟后，严末微拿着整理好的数据分析表，敲响了研发部经理办公室的门。

一个温和好听的男声自里头传来："进来。"

严末微隐隐觉得这声音有点熟悉，却也没有多想，应声推门而入。当办公桌后那个忙碌着的身影落入她的眼底时，她不由得愣住了。

她知道自己原来的顶头上司因为贪污被公司撤了职，听说新经理是从分公司调过来的，叫叶东城，昨天已到公司报到。身为下属，她理应去认识一下新上司，却因为昨天一直忙着新项目，晚上又要应酬邓海富，抽不出空来。

只是，无论怎样，她也猜不到，新经理居然就是——

昨晚救她的那个男人！

昨晚，他应该有看到邓海富吧？他会不会联想到什么？他会不会把这件事告诉秦明宗？

一个接一个的问题让严末微的心渐渐揪紧，对他的感激之心也在不自觉中被戒备取代。

办公室的门被推开，进来的人却久久没有动静，一直埋首在工作中的叶东城不由得抬起头。当他看见她时，明显怔了怔，墨玉一样黑亮的眼睛里闪过一丝诧异："你……"

严末微的眼角余光扫过坐在外间的助理陈静，她正状似认真地整理着桌上的文件。可是仔细观察，就能发现她的耳朵竖得高高的，身体有意无意地倾向里间的方向。

粉嫩的菱唇微微勾起一抹冷冷的弧度，严末微抢在叶东城把话说完前，淡然地开口："叶经理，欢迎您来到总公司，我是研发部的副经理严末微，以后请多多指教。"

看着她冷漠的表情，叶东城不由得愣住了。她口上说着欢迎之语，那张俏丽的小脸上却无半分欢迎之意。她就像一只竖起了满身锐刺的刺猬，眼底的戒备和昨晚初见时如出一辙，看着他的目光如同看一个素未谋面的陌生人。

无视他满脸的困惑，严末微走过去，冷静地把手中的分析表放到他面前的办公桌上："叶经理，这是您要的分析表。如果没有别的事情，我先出去了。"

"等等！"叶东城下意识地唤住她，刚想问问她昨晚离开酒店后，有没有顺利回到家，一抬头，看见她眼底不自觉间流露出的抵触情绪，他一愣。沉默了片刻，他轻声说："麻烦你出去时，帮我关上门，谢谢。"

严末微点点头，没有丝毫犹豫，转身就走。

看着消失在门后的倩影，叶东城有片刻的失神。回过神后，他又为自己的反应感到傻气。

人家明显是不想再提昨晚的事，他又何必自讨没趣呢？

他自嘲地摇了摇头，顺带把脑中那丝莫名的失落摇到外太空。

端起手边的马克杯，他刚想喝一口，却发现里头只余下一圈咖啡的残迹。抬头朝门外叫了两声"陈助理"，在得不到任何回应的情况下，他只能拿起杯子走出办公室。经过外间时，他发现助理的位置空空的，陈静不知道跑哪儿去了。

端着马克杯来到茶水间外，叶东城刚想推开虚掩的门，就听见陈静饱含怒气的声音自里头传来——

"你们不知道姓严的那个女人有多嚣张，昨晚的新经理欢迎会，研发部的职员几乎全去了，就她没有来！刚才她去经理室交数据表还冷着一张脸，对新经理说话也是阴阳怪气的，丝毫没有把新经理放在眼里！”

姓严的那个女人，指的是严末微吗？

心底微微泛起一丝异样，叶东城放在门把上的手鬼使神差地收了回来。

门内的人没有发现外头多了一位听众，陈静的话语刚落，女同事甲的声音略带讶异地响起：“她这么嚣张，就不怕新经理给她排头吃？”

“她怕什么呢？”陈静的声音带着浓浓的恨意，里头的讥讽之意很是明显，“整个研发部上下谁不知道她就是一个狐媚的妖女，公司的男职员都被她那张狐狸脸迷得神魂颠倒，听说她下一个目标就是我们腾升网络集团的终极大 BOSS 秦明宗！界时，有董事长大人罩着，新经理能拿她怎么样？”

女同事乙感叹：“唉，这年头，女人再有能力，也不及拥有一张漂亮的脸皮来得好。”

“可不是！”陈静恨恨地道，语气充满愤慨，“当初竞聘副经理时，若不是她利用那张狐媚的脸勾搭上总监，我会落选吗？论能力，她连我的一半也比不上！”

女同事甲叹了口气，语带无奈：“这有什么办法呢！人家是天生的狐狸精，想要什么只要出卖色相就能轻易得到！哪像我们，战战兢兢、任劳任怨，每天累得要死要活，最后除了那份微薄的工资，什么也捞不着！”

狐狸精、勾搭、出卖色相……她们说的是她吗？

叶东城怔怔地站在原地，那些不堪的字眼反反复复地在他的耳边回荡，脑中浮现的是严末微昨晚衣衫不整地从包厢里跑出来的画面。还有包厢里的那个中年男人，如果他没有记错，那个男人应该是宏海科技集团的总裁。他曾在财经周刊的封面上见过他。

“是呀！这个世界从来就缺乏公平……”陈静边感叹着，边打开门。当她看见站在门外面无表情的叶东城时，差点没把手中的咖啡打翻。定了定神，她结结巴巴地唤了一声：“叶、叶经理……”

叶东城仿佛没有听到她的话般，端着咖啡杯，目不斜视地越过她，静静地走进茶水间。他的背影看起来很平静，却又隐隐地散发着凛冽的寒意，就像一个凝结成冰的湖，平静光滑的湖面看似毫无威胁，可是当你一脚踩上去后，你会听见薄冰碎裂的声音，在你反应过来前，它会瞬间把你吞没。

陈静忍不住打了个冷战，心虚地低着头，端着咖啡匆匆走了。跟在她后头出来的两个女同事见此，面面相觑，也赶紧拿着各自的饮料闪人。

小小的茶水间顿时安静下来，叶东城心不在焉地拿着速溶咖啡往杯子里倒，眼前浮现的是严末微那张冷漠的俏脸，连咖啡粉洒在桌上也没有发现……

从叶东城的办公室出来，严末微的心情并不如脸上所表现的平静。

她暗责自己太冲动，她刚才不该用这样的语气跟叶东城说话的。要是叶东城被她的态度惹恼了，把昨晚的事情告诉秦明宗，她就完了。

思前想后，她决定请叶东城吃饭赔罪，顺便试探一下他对昨晚的事情有什么看法。

傍晚下班的时候，严末微磨磨蹭蹭地待在办公区，等到叶东城从办公室里出来，才一个箭步迎上去。

“叶经理，下班了？”

叶东城点点头，表情温和淡然，却又透着明显的疏远：“嗯。”

严末微没有气馁，继续说：“叶经理，您晚上有空吗？”

抬头看了她一眼，叶东城淡淡地问：“有事？”

“昨晚我有事，没能去您的欢迎会，我很抱歉。”严末微睁着那双清澈的大眼仰头看着他，语气很是诚恳，“如果您有空，不如我晚上请您吃饭？我知道城郊有家私房菜馆，那里的佛跳墙做得一级棒。”

“不用了，既然错过，那就算了。我还有事，先走了。”

严末微显然没想到他会这么直接地拒绝自己，怔了好一会儿，才有些狼狈地点头：“呃，好的，明天见。”

叶东城微微颔首，提着公文包，头也不回地走出她的视线。

严末微无声地叹了一口气，刚想走，一句含沙射影的嘲讽却自她的右方不远处传来。

“啧，某些人还以为自己是万人迷呢！稍有姿色就到处勾搭人！还是叶经理有眼光，他才不会中某些狐媚妖精的计！”

严末微一转头，就看见陈静站在离她不远的办公间后，目带挑衅地直视着自己。

站在陈静旁边的文员小方察觉到严末微的注视，脸上浮上一抹尴尬的神色，有些结巴地说：“呃，也许、也许叶经理真的有事要忙……”

“我看叶经理是有心拒绝她，才会找这样的借口！”陈静撇了撇唇，这话看似是对小方说的，目光却充满不屑地盯着严末微的方向，“你忘记上午叶经理听到关于她的那些狐媚事迹后，那副厌恶的表情就像是看见一坨大便吗？”

小方偷觑了严末微一眼，对方的眼神冷漠如冬雪，吓得她连忙收回目光，怯怯地拉了拉陈静的袖子：“呃，静姐，我肚子饿了，我们赶紧去吃饭吧……”

严末微听不清小方接下来说了些什么，也没注意到两人是什么时候离开的。她木然地站在原地，回荡在耳畔的是陈静充满不屑的讽刺——

“你忘记上午叶经理听到关于她的那些狐媚事迹后，那副厌恶的表情就像是看见一坨大便吗？”

怪不得他对她一副爱答不理的样子，怪不得他连正眼也不瞧她一下……

原来是因为这样……

线条柔美的樱唇勾起一抹自嘲的弧度，严末微凝望着叶东城离开的方向，那双美丽的瞳眸里闪着毫无温度的冷光……

其实，叶东城刚走出办公室就后悔了。

和研发部其他成员一样，严末微只是他的下属，她和什么人交往是她的私事，和他无关。他待人一向宽厚，为什么就独独对她这么苛刻呢？他不否认，初次相遇时，她美丽的容颜、楚楚动人的神态以及那双漂亮眼睛里的戒备和无措都激起了他的怜惜和保护欲。可是，这些并不能改变他和她的关系。而且，最重要的是，他所听到的只是些流言蜚语，真相究竟是怎样，他根本不清楚。这样的他，有什么资格责怪她呢？

犹豫了片刻，叶东城最后还是返回办公室。可惜里头空荡荡的，早已没有严末微的身影。

第二天早上，叶东城在办公桌上发现了一个大大的纸袋，里头是一件西装，正是他在金牡丹国际酒店借给严末微的那件。除此之外，里头还有一个信封，信封里装着三张百元钞票和一张小卡片。

打开卡片，里头有一行工整娟秀的黑色小字——

衣服已经干洗过，谢谢您那晚对我伸出援手。

没有署名，但叶东城知道卡片一定是严末微写的。

她没有亲自把衣服交给他，是因为察觉到他昨天对她的态度变化吗？她的性格敏感多疑，会不会已经猜到他转变的原因？如果她知道他听信了那些谣言，她会不会再也不理他？

清脆的敲门声打断了叶东城的胡思乱想，他敛起眼底的神色，仔细把纸袋收好，才沉声对门外的人说："进来。"

陈静推门而入，把一个厚厚的文件夹放到叶东城的办公桌上："叶经理，这是您要的关于蓝岸科技那个新项目的资料。"

"好的，辛苦你了。"叶东城点点头，打开文件夹看了一会儿，抬头发现陈静还站在那里，眼底不由得闪过一丝诧异，

“陈助理，还有事吗?”

陈静微垂着眼睑，长长的睫毛遮住了她眼底的精光。她故作紧张地轻咬着涂满晶莹唇彩的菱唇，有些羞涩地说：“那个……叶经理，今晚的宴会，您应该需要带女伴出席吧？我知道您刚到这边没多久，还没什么朋友。如果您不嫌弃，我很乐意陪您参加宴会。”她打听过了，叶东城在本市没有朋友，应该还没有女伴人选。能参加董事长生日派对的都是有身份有地位的人，她若是能借此机会结交些上流社会的人，说不定能把严末微赶出腾升集团，到时她就能顺理成章地坐上研发部副经理的位置了。

晚宴?

叶东城怔了几秒，才想起今晚是董事长秦明宗的生日。邀请函昨天下午就给了他，只是这两天他一直牵挂着严末微的事，把这个给忘了。

想了想，叶东城抬头看着她，目光温和：“谢谢你，不过我已经有女伴了。”

陈静显然没想到会是这样的答复，怔了两秒才反应过来，脱口就问：“是谁呢?”

叶东城也不避讳，坦然回答：“是严副经理。”

陈静一愣，放在腿侧的双手悄悄紧握成拳。

又是这个女人！每次她快要成功的时候，这个女人就会出来把她的事情搞砸！她发誓，总有一天她会把这个女人赶出腾升集团！

陈静强忍着满心的愤怒，唇畔是自然得体的微笑：“啊，是吗？我听说严副经理的交际能力特别好，她确实适合做您的女伴。叶经理，那我不打扰您了，我先出去工作了。”

“嗯，好的，等会儿你去通知严副经理过来我的办公室一趟。”

“是的，叶经理。”

陈静的办事效率很高，三分钟后，严末微已站在叶东城的面前。

“叶经理，陈助理说您找我。”

“嗯。”叶东城放下手中的文件，抬头温和地看着她，眼底已没有昨晚的客气和疏离，“衣服和钱，我已经收到了。”

对于他的态度转变，严末微不是没有困惑，但转念一想，她和他只是普通的上司和下属，她似乎没有过问的权利。于是，她什么也没有问，只是淡淡地点了点头：“收到就好。”

安静了一会儿，叶东城又开口：“你今晚有空吗？”

“有事？”

“我今晚要参加董事长的生日派对，如果你有空，我想邀请你做我的女伴。”

严末微一向不喜欢秦明宗，她刚想找借口拒绝，口袋里的手机却在这时响了起来。

掏出手机，低头看了一眼来电号码，严末微的眼底闪过了一抹异样的神色。抬头，她抱歉地对叶东城说：“叶经理，不好意思，我先接个电话。”

待叶东城点头同意后，严末微拿着手机走到离办公桌甚远的窗前，按下接听键：“你好，我是严末微。”

电话那头传来一个低沉的男声：“秦明宗今晚要在北常山的别墅开生日派对，你知道吗？”

“嗯。”

“你要想办法混进派对。秦明宗的小女儿颜晓艺今晚会出现，你若能成为她的闺中密友，对我们的复仇计划会有很大的帮助。等会我把颜晓艺的照片和资料传给你。”

严末微抬头看了叶东城一眼，后者正温和地看着她微笑。她的心一颤，下意识地转头躲开他的目光，才低声对手机那端的人说：“好的，我知道了。”

挂断电话，严末微沉默了数秒，转身看着叶东城，眼底的复杂已被温顺取代：“叶经理，我考虑好了，我愿意陪您出席董事长的生日派对。”

第二章　新来的总监

秦家的别墅坐落在北常山的半山腰，三面环山，树木繁茂，四处可见满眼葱绿。

宴会场地设在别墅的游泳池旁，波光粼粼的水面倒映着辉煌华丽的灯光。铺着金黄色锦缎的长桌上放满各式各样的精致菜肴，香槟酒在水晶杯里闪着奢侈的冷艳光泽。衣着华贵的男女动作优雅地端着酒杯，和认识或不认识的同行聊着圈内的近况，唇畔无一例外地挂着微笑。至于这笑容里头有多少真心，又隐藏着什么含义，就只有当事人才知道了。

因为车子在路上出了点状况，严末微挽着叶东城的手臂出现在秦家时，派对已经开始了。

叶东城环顾四周，看见正在不远处和几位高层闲聊的男人，他低头询问严末微的意见："严副经理，董事长就在那边，我们一起过去和他打声招呼？"

严末微循着叶东城所指的方向看去，那个男人就站在离他们不到十米的地方。他看起来还是和以前一样英朗威严，身体硬朗，头上没有一根白发，看起来一点也不像一个年过五旬的老人。

想必，他一定过得很好。

严末微紧咬着唇，十指紧握成拳，尖锐的指甲深深地掐进柔嫩的掌心。

这个男人，他曾答应过妈妈，要许她一辈子幸福无忧。现在他春风得意地活着，而妈妈，已经永远地离开了她和熠祺。如果可以，她真想冲上去，一刀把这个失信的男人捅死！

深吸一口气，她压下满心的愤恨，勉强用平静的语气对叶东城说："叶经理，我想去一下洗手间，要不您先去？"她还没做好和秦明宗正面交锋的准备，她怕控制不了自己的情绪，当众扑过去掐住他的脖子。

叶东城点点头，转身朝秦明宗走去。

严末微没有忘记此行的任务，调整了一下情绪后，她开始四下寻找颜晓艺的身影。确定目标不在宴会上，她开始把目光移到秦宅的别处。

别墅很大，严末微迷路了。她倒也不急，反正人在别墅里，绕着绕着总能绕出去的。沿着铺满鹅卵石的小径慢慢地走，经过一处庭院时，她的注意力被一阵隐约传来的争吵声吸引了。

她似乎是在花园里，借着银白色的月光和路灯，她能清楚地看见四周种满了各种奇花异草，争吵声便是从左前方的那排银杏树后传来的。

放轻脚步，她悄悄地走过去躲在树干后，只露出半个脑袋朝外看。

离她不到两米的地方站着一对年轻男女，光线很暗，她看不清两人的长相。男子似乎正处于盛怒的状态中，低头俯视着比自己矮了一头的女子，刻意压低的声音里充满愤恨和怨责——

“你别以为我不知道，小瑶在世的时候，你已经对我心怀不轨。小瑶离开后，你连掩饰也懒得掩饰了，直接趁我醉得不省人事，爬上我的床！亏小瑶生前还把你当作她最好的姐妹，你居然连姐妹的男人都想抢，你真是我见过最下贱最不要脸的女人！”

女子低着头，不说话也不辩解，只是静静地站在那里。清冷的夜色中，她的身子单薄无依，安静得就像是一尊没有生气的雕像。

她的态度显然惹恼了男子，他用手粗暴地捏起她的下巴，强逼她的眼睛与自己对视，怒声低吼：“说话呀！你这样低着头扮可怜给谁看呢？当初有胆子做，现在就没胆子承认了？”

看着怒气冲天的男子，女子的态度却出乎意料的平静：“你想听什么？孟天瑶是天底下最善良的圣母，还是安若然是天底下最狠毒的贱女人？”

原来是一出现实版的狗血肥皂剧。

严末微摇了摇头，正准备转身离开，男子高举的手却拉住她将要离开的脚步……

像是电影里的慢镜头一般，宽厚的手掌落下，幽静的夜色中随即响起一声尖锐清脆的掌掴声！

四周一下子变得寂静无声。

良久，男子慢慢地伸手捂着红肿的传来阵阵火烧般滚烫感的左颊，不敢置信地瞪着眼前不知道从哪儿冒出来的冷漠女子，那双深不可测的眼睛里写满了震惊。

面对这样的逆转，站在男子对面的温顺女子也愣住了。她不敢相信，像秦翊唯这样的天之骄子也有被掌掴的一天！

严末微显然不认为自己刚才的举动有什么不当，她毫无畏惧地直视着男人的眼睛，一字一句地说："有实力的男人是不会打女人的。"

说罢，她不再理他。拉起还没反应过来的女子，在男人怒不可遏的目光下，傲然地挺直背脊走出花园。

走出数十米后，严末微放开女子的手，上下打量了她一番，确定她没有大碍后，转身就走。

女子愣了愣，连忙唤住她："小姐，请等一等。"

严末微停下脚步，转身看着数米之外的女子，没有走过去的意思。

女子迟疑了半秒，站在原地，柔柔地说："刚才的事，谢谢你。"

严末微摇了摇头，表情淡然："你不用谢我，我没有你想象的善良。刚才帮你不过是看不惯一个大男人居然用暴力对付一个柔弱女子，我相信任何女人看到刚才那一幕，都会出手相助的。我走了，你好好照顾自己，必要的时候要反抗，这个社会容不下过于温顺的人。"

话落，她不再多言，转身朝小径的尽头走去。橘黄色的灯光拉长了她的背影，在夜色的衬托下，她的身影看起来冷漠，却又带着几分洒脱。

看着渐渐走远的淡漠女子，安若然不禁有些失神，那双美丽的水眸中不自觉地流露出一丝羡慕的神色。

和安若然分别后，严末微瞎转了十多分钟，误打误撞地走到与游泳池相隔不远的主屋。

秦家别墅的建筑风格偏欧式，大厅装潢得华贵典雅。里头的人很多，或站或坐，衣着讲究，举手投足间皆透着优雅，一看就知道身份尊贵，应该是秦明宗特别请来的贵客。

环顾了一遍四周，都是不认识的人，严末微正想退出去，雕着华丽花纹的欧式楼道上却出现了三个看起来大概十八九岁的少女。

三人有说有笑，不紧不慢地从二楼走下来。

其中，那个走在中间穿着粉蓝色洋装的女孩长得最为美丽。她笑起来的时候，眼睛弯弯的，神态飞扬，像极了初升的太阳，美得明媚耀眼却不嚣张。和照片里一样。

是颜晓艺！

严末微心里一喜，正想走上去，却被一堵突然出现的人墙挡住了去路。

来者显然有意找她的麻烦，开口就阴阳怪气地说："哟，这不是腾升集团最美的集团之花严副经理吗?"

抬头看着眼前那张胖乎乎的泛着油光的大饼脸，严末微心里一阵恶心，脸上却不得不挂上一抹礼貌的微笑："邓总，真巧。"

"不巧不巧，我早就料到你会在派对里出现。今天是秦总的生日，你既然有心想要蓝岸网络科技公司的那个研发项目，自然不会放过这个接近秦总的大好机会。"说到这，邓海富挨近她的耳畔，刻意暧昧地朝她的耳垂吹风，"怎么样，得手了没有？如果秦总不领你的情，你随时可以回来找我哦!"

严末微不着痕迹地后退了一步，拉开了和邓海富的距离，客套地说：“谢谢邓总的垂爱，有需要的时候，末微不会忘记您的。”

“好！好！”仿佛没有注意到她的小动作，邓海富拍了拍她的肩膀，走到不远处的侍者前，要了两杯鸡尾酒，然后返回严末微面前，把其中一杯递给她，“来，陪我喝一杯，就当是庆祝我们以后合作愉快。”

“这……”盯着邓海富递过来的鸡尾酒，严末微却迟迟没有接。她刚才注意到他拿完酒后，从口袋里掏出什么东西。端酒过来的一路上，他也故意走得极慢，其中一只端着酒的手还有意无意地微晃着，似乎在等着什么东西溶化。她是绝对不能喝这杯酒的，天知道邓海富在里头加了什么东西！

瞧出她的迟疑，邓海富的眉头一挑，斜睨着她问：“怎么了，严副经理，你该不会是连陪我喝一杯酒也不愿意吧？”

沉默了半秒，严末微换上一副愁苦的表情，为难地说：“邓总，不是我不想陪您喝，我实在是没有办法。我的胃病最近老是犯，医生再三叮嘱我不要喝酒。邓总，如果您不介意的话，我以茶代酒，敬您一杯？”说着，她伸手欲要唤来侍者。

邓海富握住她的手，顺势拦下她的动作，诱惑道：“如果你喝了这杯酒，说不定我会帮你在秦总面前说几句好话，到时蓝岸科技那个新项目，自然就逃不出你的手掌心了。”

他这么一说，严末微就更肯定了心中的想法。她没有犹豫，果断地拒绝：“邓总，我今天真的不能喝酒，要不我下次再陪您喝？”

闻言，邓海富的脸色瞬间阴沉下来，说话的语气也多了一抹狠辣：“严副经理，看来今晚你是打定主意不给我面子，那你就别怪我不客气了。”

心里滑过一丝不祥的预感，严末微正愁着怎么脱身，身后却传来叶东城的声音。

“严副经理，原来你在这里！林总在找你，你赶紧过去一趟。”

严末微根本不认识什么林总，明白叶东城是在帮她，连忙转头朝他应道：“好的，我立刻来。”说罢，她回头满脸抱歉地看着邓海富：“邓总，不好意思，我还有事，失陪了。”

邓海富铁青着脸，心里虽有不甘，然而除了眼睁睁地看着她离开，却也别无他法。

甩开邓海富，严末微想要再找颜晓艺，楼梯上却已没有她的身影。

看来今晚是不可能完成熠祺交给她的任务了。

严末微无奈地叹了口气，沮丧地走回游泳池畔，随便找了个安静的角落坐下。

叶东城一直跟在她的身旁，看见她的表情，他关心地问：“你还好吧？”

“嗯，谢谢你帮我。”

“只是举手之劳罢了。”

沉默了两秒，严末微问：“我和邓海富的对话，你都听到了？”

叶东城的双颊微微泛红，有些不好意思地解释：“我不是故意的，我见你这么久也不回来，很担心，就去找你，没想到……”

严末微摇了摇头，语气多了几分忧虑：“邓海富不是善类，你今天坏了他的好事，他日后必定会报复你的。”

“我会小心的。”

严末微点点头，不再说话，默默地盯着不远处波光粼粼的游泳池出神。

四周一下子安静下来，叶东城有些不习惯，转头看着旁边的女子，却被映入眼帘的绝美画面震撼得说不出话来。

庭院深深，月色如水。

严末微安静地坐在雕花长木椅上，线条柔美的侧脸在月光的笼罩下，圣洁清灵得宛如出水的白莲。她的睫毛很长，眼睛很大，肌肤胜雪，涂着淡粉色唇蜜的樱唇闪着果冻般水润的光泽。

清凉的晚风带着淡雅的花香卷起她颊边的一缕秀发，长长的羽睫宛如受惊的蝴蝶上下扑闪了两下，妩媚魅惑，却又带着孩童般的纯真。

静静地凝望着她，良久，他忍不住说：“你和我想象中有些不一样。”

转头看了他一眼，严末微淡淡地笑，语气不无讽刺：“你想象中的我是怎么样的？贪慕虚荣、狐媚惑众，还是靠潜规则上位？”

俊脸浮起了一抹愧疚的神色，叶东城诚恳地说：“对不起，我不该听信谣言的。我知道你不是贪慕虚荣的人，否则你刚才就不会拒绝邓海富的要求。”

“我没有你说的那么好，我只是不想碰触自己的底线罢了。”为了帮妈妈复仇，她牺牲了很多东西，这具清白的躯体，是她仅剩的骄傲了。

叶东城自然不知道她的心事，心底的愧疚使他对她的洁身自好更加欣赏了。沉默了片刻，他试探地问：“你为什么这么想要蓝岸科技那个研发项目呢？”

严末微的心一紧，下意识地竖起满身的戒备，警惕地看着叶东城。确定他只是纯属好奇，她才谨慎地回答：“你知道‘逆天・战神’吗？这是蓝岸科技六年前开发的一款网络游戏。我读大学的时候没有朋友，是这款网游陪我走过了大学的四年时光。毕业后，我一直想进蓝岸科技工作，可惜递了好几次简历也没有回音。现在我们公司要和蓝岸科技开发新网游，你觉得我会错过这次一偿多年心愿的机会吗？”

“真的？”

当然是假的。

她确实玩过这款游戏，不过不是读大学的时候，而是在实行报复计划的前夕。那段时间，为了能顺利进入腾升集团，她几乎把国内外的优秀网游都玩了一遍。她之所以想要得到蓝岸科技这个项目，也不是为了一偿什么心愿，而是想要得到这个项目的机密资料，然后交给腾升集团的敌对公司。这是报复秦明宗的第一步。当然，她是不会让叶东城知道这些的。

没有多言，严末微只是简单地点了点头，表示肯定。

叶东城没有怀疑，他温和地看着她微笑，鼓励道：“我以前也玩过‘逆天・战神’，确实是一款不错的网游。你要加油，我相信只要努力，必定会有成功的一天。”

他的笑容温暖，目光清澈。墨黑的眼睛在夜色中闪着温润的光泽，宛如倒映在池水里的星光，里头是满满的信任。

而她，却骗了他。

一股愧疚在严末微的心底涌起，却又立刻被她压下。

从她决定帮妈妈报仇的那一刻起，她就知道这一路上会遇到很多她不愿意做却又不得不做的事情。其中，欺骗，更是在所难免。

垂下脑袋避开他的眼睛，她低低地应了声：“嗯，我知道了，谢谢叶经理。”

派对结束后，叶东城要送严末微回家，却被她拒绝了。

“叶经理，你不用送我了。我去吃点东西再回家，你先回去吧！”

叶东城看着她，诧异地问：“刚才的宴会，你没吃饱吗？”

“这种商业性质的宴会，这样的氛围下，怎么可能有胃口吃东西呢？”再说，在秦家别墅的大部分时间她都花在找颜晓艺上，根本就没机会吃东西。

想了想，叶东城觉得她说的也不无道理，于是说：“你想吃什么？我送你去。”

严末微本想拒绝，但想到这个地段打车不容易，便温顺地点了点头：“叶经理，那就麻烦你了。”

按严末微所给的地址，叶东城把车停在一间小小的烧烤店前。

看着那破旧的招牌、小小的店面，叶东城有些意外。他以为像她这样的白领丽人，都喜欢去装潢典雅的高级餐厅吃饭。

这间叫“赵记”的烧烤店面积不大，顾客却很多，店里仅有的八张小桌都坐满了人。两人等了好一会儿，直到其中一桌的客人吃完离开，才找到坐下的地方。

刚从秦宅出来，严末微身上还穿着那套为宴会而准备的价格不菲的小礼服，她却没有丝毫的顾虑，随便拿张面纸擦了擦椅子就坐了下来。

把简陋的菜单推到叶东城面前，她问：“你要吃什么？我请客。”

叶东城看了看菜单，简单地说：“一碗乌冬面和一杯可乐，谢谢。”

严末微点点头，伸手招来服务员：“小赵，麻烦来两碗乌冬面、两杯可乐、六串羊肉串、两串鱼蛋、五串牛筋丸、两份鸡翅膀。嗯，暂时就这些，谢谢。”

服务员是一个长得很清秀的大学男生，他动作麻利地写好菜单后，习惯性地问了一句：“末微姐，烧烤是要微辣吗？”

“嗯。”

待服务员离开后，叶东城轻声说：“其实你不用点这么多的，我吃不完。”

严末微端起小赵给她倒的白开水喝了一口，云淡风轻地说：“你误会了，只有乌冬面和可乐是你的，其他的都是我的。”

“呃……”叶东城听得目瞪口呆，好一会儿才说，“这么多，你能吃完吗？”

“当然，一直以来我都是这么吃的。怎么样，有问题吗?”

叶东城俊脸一红，连连摆手，语无伦次地解释：“呃，没有……我只是觉得你吃这么多，身材还能保持得这么好，真是一个奇迹……呃……不是不是……我不是这么意思……我的意思是，我以为你们女生都喜欢减肥……呃，我的意思不是说你胖……”天啊，他到底在说什么?

看着叶东城一副手足无措的尴尬表情，严末微忍不住抿嘴笑了。笑过后，她像是想起什么，眼底多了一丝惆怅：“小时候，我家里很穷，看着身边的同学下课后去学校的小卖部买零食，我心里很羡慕。有一次，我实在忍不住，就把准备交班费的钱拿去买糖果。妈妈知道后，把我狠狠地打了一顿，然后抱着我伤心地哭。我知道她心里一定很失望、很难过。那时候我就跟自己说，等我长大后，要挣很多很多钱，和妈妈一起吃遍天下的美食。现在我能挣钱了，妈妈却不在了。”

叶东城抱歉地看着她，目光带着一丝连他自己也不曾发觉的怜惜：“对不起，让你想起那些伤心的往事。”

严末微轻轻地摇头，正想说没关系，却见小赵端着一大盘食物已走到他们桌前。

“小赵，要帮忙吗?”

她站起来，想要帮小赵拿托盘里的烤肉串，小赵的手却往左一移，避开她伸过来的手。

“末微姐，碟子很烫的，你别碰。我戴了手套倒没什么，要是把你烫伤了，老妈会揍死我的。”

“哪有你说的这么夸张!”严末微无奈地摇头，只好重新坐了下来。

小赵一一把托盘里的食物放到桌子上，最后把一碗香气四溢的瑶柱粥放到严末微面前，笑眯眯地说：“末微姐，这是老妈特意让我端给你的。她说，你最近瘦了，得好好补一下。”

严末微点头，微笑着说：“帮我谢谢阿姨。”

小赵离开后，叶东城忍不住好奇地问：“你和店主很熟？”

不远处用玻璃板隔开的厨房，一对慈眉善目的中年夫妇正在里头忙碌着，严末微的目光慢慢地变得柔和起来：“嗯，小时候我家就在这附近，妈妈加班晚归时，阿姨会让我去她家吃饭。搬家后，我每周都会抽空过来吃夜宵。对我来说，这里就是我的第二个家。”说到这，她低头拿起碟子里的一串烤肉丸递给对面的叶东城：“不说这些了，来试试赵伯伯做的牛筋丸吧！纯手打的，外头买不到的哦！”

“嗯。”

两人吃饱喝足，从烧烤店里出来时，已将近晚上十点。

去取车的路上，一个十一二岁的小姑娘拿着一小捧棉花糖跑到严末微面前，用那清脆的嗓音甜甜地问：“姐姐，你要买棉花糖吗？”

严末微低头看了小女孩一眼，对方正睁着那双水汪汪的大眼睛渴求地仰望着她。她注意到小女孩的手上只剩下三支棉花糖，估计卖完这些就能回家了。

“嗯，给我三支吧！”

小女孩踮起脚尖，把手中的棉花糖递给她，拿着钱欢欢喜喜地走了。

看着手中的棉花糖，严末微苦恼地皱了皱眉，回头看着旁边的男人问："你要吃吗？"

"你吃吧！"

"我不喜欢吃太甜的东西。"

"那你为什么要买这么多？"

严末微转头看着小女孩离开的方向，没有回答。她怎么能跟他说，她只是希望小女孩能早些回家，不要让家中的妈妈等太久呢？这么说太矫情了，不了解她的人还以为她是故意做这些给他看。她可不想继"爱慕虚荣"后，又背上一个"爱作秀"的罪名。

看着那张美丽的小脸上不自觉间流露出的别扭神情，又想起她刚才在烧烤店里大快朵颐的画面，叶东城唇角微扬，眼底漾起一抹温柔的神色："你是我见过最特别的女生。"

那天过后，叶东城变得忙碌起来。

严末微每次进经理办公室，都能看见他埋首在一堆厚得能砸死人的文件中。有时候，他会带着公文包和陈静一起出去，一忙就是一天，回来的时候已将近下班时间。

听那几位和陈静要好的同事说，叶东城在向上头争取一个重要的项目，至于是什么项目，严末微就不得而知了。

直到一周后的某个下午，她拿着一份文件去找他签字，却被陈静一脸冷淡地拦下。

"叶经理他不在，他陪总经理去蓝岸科技了。"

严末微一怔，下意识地问："他去那里干什么？"

陈静坐在座位上慢悠悠地整理着桌面上的资料，连看也懒得看她一眼，神态傲慢地说："自然是去签合同。"

“合同?”严末微低低地重复了一遍这两个字眼，脑中闪过一个大胆的猜测，难道……

深吸了一口气，她努力地克制着声音里的急切，尽量用平静的语气问：“什么合同?”

陈静抬起眼皮懒洋洋地扫了她一眼，凉凉地说：“严副经理，这个可不在你的管辖范围内。”

明白自己是不可能从陈静口中得到答案了，严末微不再纠缠，留下文件退回自己的办公室。

整个下午，严末微都过得心不在焉。她的目光有意无意地瞟向门口的方向，耳朵高高地竖起，仔细地听着外头的动静。

时间一分一秒地过去，不过是三四个小时，她却感觉过了一个世纪那么久。

她知道自己在等什么，可是那个人一直没有回来，眼看着下班时间就要到了，办公区里依旧不见他的身影。

严末微转头看了一眼窗外，漫天彩霞不知何时已被浓浓的暮色取代，汽车的喇叭声此起彼伏地从不远处的大马路上传来。同事们早就离开了，整个部门估计就只剩下她一个人。

这么晚，他应该不会回公司了吧?

严末微轻叹一声，有些失落地收拾东西准备回家，这时门外的走道却传来一阵细微的脚步声。

她一惊，抬头看见叶东城正站在门口表情惊讶地看着她。

“咦，严副经理，你还没有走?”

想到自己一直留在公司的原因，她的双颊微微泛红，含糊其辞地应了声后，故作淡定地转移话题：“你呢？这么晚来公司干什么?”

“我把钥匙忘在办公室了。”叶东城有些不好意思地挠了挠头,“严副经理,那我不打扰你了,我先去拿钥匙。”

眼看他转身就要离开,严末微下意识地开口唤住他:“等等!”

叶东城回头看着她,目光充满疑惑:“嗯?”

“那个……我听说你下午去了蓝岸科技……”

“你知道了?”叶东城有些讶异,然后坦然地笑了,“是的,我最近一直在争取蓝岸和我们公司合作的那个研发项目,今天终于把事情定了下来。董事长会在下周一的晨会公布这个消息,接下来的几个月我们研发部估计有得忙了。”

严末微目光复杂地看着他,心里五味杂陈:“为什么?”

她问得没头没尾,叶东城却听懂了:“你是想问我为什么要争取蓝岸科技这个研发项目吗?宴会回来后,我看过你的构思图和策划书,确实很不错。你在网游研发方面很有天赋,只是缺少一个发挥的舞台。我记得你一直想要参与蓝岸科技的项目,好不容易得到这个机会,你一定要好好表现。”说罢,他低头看了一眼腕上的手表,眉头微微地皱了皱,抬头抱歉地对她微笑了一下,“我等会儿还要陪总经理和蓝岸科技的领导吃饭,我先走了,你一个人待在办公室里要注意安全。”

默默地看着叶东城离开的背影,严末微说不出此刻自己是什么心情。

这半个多月来,为了得到蓝岸科技那个项目,她费尽心思和那些心怀不轨的老狐狸周旋,却毫无收获。她怎么也没想到，最后帮助她的那个人竟然是他。而他之所以这么做，竟是为了她编织的一个根本不存在的梦想。

如果他知道，她将要出卖自己的“梦想”，他会怎么看她？

一阵突然响起的铃声打断了严末微的思绪，她伸手拿起桌子上响个不停的手机，看了一眼屏幕上闪动的来电号码，放在接听键上的拇指却犹豫了……

是熠祺，她该跟他说叶东城的事吗？

迟疑了将近一分钟，严末微才慢慢地按下接听键：“你好，我是严末微。”

电话那端先是一片让人窒息的静默，过了好一会儿，一个低沉有力的声音才缓缓地响起：“怎么这么久才接电话？”

严末微心里一慌，下意识地撒了个谎：“刚才我办公室里有人。”

“还在公司？”

“嗯。”

“还没下班？”

“下了，我正准备回家。”

“上次的宴会有什么发现？”

“没有。”

“颜晓艺没在宴会上出现？”

说到这个，严末微不禁有些惭愧，说话的音量也变小了：“出现了，但当时发生了点小状况，我没能找到机会和她说话……对不起……”

对方瞬间沉默了，严末微不安地屏住呼吸等了很久，电话那端的人仍旧没有回应，她忍不住轻声唤道："熠祺，你还在吗？"

像是知道她的惊惶，电话那端的人终于说话了："小微，你知道现在颜晓艺对我们来说有多重要吗？她是秦明宗最宠爱的小女儿，只要她说一声，蓝岸科技那个项目就是你的了。而你现在所要做的，就是想办法接近她，成为她的知心好友。这么简单的事情，为什么你都办不好呢？项目一直没有进展，泰宏游戏那边已经在催我了。合作人发话，如果两个月内，我们不能把项目的最终设计方案交到他的手上，他就中断供给我们的开发资金，还要向秦明宗告发我们。界时我们非但失去现在所拥有的一切，还要坐牢。"

没有怒吼，没有威胁。只是简简单单的一席话，却让严末微听得汗流浃背，愧疚不已，大脑一片空白，脱口就说："不会的，项目已经有新的进展！"此话一出，她就后悔了，想要收回却已来不及。

许熠祺一听，顿时来了兴趣，"哦，这话怎么说？"

事已至此，严末微只能硬着头皮，把叶东城为她所做的一切全都告诉他。

电话那端的许熠祺沉默了一会儿，突然抛出一句："这个叶经理似乎对你挺有意思的。"

严末微怕他误会，连忙解释："不是的，你误会了，他不是这样的人……"

"他是怎么样的人，我并不感兴趣。"许熠祺淡淡地打断她的话，"我只要你好好利用他，在两个月内把项目的最终设计方案交给我就可以了。"

严末微怔了怔，眼睛里的光彩瞬间变得黯淡。她努力忽略心底传来的疼痛，低低地应道："是。"

"你小心点，不要让秦明宗发现我们的计划。"

"我知道了。"

"没事的话，我先挂了。"

"等等！"

"嗯？"

迟疑了片刻，严末微鼓起勇气问："熠祺，这个星期我可以去找你吗？我们已经很久没有约会了，我很想你。"

电话那端的许熠祺语气变得冷漠："我最近很忙，等你拿到项目的相关资料，我们再见面吧！"

"可是别的情侣几乎每周都会见面……"

"我们和他们不一样，妈妈的仇一天不报，我们就得一直过这样的生活。小微，为了我们的未来，你一定要加油！我还有事，先挂了。"

"等等！熠祺！熠祺！"严末微连声呼叫男友的名字，然而回应她的却是一连串空洞冰冷的忙音。低头看了一眼屏幕上显示的"通话已结束"，她失望地把手机放回桌上。

静坐了一会儿，想到许熠祺给她安排的任务，严末微又是一阵头痛。

叶东城虽然好脾气，却不是一个愚笨的人，她该怎么做才能顺利拿到项目的资料呢？

周一的晨会，总经理果真向众职员宣布：与蓝岸科技合作的新项目游戏"锁碧传"由叶东城为首的研发小组负责。

末了，总经理还向大家介绍了新来的项目总监：“‘锁碧传’是公司今年的重点项目，董事长十分重视。为了把项目打造成未来五年最受大学生和白领们欢迎的网络游戏，公司特意聘请刚从英国留学回来的秦翊唯先生为项目总监。秦总监在游戏程序开发方面造诣很深，曾在短短的三年内，拿过七个很有权威的国际奖项。大学期间，他的团队研发的一款益智策略类塔房游戏深受广大白领的欢迎……”

此前，严末微曾对这位空降的新总监略有耳闻。听说他是秦明宗的儿子，颜晓艺的哥哥，毕业于剑桥大学，一个半月前刚回国。秦明宗对这个儿子期望很高，有意要把他培训成为自己的接班人。此次的安排想必也是秦明宗的计划之一。

就在她恍神的那几分钟，总经理也差不多把恭维的话说完，他转头看着会议室大门的方向，终于进入主题——

“……欢迎我们的新总监秦翊唯先生。”

会议室里响起一片震耳欲聋的掌声，严末微跟着拍了拍手，和在座所有人一样，目光略带好奇地投向那扇紧闭的暗红色实木大门。

在众人的期待下，厚实庄重的木门被人缓缓地推开，一个浑身散发着迫人气势的冷傲男人出现在众人眼前。那是一个年轻得出乎所有人意料的男人，他看起来大概只有二十三四岁左右，穿着一身剪裁讲究的休闲式西装，长着一张俊美得让人移不开视线的明星脸。他的眼睛长得最为漂亮，眼角微翘，眼瞳是淡淡的褐色，仿佛蒙着一层薄如蝉翼的轻纱，深不可测，萦绕着一丝似有若无的寒气。让人不禁联想到暗夜中恶魔那双毫无温度的眼睛，危险，却又带着致命的吸引力。

拍手的动作蓦然停下，严末微惊愕地盯着门外那双似曾相识的冷眸，心脏猛地收紧！

这样的眼睛，她在数天前也曾见过。那天晚上，她看不过柔弱的女同胞被人欺负，在那个男人的巴掌落下前，她率先让那个骄傲的男人尝试了被人掌掴的滋味。当时，那个男人回头震惊地看着她时，那双眼睛便如此刻般隐隐透着慑人的冰冷。

没错，是他……

新来的总监就是那个在秦家别墅里被她教训的男人！

盯着门外一脸冷酷的秦翊唯，严末微心情忐忑地紧咬着唇，只觉得背脊阵阵发寒。

所幸的是，秦翊唯没有发现她的存在。在众位女职员惊艳的目光以及比开门前热烈数倍的掌声下，他步伐沉稳地走向讲台。

严末微这才注意到他的身后还跟着一个拿着文件夹的瘦弱女孩。

女孩真的很瘦，个头也不高，穿着高跟鞋才勉强到达秦翊唯的下巴，以致严末微先前一直没有发现她的存在。虽然瘦弱娇小，女孩的五官却长得十分精致，浑身透着沉静娴雅的气质，一看就知道是个知书达理、受过良好教育的人，不是空有外貌的庸脂俗粉。

这个女孩就是那天在秦家别墅差点被秦翊唯打的女孩，好像叫安……安……对了，安若然。看眼前的情形，这个姓安的女子似乎是秦翊唯的助理。关系真复杂啊！唉……早知道那天晚上她就不要那么冲动地冲出去了……

在严末微胡思乱想的时候，秦翊唯已走到讲台前。

接过总经理递过来的话筒，他以君王的姿态，居高临下地俯视着台下的众人。

掌声戛然而止，会议室顿时鸦雀无声。

秦翊唯脸上浮上了一抹满意的神色，淡淡地开口："大家好，我叫秦翊唯，是研发部新来的总监。关于我的大概情况，想必总经理已经跟你们说过。我这个人对合作伙伴的要求很简单，我不管你们是靠努力进腾升集团，还是走后门进来，也不管你们是毕业于三流大学，还是清华北大，在我的眼里，一切靠能力说话！如果你表现优异，公司自然会重用你，否则，即使你的后台再硬，公司也会把你扫地出门。"

他边有条不紊地说着，边一一扫视台下的众人。忽然，他像是发现了什么有趣的东西，目光停顿，唇角微翘，勾起了一道略带妖魅气息的淡淡弧线。

秦翊唯本就长得俊美，他这么一笑，会议室里的光芒仿佛全都聚集在他的脸上，他好看得就像踏着花香而来的桃花妖。有些看得忘情的女职员忍不住发出一阵低低的惊叹声。

与心驰神往的女同事们的心情截然相反，严末微看着正对着自己似笑非笑的秦翊唯，心底只余下一片冰凉——

他认出她了！

接下来的几天，严末微的日子并不好过。

她写的策划书被秦翊唯退了一次又一次，开始，她觉得问题出在自己身上，于是拼命地把策划书改了一遍又一遍。

然而，在某次她把连总经理偶然之下看了都赞不绝口的提案交到他手上，最后也逃不过被退回的命运后，她不得不怀疑他是不是在公报私仇。

终于，当精心修改了七遍的策划书再度被退回时，严末微彻底爆发了！

不顾助理小姐的阻拦，她闯进总监办公室，顺手把门反锁。

在她做完这些的下一秒，门外传来一阵急促的敲门声，随之而来还有安若然惊慌失措的呼喊："严副经理，没有秦总监的批准，您不能进总监办公室，请您出来。"

正埋首在一堆设计图里的秦翊唯被惊动，他抬头淡淡地看了一眼站在门旁怒瞪着自己的严末微，慢条斯理地放下手中的图纸，平静地对门外的人说："没事，安助理，你去忙自己的事吧！"

安抚完吓坏的小助理，他慵懒地靠在柔软的牛皮椅背上，慢悠悠地抬头看着怒气冲天的严末微："严副经理，有事吗？"

他的表情悠然，语气平静得像是毫无波澜的湖面，仿佛早就料到她会来找他一般。

他的态度落在严末微的眼里，使她更添了几分火气。她怒冲冲地走过去，气愤地把手上的策划书摔到他面前的办公桌上："你这是什么意思？"

浓眉微微挑起，秦翊唯斜睨着她问："你想说什么？"

这个家伙，他居然还有脸装傻！

严末微紧握着拳头，努力克制着狠揍他一顿的冲动，怒问："你为什么把我的策划书一退再退？"

“这个问题就得问你自己了，如果你的提案够好，我会把它退回吗？”

“我看你是在鸡蛋里挑骨头！”严末微紧绷着脸，一双美目亮得惊人，瞳仁中似有火焰在跳动，“总经理和叶经理都看过我的策划书，他们都说不错！”

“他们的标准和我的不一样。”

“那你倒是说说，你的标准是什么？”

秦翊唯耸了耸肩，随手拿起桌面上的冰咖啡惬意地喝了一口：“我的标准很简单，只要能打动我的作品就是好作品。”

“秦翊唯，你分明是有心刁难我！”严末微被他的随意态度气得理智全失，心底话想也不想就脱口而出，“你干吗不直接说，你对我所做的一切，不过是在报那天的一掌之仇！”

“原来你还记得那天晚上的事。”薄唇勾起一抹清冷的弧线，秦翊唯放下咖啡杯，目光凉凉地看着明显有些心虚的女子，语气多了一丝讥讽，“这几天你表现出一副完全不认识我的样子，我还以为你闲事管太多，已经把我这个被你打过的倒霉蛋忘记了呢！”

话已至此，严末微索性豁出去：“没错，那天在秦家打你的那个人确实是我！你要想报复，我没意见。不过，请你挑好时间，不要把私人情绪带到工作上！”

身子朝她的方向微微前倾，秦翊唯挑衅地说：“如果我偏不呢？”

“你——”

上身懒洋洋地靠回宽大舒适的皮椅上，秦翊唯不再看她，语气却变得正经：“总之，你要么把策划书改到我满意，要么就卷铺盖走人。”说到这，他停顿了片刻，忽然态度一转，抬头轻佻地朝她眨了眨眼，语气多了一丝暧昧：“我听别人说，你是靠潜规则上位的，对勾搭上司很有一套，要不你来色诱我一下？说不定我的心情一好，就让你的提案通过了。”

“你做梦!”严末微气得双颊涨红，狠狠地瞪了他一眼，拿起先前扔下的策划书，转头就走。

看着她摔门离开的背影，秦翊唯的右手食指有一下没一下地敲击着桌面，表情若有所思。

从秦翊唯的办公室出来，严末微的脸色难看到极点。她紧紧地拿着已被她捏得变形的策划书，正考虑着是去茶水间喝杯冰水降降火，还是回办法室思考一下日后该怎么和秦翊唯相处，却不想在经过总监助理的办公区时，被人拦下了。

“对不起。”

严末微的脚步一顿，一回头就对上一张写满歉意的清秀小脸——是秦翊唯的助理，安若然!

她正站在办公桌的后方，睁着那双略带怯弱的清亮眼眸，贝齿紧紧咬着泛白的下唇，忐忑不安地看着自己。

敛起眼底的怒气，严末微并不打算迁怒于眼前这个无辜的女人：“嗯?”

安若然咬了咬唇，惭愧地垂下脑袋：“对不起，害你和总监产生矛盾。”

严末微脑子一转，立刻明白过来：“你听到我和秦翊唯的争吵?”

“嗯，你们的情绪似乎有些激动，说话的声音有点大，我隐约听到了几句……”安若然的表情多了一丝尴尬，“对不起，我不是故意的……”

“没事。”

迟疑了片刻，安若然柔声安慰道：“关于策划书的事，你不用太担心。总监做事向来公私分明，他一再让你修改提案肯定有他自己的道理。”

“你就这么相信他？”细细的柳眉高高挑起，严末微故意提醒，“我记得他前不久还想打你呢！”

看着总监办公室那扇紧闭的门，安若然轻轻地摇头，严末微清楚地看到一丝心疼在她的眼底掠过。

“我知道他不是故意的，他心里并不好受。”

被人欺负不还击就算了，居然还担心人家的心情，真是一个笨女人！

严末微翻了翻白眼，决定不再管她。

“你的话我会记住的，我先走了。”

安若然显然没有听到严末微的告别，她目不转睛地盯着总监办公室的方向，心里不知道在想什么，美丽的小脸上全是淡淡的悲伤。

看来这位姓安的小助理和秦翊唯的关系并不简单，想必两人有着一段刻骨铭心的过往。如果可以，她真想听听他们的故事。只是，依现在的情形来看，她和许熠祺的报复计划离成功还遥遥无期。她连自己的事情都没有办好，还有什么资格管别人的事情呢？

无奈地叹息一声，严末微摇了摇头，径自转身朝外走去。回到自己的办公室，严末微连水也顾不上喝一口，坐下就开始思考该怎么修改策划书才能达到秦翊唯的“标准”。

说句真心话，经过刚才的争吵，她还真想辞职走人。然而，想到许熠祺还在等她完成任务，她只能忍辱留下。当务之急是赶紧把策划书修改好，无奈灵感不合作，折腾了整个下午，她也想不到好的修改方案。

转眼便到了下班时间。

叶东城一向晚走，当他经过严末微的办公室，透过敞开的门，发现她仍在办公桌前埋头奋战，不禁有些意外。

伸手在门板上轻敲两下，待那张略带疲色的小脸自满桌资料中抬起，他才礼貌地开口：“严副经理，还没有回家？”

“嗯，我想把策划书修改好再回去。”严末微伸手揉了揉隐隐涨痛的太阳穴，眼底的疲倦尽显无遗。

“还要多久才能完成？”

严末微摇了摇头，语气带着几分无奈：“我还没有头绪。秦总监说 NPC 的造型设计和任务对话没有特色，吸引不了玩家。我花了一个下午的时间，查看了当下最流行的十多款大型网络游戏，结果发现这些游戏的 NPC 设计也不过尔尔，没有特别出众的地方。”

叶东城想了想，认真地问：“你晚上有空吗？”

“还好，除了修改策划书，没有别的事情。有事？”

“如果暂时没有头绪，那就先把工作放下吧！我带你去一个地方，说不定能激发你的灵感。”

严末微抬头看着他，好奇地问：“什么地方？”

神秘地朝她眨了眨眼，叶东城的脸上难得地出现了一抹顽皮："秘密。"

两人吃过饭后，叶东城把严末微带到一间新开的叫 0℃的网吧。

有别于一般的网吧，0℃是 VIP 制的。环境布置得舒适幽雅，空气中没有难闻的烟味，只有淡淡的书香。上网区的包间与包间之间用缠绕着点点紫藤萝的花架隔开，看起来别具风情且带有一定的隐私性。

网吧的尽头是用书架和花架隔开的小书吧，紧贴花架的地方放置着两组柔软的米白色长沙发，中间放着一张长长的高脚桌和几张高脚椅。靠墙而放的那排长长的木质书架上，整齐有序地排放着各种市面上已经绝版的旧书。

严末微跟在叶东城的身后，边走边打量四周的环境，忍不住轻声赞叹："这里真安静，是个休憩放松的好地方。"

"嗯，这个网吧是我的一个大学学长开的，他的妻子是知名珠宝设计师夏凝汐，工作压力很大。我学长心疼妻子，特别开了这个网吧给她解压。"

"你的学长真是一个好男人。"

叶东城回头看了她一眼，半开玩笑半认真地说："我也是一个好男人呀!"

严末微抬头，看着离自己半步之遥的年轻男子。

他的眼睛明亮，目光清澈，脸上少了工作时的淡淡疏离感，唇畔多了一抹如春风般温润的浅笑。本就俊朗的脸，此刻看来，更是好看得教人怦然心动。

她看得微微晃神，回过神时，忍不住在心里暗骂自己太花痴了。她怎么可以觉得别的男人帅呢？在她的眼里，熠祺才是天底下最帅最好的男人！

随叶东城来到一个双人间，严末微看着桌上的两台电脑，忍不住问："叶经理，你带我来这里，该不会就为了上网吧？"

叶东城率先在其中一台电脑前坐下，边开机，边回头对她露出一口白牙："来网吧，自然是为了上网。"

"呃，叶经理，我家有电脑，再不然在公司也可以上网。虽然这里的环境确实很不错，但我们若是为此特意跑这么远的路来上网，会不会有点那个……"

"你先别急，坐下开机，等会儿我给你看个东西，绝对值得走这一趟。"

虽然不知道叶东城葫芦里卖什么药，但是严末微还是坐下来，按下电脑的开机键。

"打开蓝岸科技的官网，下载'逆天·战神'，进入游戏。"

"你打算陪我打游戏解压吗？"严末微心里虽有疑惑，却还是依言照做。

在她做完这些的时候，叶东城已登录游戏，在线上等她。他转头对她微微扬唇，笑容温暖："不，我们今天不打怪，只看看游戏里的风景，以及世界频道的玩家对话。"

严末微觉得很新鲜。

她向来很忙，忙着读专业书积累知识，忙着应酬各个脾气古怪但对她有帮助的人，忙着和许熠祺商讨复仇计划。自妈妈去世后，她就没真正放松过，即使偶尔玩游戏，也是工作所需。她所做的每一件事，几乎都带着不同程度的目的性。毫无意义地在游戏里闲逛看风景、看别人聊天，还是头一次。

两人加为好友、组队，漫无目的地闲逛。宛若仙境的画面，仿若天籁的背景音乐，世界频道里有趣得让人忍俊不禁的对话……严末微觉得自己仿佛置身游戏中，身体和心灵从没像此刻这般放松过。

她从不知道，原来玩网游不一定要做任务升级，光和玩家胡扯海侃也可以很好玩；她也不知道，原来最近网上多了很多流行词汇，把它们融合到传统词句中，会让话语变得这么生动形象；她更不知道，原来叶东城脱离工作后，也有幽默的一面。

那天过后，严末微没事就和叶东城去0℃上网。除了“逆天·战神”，他们还玩了很多别的最近比较流行的网络游戏。玩家们的有趣对话不时会激发严末微的创作灵感，她还和几位玩家成为朋友，在他们的口中，她了解到很多关于大众网游的不足之处。

有时看风景看腻了，她会和叶东城一起打打游戏。她头一次发现，原来他不单工作能力强，在游戏操作方面也很厉害。

五天后，严末微把修改好的策划书交到秦翊唯的手上。他粗略看了一遍，然后，她清楚地在他的眼中看到了一抹不易察觉的激赏。

严末微知道，她成功了。

第二天，秦翊唯就在项目部里召开团队会议，经过商讨，确立方案，只等叶东城明天把会议内容整理成档，在细节方面略作调整，就可以让美工出图了。

提案能顺利通过，叶东城功不可没。严末微为了表示谢意，约他到当地颇有名气的连锁餐厅西湘阁吃饭。

“叶经理，这次多亏了你，我的提案才能通过。”严末微优雅地拿起面前盛有红酒的水晶杯，礼貌地朝坐在对面的他比了比，“我敬你一杯。”

“我记得你说过你的胃不好。”叶东城的眉头微皱，下意识地拿走她手中的酒杯，“酒伤胃，若非应酬，你少喝些。”在她愕然的目光下，他几乎没有细想，招手让不远处的侍者给她换了一杯果汁。

严末微怔愣了好一会儿，才想起前不久在秦家别墅敷衍邓海富的话。没想到叶东城听到了，且一直放在心上。

叶东城这时也反应过来，意识到自己刚才的行为突兀得近乎无礼，耳后根瞬间红得似要滴出血来。为了掩饰刚才的失态，他掩唇轻咳一声，不甚自然地转移话题：“咳，我的朋友都叫我东城，在工作时间外，你叫我东城就可以了。”

看着他别扭的神情，严末微的唇角悄悄地往上提了提。第一次，她有了交朋友的欲望：“好，不介意的话，你也可以叫我末微。”

鲜嫩多汁的牛排引得严末微食指大动。她低头吃了几口，抬头发现对面的叶东城正目不转睛地看着自己的后方，不由得好奇地问：“东城，你不喜欢吃牛排吗?”

叶东城收回视线，对她略带调侃地微笑了一下，答非所问：“我猜你的追求者一定很多。”

严末微不明白两人的话题怎么突然由牛排扯到追求者上，忍不住问：“为什么这么说?”

“从你坐下的那一刻起，你后方那位男客人的视线就没有离开过你。我想，如果不是碍于我的存在，那位男士一定会过来问你要名片。”

“是吗?”严末微的好奇心被他的话勾起，下意识地回头看了一眼。

那是一个看起来大约二十三四岁的年轻男子，他留着一头干脆利落的短发，脸部轮廓如刀刻般深邃分明，剑眉如稠墨般浓黑，两眼炯炯有神，却又冰冷如子夜寒星，散发着让人不敢直视的寒意，以及与年龄不符的锐气。

当严末微的目光对上男人那双冰冷的眼睛，呼吸一窒，心脏猛地抽紧!

是熠祺……

他怎么会在这里?

许熠祺看见她回头，冰冷的唇角微微朝上勾出一抹毫无温度的弧线，本就没有表情的脸，此刻看起来更是冷酷。

恰逢许熠祺身旁的美艳女孩对他轻声细语地说了句什么，他没有再看严末微，低头体贴地为女伴夹菜。

严末微只觉得大脑一片空白，四肢冰冷得像是刚从北极深海中捞上来。

察觉到她的异样，叶东城的目光在她和冷酷男人的脸上流连了一遍，继而像是什么也没有看见般，用轻松的语气开玩笑道:“我知道那位男士长得比我帅，只是我好歹是你的同事，你多少也得照顾一下我可怜的自尊心吧?”

严末微回过头，若无其事地对他勉强扯动了一下唇角，继而低头状似认真地吃着盘中的食物，没有再说话。

整顿晚餐吃下来，严末微只觉得如芒在背，许熠祺的目光像是红外线探测器，让她无处可藏。为了不让叶东城看出异样，她只能拼命地把盘中的食物吞到肚子里，那些刚才还鲜嫩可口的食物，此刻却味如嚼蜡。

她不知道的是，在她埋头苦吃的时候，叶东城和许熠祺的目光早已在半空对上……

晚餐结束，严末微没有片刻的逗留，匆忙赶回家里。

她本以为许熠祺会在她家门前截住她，或是打电话给她，追问她为什么要和别的男人吃饭。毕竟，他是她交往了五年的男朋友，他有权利知道她的交友状况，不是吗？

可是没有，他什么都没有做。

她坐在客厅的沙发上，忐忑不安地盯着墙上的挂钟，一分一秒地等待着。每一分，每一秒，对她来说，都是煎熬。

严末微再也坐不住，拿起手机就按下那一串熟悉得即使不看电话簿也能准确无误地背出来的号码。

很快，电话接通了，她还没有开口，话筒那端就传来一个低沉冰冷的声音——

“有事？”

他语气中的冰冷让她瑟缩了一下，深吸了一口气，她才轻声唤道：“熠祺……”

“嗯？”

知道他不喜欢拐弯抹角，严末微迟疑了一下，直奔主题：“今晚和我吃饭的男人叫叶东城，是我的……”

不待她把话说完，电话那端的男人便打断她的话：“你打电话来就是要说这些？”

“我……”她咬着唇，还没想好该怎么回答他的问题，就听见话筒里传来一个娇滴滴的女声——

“亲爱的，你在跟谁打电话?”

严末微一怔，还没反应过来，低沉的男性嗓音已冷冷地自她的耳畔响起：“我现在很忙，有空再打给你，就这样，再见。”说罢，不待她回应，电话那端的人便挂断电话。

傻傻地握着许熠祺送给她的手机，听着话筒里传来的嘟嘟声，严末微说不出此刻是什么心情。

按理说，当男人看到自己的女朋友和别的异性吃饭，多少会吃醋。他不闻不问就算了，她打电话向他解释，他居然挂断她的电话?

深吸一口气，她拿起手机按下重拨键——

他可以不听她的解释，可是她不能对今晚的所见所闻视若无睹。至少，她得弄清楚今晚和他共进晚餐的女人是谁，还有那个此刻在他家里的女人又是谁!

电话响过三声后，被人切断了。她紧咬着唇，想再重拨，屏幕却闪烁了一下，提示有新短信。轻触信封状的图标，短信的内容弹跳出来——

等你拿到项目的设计方案，无论你想知道什么，我都告诉你。

是吗?只要拿到设计方案，他就会告诉她：那些女人是谁，和他有什么关系，以及他还爱不爱她……是这样吗?

紧紧地攥着手机，她粉唇紧抿，美丽的眼睛闪着坚毅的光芒。

第二天中午，项目部的同事大都去食堂吃饭了，只有严末微和少数几个需要赶进度的程序员留在办公室里。

她知道，现在是偷方案的最佳时机。资料都在叶东城办公室的电脑里，在下午下班前，她必须把方案拿到手，否则等叶东城明天早上把方案交给秦翊唯，她想盗取就更困难了。

待办公室里的人走得差不多，严末微拿起咖啡杯慢慢地往茶水间的方向走。叶东城的办公室离茶水间不远，经过时，她朝里看了一眼，确定陈静不在，趁别人不注意，悄悄走进去。

里间的门是关着的，五分钟前，她亲眼看见叶东城和一位男同事朝食堂的方向走，想必不会这么快回来。没有犹豫，她果断地打开门，室内静悄悄的，果真一个人也没有。回头朝走道看了一眼，确定没有人注意到她的举动，她迅速闪入室内，小心地把门掩上。

叶东城的办公室收拾得很干净，文件井然有序地叠放在办公桌的左侧，以及墙角的柜子里。柜子的旁边放着一只高高的青瓷花瓶，里头插放着几枝修剪过的翠竹，枝叶青翠欲滴，看起来很有精神。

随手把空杯放在离门不远的茶几上，严末微绕过长长的办公桌，来到叶东城的电脑前。

按下启动键，液晶屏幕显示输入开机密码。想到先前对叶东城的背景调查，她略一犹豫，输入叶东城的生日，电脑显示错误。想了想，她又输入她到总公司报到的日期，还是错误。

低头看一眼腕表，距她进门已过去八分钟，她却连方案是不是真的存放在电脑里也不知道，再耽误下去，恐怕这次只能空手而归了。咬了咬牙，她这次输入的是叶东城妈妈的名字拼音和叶东城的生日组合，没想到居然撞对了。

严末微松了一口气。电脑里的文件很多，她找了很久，在耐性将要用尽时，终于发现了一个名为"'锁碧传'设计方案"的文件夹。点开一看，里头全是与游戏有关的文档。她还想再看看文档的内容，以确保万无一失，却没想到文档全都设了密码，要想打开，恐怕得再花一番心思。犹豫了半秒，她决定先把文档复制下来，晚上再和许熠祺一起破解密码。

从口袋里掏出早就准备好的U盘，严末微正想往主机的连接口上插，眼前却忽然闪过叶东城温暖的笑脸……

这段时间的相处，让她知道他是一个好人。如果她把文件复制了，到时东窗事发，上头会不会追责到他的头上？如果可以，她并不想伤害他。

柳眉不自觉地皱起，严末微的心底多了一丝迟疑。

然而，仅一秒，这丝迟疑就被许熠祺的俊脸覆盖了。他说，等她拿到项目的设计方案，无论她想知道什么，他都告诉她。

为了答案，还有死不瞑目的妈妈，她必须把方案拿到手。

咬了咬牙，她正想继续行动，电脑旁的固定电话突然响了起来。尖锐的铃声把她吓了一跳，手上的U盘差点掉到地上。

正当她手足无措，犹豫着该不该把电话线拨掉的时候，门外响起了一阵轻缓的脚步声……

陈静刚从外头回来，就听到经理办公室的电话响个不停，叶东城似乎不在，电话久久没有人接。她本不想多管闲事，但不知疲惫的电话却很有毅力地响过一遍又一遍，丝毫没有停歇的意思。

陈静记起，自上次她在茶水间议论严末微的绯闻被他撞见，他对自己的态度就大不如从前。若她此刻不接电话，万一害他耽误了什么重要事情，他会不会迁怒于她？

迟疑了半秒，陈静终究不敢拿自己的工作开玩笑，抬腿朝里间的办公室走去。

高跟鞋敲击地面的清脆声响一声声地逼近，严末微屏住呼吸，身体紧绷地站在原地。她很想找个地方躲起来，可是四肢僵硬得像是一尊石雕，她连1毫米也移动不了。

有人要来了，她就要被发现了，是吗？

桌上的电话依旧响个不停，那一声声尖锐铃声伴随着越来越近的脚步声，宛如巫师口中阵阵索魂的咒语，越来越紧地压迫着她的心脏……

终于，高跟鞋敲击地面的声音停了下来，来人就站在门外，她几乎能想象出那人把手放在门把手上的画面！

十指紧紧地掐进掌心，严末微死死地盯着随时会被人推开的门，一颗心瞬间提到嗓子眼！

就在她以为自己这回完了的时候，电话铃声戛然而止，室内恢复了严末微期盼已久的寂静。门外的人似乎犹豫了下，脚步声再度响起，和先前不同的是，这回是渐行渐远……

严末微松了一口气，不敢再耽误，连忙拿U盘把文件夹里的内容复制下来。做完这一切，距她进门已过去二十分钟，叶东城估计也快回来了。

关掉电脑，把办公室恢复到她进来时的模样，严末微盯着紧闭的门，又开始犯愁了。

听刚才的脚步声，来者应该是个女人。这间办公室来得最频繁的人除了叶东城，就只有陈静。外头就是陈静的办公间，她不确定陈静是不是在座位上，不怕一万，就怕万一。

想到这，她掏出手机给许熠祺发了一条短信：我被困在叶东城的办公室里，你马上发短信给135××××××××这个号码的主人，把她引到别处。对了，号码的主人叫陈静。

在她按下发送键的三分钟后，门外响起了一阵细微的脚步声。

严末微庆幸自己的谨慎，若她刚才直接出去，被陈静发现，那她这些天所做的努力就泡汤了。

叶东城从食堂回来，刚踏进办公室，就看见陈静双颊涨红，气愤地咒骂着什么。

他有些诧异，忍不住问："陈助理，遇到什么事了，怎么气成这样?"

陈静黑着脸，郁闷地说："今天真倒霉，收到一条来自陌生号码的短信，说是约我在公司楼下见面，有东西要交给我。我在楼下顶着大太阳等了十五分钟，连个鬼影子也没看见!"

"会不会是发错了?"

"才不是发错呢！发信人知道我的名字。不然我也不会傻乎乎地在楼下等!"

"是吗? 那真是奇怪了。不过，既然是陌生人的短信，那就不要放在心上了，把自己气坏了就不值了。”

安慰了陈静几句，叶东城走向里间的办公室，刚打开门，他就隐约觉得有些不对劲。

室内的布置和他离开前相比并没有什么变化，但空气里明显多了一股淡淡的香水味。

想了想，他走到办公桌前，摸了一下电脑主机，外壳微微发热。

皱眉思索片刻，他问陈静："陈助理，刚才有人进过我的办公室吗?”

“没有。”想了想，陈静又补充道，“不过您办公室的电话响过，我还没来得及接，对方就挂了。”

“好的，我知道了。”

叶东城神色凝重地盯着面前的电脑，眉头染上了一抹深深的灰暗。

从叶东城的办公室出来，严末微已是大汗淋漓，紧紧地攥着手中的U盘，汗水几乎把她整个后背都浸湿。即便如此，她也不忘找个偏僻角落，向许熠祺通报计划的最新进展。

“熠祺，我拿到‘锁碧传’的设计方案了。”

电话那端，一贯低沉冰冷的声音多了一丝温度：“很好，今晚七点，我在家里等你。”

“嗯!”

好不容易等到下班，严末微简单收拾了一下自己的东西，便匆匆往外走。

远远她就看见电梯即将关上的门，情急之下也顾不上仪态，一边加快脚下的步伐，一边大喊："等等！"

险险挤进拥挤的电梯，严末微刚舒了一口气，就听见身后传来一个她此刻最不愿意听见的声音——

"严副经理。"

她的心咯噔了一下，右手下意识地攥紧肩上的挎包——里头装着载有"锁碧传"设计方案复制件的U盘。

缓缓地转身，她看着身后那个温文尔雅的俊秀男子，勉强扯了扯唇角："叶经理。"

叶东城的目光不着痕迹地扫过她略显慌乱的眼睛，唇角微扬，笑容温暖："很少见你这么匆忙，赶时间？"

"有一点。"

"你要去哪里？我送你。"

严末微心里一慌，拒绝的话语想也不想便脱口而出："不用了！"说罢，她似乎觉得自己的反应过于激烈，迟疑了半秒，又补充了一句，"不过是普通的朋友聚会而已，也不是这么赶。"

"是吗？"叶东城浅浅地笑着，也不勉强，"那你自己小心点。"

"嗯。"

恰逢这时电梯到一楼，严末微心里慌乱，连道别也忘了，仓皇地跟着人潮奔出电梯。

叶东城站在电梯门前，看着她匆匆走远的背影，唇角的微笑悄然敛起，脸上的表情慢慢地变得复杂起来……

正值下班高峰期，出租车难拦不说，半路还遇上了堵车，严末微来到许家时，已将近晚上八点。

里头的人似乎早已候在那里，门铃只响了一下，厚实的铜质防盗门便打开了，一个身材高大的年轻男人自屋里探出身来。

“熠祺。”

“怎么这么晚?”许熠祺浓眉紧皱，眼底尽是不耐烦。

察觉到他的不悦，严末微不安地抿了抿唇，紧张地解释：“路上堵车了。”

“东西带来了没有?”

“带了。”严末微连连点头，手忙脚乱地拉开挎包的拉链，正要掏出U盘，却被许熠祺一手按住。

“进来再说!”

许熠祺侧身让出一条通道，待严末微进屋后，他谨慎地察看了一遍四周，确定没有人后，才小心地关上门。

没有人发现，在防盗门闭合的那一刻，一个高大的身影从拐角处慢慢地走出来。他静静地凝视着紧闭的防盗门，那双夜色一般深邃的墨眸在昏黄的灯光下，闪着复杂的光……

进屋后，严末微连水也顾不上喝一口，急忙掏出U盘递给许熠祺。

“东西都在里面了?”

“应该是的。”

许熠祺显然对她的回答很不满意，眉头深深拢起，音量微提：“什么叫应该?我要的是确定、一定、肯定!”

严末微咬了咬唇，低声道："文档都设了密码，我还没来得及破解。"

她的脑袋垂得低低的，长长的睫毛宛如受惊的蝴蝶，不安地微颤着。

许熠祺凝望着她，片刻，无声地叹了一口气，语气缓和了一些："没有惊动任何人吧？"

"没有。"

许熠祺点点头，他转身走到电脑前坐下，一边把U盘插进正运行着的主机里，一边叮嘱道："以后也要小心点，在我们的工作室发展成能与腾升集团抗衡的跨国企业前，绝对不可以暴露身份。"

"是。"

严末微坐在许熠祺旁边的椅子上，转头安静地凝望着十指飞快地在键盘上跳跃着的高大男子，眼底盛满崇拜和深深的迷恋。

许熠祺长得确实好看，稠墨般乌亮的发，远山一样的眉，寒星一样的眼睛，高挺的鼻子，坚毅性感的薄唇，每一道线条，每一个尺寸都有如希腊神话中的大卫般完美。一件深褐色的丝质睡袍松松地披在他的身上，衣襟微敞，精实的胸膛若隐若现，宛如死神手中的罂粟，带着致命的诱惑。

除了叶东城和秦翊唯，严末微还没在现实中看到过比他更帅的男人。

记得以前上学的时候，学校里喜欢他的女生几乎可以绕着篮球场站上两圈。每到情人节和圣诞节，他收到的礼物几乎填满半个客厅。他对每一个女生都温柔有礼、细心体贴，只除了她。

妈妈生前，他一直对她宠爱有加；妈妈去世后，他对她便日渐严厉。只有在她完成他交予的任务时，他眼底才会出现一缕罕见的温柔。就是这缕温柔，让她感觉到自己在他的心里是特别的。为了这缕温柔，她心甘情愿地依偎在他的脚下，俯首称臣。哪怕丢掉自尊，哪怕牺牲掉她所能牺牲的一切。

严末微痴痴地看着许熠祺，思绪却在不知不觉中飘远，没有发现他渐渐拢起的眉，直到他严厉的声音在她的耳畔冷冷地响起——

“为什么设计方案只有上半部分？”

“什么？”严末微一怔，好半晌才从他的话中反应过来。她急忙朝电脑屏幕上一看，只见原本设了密码的文档全让许熠祺解开了，文件的内容毫无遗漏地呈现在她的眼前。她又拿起鼠标快速地移动了几下，大略把文件浏览了一遍，最后颓然地摊坐在椅子上，失神地喃喃自语：“怎么会这样……”

许熠祺斜睨着她，嘲讽道：“看来你那位好上司也不如你想象中的笨嘛！”

严末微咬着唇，脑袋低垂：“对不起，都怪我不够谨慎。”

冷哼一声，许熠祺敛起脸上的嘲讽之色，不容置疑地命令道：“在你的上司起疑前，赶紧想办法把方案的下半部分弄来。”

“是。”严末微轻轻地应声。

她的脑袋垂得低低的，一缕长长的鬈发在她的耳畔滑下，若隐若现地半遮住那张略显苍白的小脸。她忐忑不安地端坐在椅子上，纤长的十指在穿着粉白色套装短裙的腿上无意识地扭成一团，娇小的身躯在水晶壁灯的橘黄色灯光下，显得异常纤瘦，仿佛随便一阵风，就可以把她卷走。

许熠祺盯着她，沉默了片刻，淡淡地问："吃过饭没有？"

"没有，我一下班就赶过来了。"

"我也没有，橱柜里有泡面，你去泡两碗来吧！"

严末微愣了愣，抬头受宠若惊地看着神情明显缓和了不少的许熠祺，有些不敢置信。

他……这是在关心她吗？

这个认知让她的心情一下子由沮丧变成振奋，她雀跃地站起来，快乐地往厨房里奔："好的！"

二十岁前，严末微和许熠祺一直住在许母留下的老房子里。大二那年，许熠祺向银行贷款，和两个同样精于编写程序的校友注册了现在的M&W软件开发工作室。两年后，许熠祺挣到了人生的第一桶金，他用这笔钱在市金融中心租了三层写字楼作为工作室的办公地点，又买了现在的公寓。那年，严末微已经大四，刚进入腾升集团实习。因为公寓离腾升集团有些距离，再加上两人身份特殊，若是走得太近恐怕会惊动秦明宗，界时只怕会连累他们的复仇计划，所以她并没搬进新公寓。不过，有空的时候，严末微还是会过来帮许熠祺收拾房子的，因此她对这里的布置倒也不陌生。

从橱柜里拿出两桶泡面，严末微特意挑了许熠祺喜欢的海鲜口味，放好调料和开水，她随手把包装袋扔进旁边的垃圾桶里。

正想转身，她突然发现了什么，低头愕然地盯着垃圾桶里的某个东西，幸福的微笑缓缓地僵在唇角……

那是一个小小的正正方方的塑胶包装袋，边缘已经撕开，紫色的袋身赫然印着“杜蕾斯”三个字。

严末微毕竟是一个成年人，自然知道这是什么。问题是，她和许熠祺虽然已经交往了四年，但两人一直忙于复仇，聚少离多，发展缓慢，远远还没到那个亲密的阶段。当然，许熠祺是一个成熟的男人，他有生理需求也是正常的。严末微也考虑过这个问题，也曾试探着要和他拉近距离。毕竟，两人以后终究是要结婚的，越过那条线是迟早的事。可是，每当这个时候，许熠祺总是以大仇还没报，不想把时间花在这些事情上为由，对她若即若离。她只当他报仇心切，也没把这些小插曲放在心上。

可是，这个自称“不想把时间花在这些事情上”的男人，家里的垃圾桶居然出现了避孕套！而且还是用过的！

她的心重重地往下一沉，脸上的血色慢慢地褪去，指尖一寸寸地变得冰凉……

许熠祺在房间里等了将近二十分钟，也不见严末微回来，不免有些担心。走到厨房一看，却见她正背对着他，呆呆地站在垃圾桶旁，不知道在想什么。

浓密的剑眉紧紧地皱起，他不悦地问：“你在干什么？面泡好了没有？”

像是没有听到他的话般，严末微没有转身，也没有回答他的问题。她一动不动地站在原地，目不转睛地盯着垃圾桶的某处，一言不发。

严末微在他面前向来温顺，像现在这般无视他，还是头一次。

气恼之余，许熠祺不禁有丝好奇。他捺着性子走到她的身旁，循着她的目光看去。当垃圾桶里的东西映入他的眼帘时，他不由得怔住了。

严末微以为他会惊慌，会害怕，会焦急地向她解释什么。毕竟，换作任何男人出轨被女友发现，也会是这个反应的，不是吗？

可是，他没有。

许熠祺盯着那只避孕套包装袋，沉默了半秒，转身就走。

他一句话也没有跟她说，那张千年不变的面瘫脸一如既往的面无表情，平静得像个没事人一般，甚至不见一丝波澜！

盯着他离开的背影，严末微心里一揪，双手紧握成拳，悲愤地责问："难道你就没有话要跟我说吗？"

许熠祺的脚步顿住，他沉默了片刻，转身面无表情地看着她。

她的脸色苍白得近乎透明，粉唇不住地微颤着，那双蓄满泪水的美丽眼眸写满悲伤，以及，一丝不易察觉的卑微的哀求……

共同生活了十多年，许熠祺自然懂她的意思。只要他现在解释，哪怕他说这个东西是他朋友的，或者，他只是好奇避孕套长得怎么样，随便买只来研究研究，并没有亲身试用……甚至更荒唐可笑的理由，她都愿意相信。

可是，他并不想骗她，也没打算骗她。

抿了抿唇，他淡淡地说："你看见什么便是什么，我没什么要说的。"

虽然早已想过结果会是这样，可是当答案从他的口中飘出的那一刻，严末微的心却还是不由自主地剧烈抽痛起来："是上次那个问你泡面是加蛋还是加火腿肉的女生吗？"

"不是，是另一个。"

"另一个？"严末微眼前一黑，右手紧紧地捂着闷痛得令人几近窒息的胸口。她只觉得心脏像被一把钝化的刀子来回拉锯着，粗糙却持久的钝痛一波接一波地向她袭来，几乎要把她的意识淹没："你到底背着我交过多少个女朋友？"

"她们不是我的女朋友，我的女朋友只有你一个，她们只是我的垫脚石而已。具体数目我没算过，大概二十个左右吧！"

许熠祺的坦白宛如一枚威力强大的原子弹，把严末微鲜血淋漓的心炸得支离破碎。

"二十个……"纤弱的身体猛烈地摇晃了一下，她下意识地伸手扶着橱柜，努力不让自己倒下，"什么时候开始的？"

"两年前。"

"两年……哈……两年……"她自嘲地笑了，脸色惨白，神情有些恍惚，"男朋友背着自己在外头拈花惹草了两年，我竟然一点也没有发现……我真是一个傻子……"

许熠祺看着她这副伤心欲绝的表情，浓眉紧紧地皱起："我从没想过要隐瞒你什么，否则我不会公然和那些女生来往，更不会让你发现。有好几次，我和她们吃饭被你撞见了，你当时也没说什么，不是吗？"

"你的异性缘向来很好，我以为她们只是你的普通朋友而已！”

许熠祺无奈地叹了一口气，捺着性子解释：“小微，我们的工作室这几年虽然发展得不错，但和秦明宗的腾升集团一比，渺小得就像鸡蛋上的一粒尘埃，想要报仇并不容易。那些女生要么是豪门名媛，要么是高官千金，在工作上能帮我不少忙。我需要借助她们背后的力量，在最短的时间内把事业推上一个新台阶，你明白吗？”

严末微痛苦地摇头，她紧紧地握住他的手，明知希望渺茫，却还是忍不住苦苦相劝：“熠祺，我知道你复仇心切，可是不一定要用这样的方法啊！这两年我在腾升集团混得不错，顺利的话，再过不了几年，就能坐上总监的位置。以你的能力，我们的工作室那时想必已发展成上市公司。界时，我们里应外合，想要击倒秦明宗也不是多难的事！”

“我等不了那么久！”许熠祺恨恨地咬着牙，眼睛里迸射出愤恨的光，“我一想到妈妈生前那段郁郁寡欢的日子，就恨不得把秦明宗五马分尸！我连一天也不愿意多等！”

严末微仰头看着他，泪眼模糊，苍白的唇瓣不住地颤抖着问：“你的意思是，你还要继续和那些女生来往？”

“我需要她们。”

“如果我不准你这样做呢？”

许熠祺沉默了片刻，别过头不看她：“如果你接受不了，我们就分手吧！”

严末微怔怔地看着他，不敢相信他会说出如此绝情的话。

她知道复仇对他来说，比什么都重要。妈妈对她恩重如山，她想要击垮秦明宗的心情并不亚于他，可是她不能理解他的做法。最让她不能接受的是，他竟可以这么轻易地说出“分手”这两个字！难道他们在一起的四年，在他的心里就如此没有分量？

握着他的手缓缓地放开，严末微失望地转身，脚步沉重地走出厨房……

眼看着她就要走到玄关，身后那个一直不吭声的男人却突然开口了——

“等等！”

严末微的呼吸一窒，心脏先是罢工了半秒，继而疯狂地跳动起来。她的脚步顿住，背对着他，左手紧紧地捂着胸口，紧张地等待他的下文。

然而，许熠祺向来就不是什么仁善的人，他的人生字典里从来没有“心软”这个词——

“别忘了尽快把设计方案的下半部分弄来，泰宏游戏那边的人还在等着。”

他的话宛如冬日里盖头浇下的一盆冰水，瞬间便把严末微心里那缕刚燃起的希望浇熄了。

她真傻，竟以为他会改变主意……

粉唇勾起了一道自嘲的弧，严末微一把拉开大门，头也不回地走出这所令她心碎的房子……

许熠祺站在原地，看着缓缓关上的大门，琥珀色的眼睛里闪过了一抹隐忍的痛，紧握成拳的右手狠狠地捶在坚硬冰冷的墙壁上！

该死！他又伤害了她一次！

这样的画面，并不是他乐意所见的，可是他没有办法……

在妈妈去世的那一刻起，他便失去了呵护她的资格……

X市的秋天昼夜温差很大，还不到晚上10点，大街上的行人已经寥寥无几。夜风带着阵阵寒意吹来，街道两旁的梧桐树上的几片仅剩的枯叶在枝头颤动了几下，最终不敌风力，在半空翻飞了两圈后，无力地落在冰冷的水泥路面上。

严末微穿着一身单薄的连衣裙，一脸的恍惚，拖着两条沉重的腿，麻木地向前走着。冷风穿过她的发丝，扬起她的裙角，她却丝毫感受不到那刺骨的寒意，只是一步接一步、机械地向前走。

天很冷，可是再冷，也冷不过此刻她那颗仿佛浸泡在冰水里的心。

她不知道自己和许熠祺的关系怎么会变成这样，曾经他们的感情明明是那么好。记得以前上初中的时候，许熠祺还没有创立现在的M&W软件开发工作室，她也只是一个没有经济来源的普通初中生，妈妈那份微薄的薪水只够勉强维持一家人的温饱。自十二岁那年开始，她便没再买过一件新衣服，身上穿的都是改小了的妈妈的旧衣服。同学们笑她衣着老土、古怪，不愿意和她做朋友。许熠祺知道后，一声不吭地跑到快餐店做了一个月兼职，赶在开学前，给她买了好几套漂亮的新衣服。哪怕时间已过去了十一年，她仍然记得当初她从他手里接过那些新衣服时，那份感动得几乎落泪的心情。

严末微想不明白，一个曾经这么疼爱她的男人，现在怎么会变得这么冷漠，这么狠心地伤害她呢？

“说不定熠祺是有苦衷的呢？”一个温柔的声音在严末微的内心深处响起，“他不是说，这么做都是为了替妈妈报仇吗？”

失落地停下脚步，严末微冷得发白的唇微微颤动了一下，低声回应心底的自己：“我知道熠祺急于报仇，可是他不能因为这样，就背叛我们的爱情啊！这些年，我不也一直惦记着为妈妈报仇吗？难道我也要效仿他，利用自己的身体去接近那些高管和富商？”

那个温柔的声音带着一种神秘的力量，继续循循善诱道：“熠祺和那些女生交往只是为了利用她们，他并不爱那些女生，他的心底由始至终只有你一个人。”

严末微痛苦地摇头，眼底渐渐覆上一层水雾：“可是我没办法眼睁睁地看着自己的男朋友和别的女生在一起，却装作一副什么也不知道的样子！”

“你就委屈一下，忍一忍吧！待妈妈的仇报了，熠祺就会和那些女生断绝关系，变回原来那个疼你、爱你的好男友了。”

严末微的动作一顿，眼底的痛苦神色渐渐被一抹茫然取代，自言自语般地低喃道：“是吗？只要报了仇，熠祺就会变回以前的那个熠祺了吗？”

那个温柔的声音连忙附和：“是的！是的！为了你的幸福，你一定要努力整垮腾升集团，早日帮熠祺完成心愿哦！”

沉默了半晌，严末微努力压下心底的那丝不安和怀疑，伸手一把擦干脸上的泪水，眼神渐渐地变得坚定起来：“对！我要把设计方案的下半部分弄来，我要整垮腾升集团，我要整垮秦明宗！我要帮熠祺完成心愿！”

是的，只要她帮他完成心愿，他就会变回以前那个许熠祺！他宠她、爱她、心里只有她！他说过，要一直牵着她的手，直到她那头乌发变成花白，也绝不放手的！

为了他们的爱情，她一定要努力！

第二天，严末微在办公室煎熬地度过了一个上午，好不容易等到午餐时间，她连忙端起马克杯，走进离叶东城的办公室不远的茶水间。

她给自己冲了一杯咖啡，然后若无其事地倚在门旁，状似休闲地轻啜着。那双锐利的眼睛透过马克杯的边缘，专注地盯着叶东城办公室的方向，耐心地等待目标的出现。

很快，陈静出现在办公室的门口。对方似乎也看见了她，经过的时候似有若无地瞟了她一眼，眼神充满鄙视，然后昂着下巴，趾高气扬地走了。

严末微没有理她，继续耐心地等待着。

这回，她等了差不多大半个小时，就在她的耐心几乎用尽的时候，穿着一身休闲式西装、打扮得斯文俊朗的叶东城终于出现在她的视线里。

注视着那张温和的俊脸，严末微的心没来由地变得紧张，握着马克杯的手渐渐地变得有些潮湿。

虽然报仇心切，但一路走来，她从来没伤害过任何一个不相干的人。可是，这一刻，为了妈妈，为了她和熠祺的幸福，她马上就要伤害这个曾经帮助过她的男人了。

紧张之余，严末微不禁有丝难过。这种复杂情绪，在叶东城经过她面前的时候，升到了最高点。所幸的是，后者似乎没有看见她，目不斜视地向前走，很快便消失在走道的拐弯处。

提到嗓子眼的心缓缓地落回原处，严末微继续在原地静待了五分钟，确定走道里空无一人后，她压下心中的那丝难过和愧疚，深吸一口气，毅然走进了那扇即将决定她终身幸福的门。

严末微一心想着速战速决，没有发现在她进入经理办公室的下一秒，一道颀长的身影从走道的拐弯处走出。来者表情复杂地凝望着她消失的方向，那双墨玉一样黑亮的眼睛里慢慢地浮上了一抹浓浓的失望。

叶东城的办公室和严末微之前进去的时候基本没什么两样，室内依旧窗明几净，物件依旧摆放得井井有条，唯一不同的是，门旁的花架上多了一盆翠绿的看上去很有精神的富贵竹。

当然，此刻的严末微是不会有心情注意这些细枝末节的。

闪身进办公室，小心地掩上门，她没有丝毫的停滞，马不停蹄地奔到摆放电脑的办公桌前——

开机、输入密码、打开放置设计方案的文件夹……

一切都是那么的顺利。

严末微喘了一口气，连忙掏出事先准备好的U盘，正要往主机上插，办公室的门却在此时发出吱呀一声……

心脏瞬间蹦到了嗓子眼，严末微顿时紧张起来，拿着U盘的手不受控制地颤抖了一下，失去控制的U盘啪的一声，掉到了地上！

进来的人久久没有发出声音，背对着门的严末微也一直沉默着——她还没从这场突如其来的变故中反应过来。

短短的一分钟，却像是一个世纪般漫长。

终于，严末微从惊恐中反应过来，拖着僵硬的身体，缓缓地转身……

当门外那张熟悉的俊脸映入眼帘，严末微只觉得有什么东西在大脑里轰地炸开，体内的血液瞬间凝固，就连呼吸也仿佛就此停止——

是他……

她最不愿意面对的事情终究还是发生了……

门外的叶东城迈开长腿，一步一步地逼近办公室里头的人，那双充满复杂神色的眼睛直直地盯着对方那张没有丝毫血色的布满惊慌的小脸，那张向来温和的俊脸上没有丝毫温暖的表情："严副经理，你是不是应该跟我解释一下，你为什么会在我的办公室里?"

严末微低头看了一眼地上的U盘，此刻证据确凿，即使她把理由编出花来，眼前的男人也是不可能相信的了。

想到这，她反倒没有先前那么惊慌了，抬头直直地迎视叶东城的目光，索性豁出去："你看到什么便是什么，我没什么好解释的。"

对于她的回答，叶东城的眼底闪过了一抹明显的失望。目光扫过电脑屏幕里显示的内容，他捺着性子继续问："昨天那个偷偷进入我的办公室，复制我的电脑里的机密文件的人是你?"

严末微也不拐弯抹角，爽快地承认："对!"

“你想方设法盗取‘锁碧传’的设计方案有什么目的?”

柳眉轻挑，严末微无畏地直视着他，目光充满讥讽：“你觉得我会告诉你吗?”

面对她这种近乎挑衅的态度，叶东城忍不住皱起眉：“你就不怕我向秦总监告发你?”

樱唇不屑地勾起一道弧线，严末微嗤笑一声，冷冷地说：“从踏进这间办公室的那一刻起，我就做好东窗事发的准备。”

语毕，她俯身捡起地上的U盘，不再看面前的男人一眼，头也不回地走出办公间。

看着那抹渐渐消失在门后的倩影，叶东城紧紧地皱着眉，沉默了良久，然后像是做了什么重大的决定般，神色凝重地掏出手机，拨了一串号码——

“小郑，我记得你有个朋友是开侦探社的，我想请你的朋友帮个忙，调查一个人……”

第三章　狐狸精的秘密

从叶东城的办公室出来，严末微逃到了公司的天台。

此刻的她心乱如麻，谁也不想见。

双手抱膝坐在天台的角落，她仰头茫然地看着远处的天空，眼底闪过了一抹懊悔。

其实，刚才一踏出叶东城的办公室，她就后悔了。以叶东城的性格，说不定她放下身段，编个凄楚点的理由，再挤几滴眼泪，保证以后也不会鬼迷心窍地再犯这样的错误，他就会心软地放她一马。可是，她偏偏表现得这么糟糕，还不知死活地向他叫嚣！换作任何人，面对这样的她，也不会轻易地放过吧？

他会不会真的向秦翊唯告发她？如果他真的这么做，那她肯定会被公司炒鱿鱼的，到时她和熠祺的复仇计划就会泡汤了！

还有，叶东城这次发现了她的行动，以后肯定会加强设计方案的保密工作，以后她想要再盗取设计方案，几乎是不可能的事了。

如果她拿不到设计方案的下半部分，肯定会影响复仇计划的进度，她该怎么把这件事告诉熠祺？如果熠祺知道了，会不会对她很失望？会不会一气之下向她提出分手？

不行！她不能失去熠祺！自她懂事起，她便喜欢上他。他是她的天，他是她的地，他是她的一切，她绝对不能失去他！

怎么办？现在的她，应该怎么办？

严末微痛苦地闭上眼睛，把脑袋埋在双腿间，双手紧紧地揪着那头被风吹乱的青丝。

小郑的侦探朋友的工作效率显然很不错，叶东城两天后就拿到了一份详细的调查报告。

捏着那几张薄薄的 A4 纸，目光在那一行行的文字间滑过，他眼底的神色一寸寸地沉了下来。整份报告看完，他脸上的表情已经阴暗得像窗外灰蒙蒙的天了。

俊脸紧绷，叶东城死死地盯着那份调查报告，目光复杂，不知道在想什么。沉默了好半晌，他突然转身，像风一样大步朝办公室外奔去！

来到隔壁的副经理办公室，叶东城一把拉起正坐在办公桌前发呆的严末微，不顾其他同事异样的目光，拉着毫无防备的她直直地穿过办公间，没有丝毫停顿地踏进电梯。

今天的天气显然不太好，天空阴沉沉的，密密麻麻的乌云遮盖住了阳光。带着湿气的凉风幽幽地吹过，卷起地上几枚残破的落叶。

天快要下雨了。

天台的中央，一对男女气势汹汹地站在那里，一声不吭地对峙着。两人的脸色似乎都不太好，浑身散发着骇人的气息。

“你拉我来这里干什么？”严末微揉着微红的手腕，眼睛里透着浓浓的恼意。

叶东城紧紧地盯着她，什么也没说，从西装的暗袋里掏出一份薄薄的文件，难掩怒意地使劲扔在她面前的地上。

低头扫了一眼地上的纸张，严末微俯身拾起，大略地扫视了一遍文件的内容，脸色渐渐地沉了下来。

“你调查我？”

叶东城紧抿着唇，眼睛一眨不眨地紧盯着她：“报告说，你自幼在孤儿院长大，三岁那年被一许姓妇人收养，是不是真的？”

红唇微勾，严末微冷冷地盯着眼前满脸严肃的男人，语带嘲讽地道：“叶经理，我想我没义务向你报告我的身世吧？”

叶东城没有因她的冰冷所惧，锲而不舍地继续求证：“你的养母许慧兰终身未嫁，却有一个儿子——许熠祺，也就是你的现任男友。报告上还提到，你的养母这辈子只喜欢过一个男人，那就是她的初恋情人秦明宗。这个秦明宗跟我们的董事长同名同姓，或者说，他们根本就是同一个人？我猜，许熠祺是秦董事长的私生子，对不对？”

他调查她就算了，他居然还调查她敬爱的妈妈！

严末微只觉得一股热血涌到了脑门上，一张俏脸瞬间涨得通红。她紧握起拳头，愤怒地瞪着眼前的男人，话语几乎是从牙缝里蹦出来的：“叶东城，你凭什么私自调查我的妈妈?”

叶东城没有理睬她的愤怒，一字一句地继续往下说:“我不知道你养母和秦董事长之间发生了什么，但如果我的假设成立的话，秦董事长和你的养母生下了许熠祺，却没有娶她，而是娶了现在的董事长夫人。身为许慧兰的养女，目睹养母受到这样不公平的待遇，你应该恨秦董事长，乃至整个秦家才对。既然如此，为什么你要进入秦董事长的公司，帮你的仇人挣钱?你进入腾升网络集团的真正目的到底是什么?”

对!她确实对秦明宗恨之入骨!

当年，秦明宗为了钱和前途，抛弃了交往了三年的妈妈，娶了上司的女儿。这也就算了，男未婚女未嫁，每个人都有选择的权利，她不怪他。可是，他千不该万不该的是，跟另一个女人结婚后，还来纠缠妈妈，甚至瞒着妈妈他和那个女人育有一子的事实，哄骗妈妈他已经跟那个女人协议离婚，让妈妈傻傻地留在他的身边，为他生下熠祺。如果他没有这么做，妈妈也不会在得知自己成为第三者后，患上忧郁症，最后郁郁而终!

秦明宗害死了她的妈妈，难道她不应该恨他吗?

想到那个害死自己妈妈的男人，严末微心里充满了恨意，可是她并没有被这恨意冲昏头脑。恼怒之余，叶东城的话令她心惊，他竟然查出了这么多事情，甚至已经对她进腾升网络集团的目的起疑了，这对她和熠祺的复仇计划可是大大的不利!不行!这件事不能再瞒下去了，她得去告诉熠祺!

想到这，严末微按压下心中的慌意，面无表情地对眼前执着的男人说:“叶经理，我的事你管不着，也最好别管!在这职场上，多一个朋友比多一个敌人要好，这是永恒的真理。叶经理是聪明人，我想你一定明白我的意思。”

语毕，她不再看他，转身头也不回地离开了。

凝望着那抹渐行渐远的背影，叶东城轻轻地开口，那双黑白分明的眼睛里闪着坚毅的光芒：“我不会这么轻易放弃的，我一定会把这件事弄清楚的！”

离开天台，严末微已没有工作的心情。向公司请了半天假，她想也不想，便打的来到M&W软件开发工作室。

站在高耸入云的商业大厦前，严末微仰头看着大厦中间的某几层，那便是许熠祺工作的地方。

她只来过这里一次，那时她还在读大四，刚进入腾升集团实习。许熠祺对于她的到来，并没有表现出任何欢迎的意思，话语间甚至还流露出几丝不悦。

严末微知道，他是在担心秦明宗发现他俩的关系，影响他们的复仇计划。

知道他不喜欢，她后来就没来过了。

可是，这一次不一样，叶东城的调查说不定会使他们筹划多年的复仇大计全盘落空。事态严重，她必须要和他商量出一个万全的对策。

想到这，严末微连忙掏出手机，拨了许熠祺的电话号码。

挂上电话不久，许熠祺的身影便出现在大厦的门口，严末微连忙迎上去：“熠祺！”

许熠祺冷着脸，没有关心她这么远赶过来累不累，开口的第一句话便是冰冷冷的责备：“我不是说过，没事不要过来这边找我吗？要是被秦明宗发现了我们的关系怎么办？有什么事情不能在电话里说的？”

许熠祺的态度让严末微有些难过，可是正事要紧，她决定先收起这些个人小情绪，急急地对面前一脸不耐的男人解释：“我知道，我知道，可是这件事真的很急！我盗取设计方案的时候被叶东城抓住了，他还找人调查我，他已经知道了我们和秦明宗的关系！”

“什么？”许熠祺的脸色一沉，双手蓦地抓住她的双肩，眼底流露出掩藏不住的焦虑，“我们的事情被人发现了？叶东城是谁？”

柳眉轻蹙，严末微强忍着肩膀传来的疼痛，温顺地回答：“他是我的上司，研发部的经理。”

许熠祺的理智渐渐回笼，他终于察觉到自己的动作弄痛了她，放开掌下瘦弱的肩膀，他微眯起眼睛：“就是上次在西湘阁和你吃饭的男人？”

严末微点头，担忧地问：“熠祺，我们现在该怎么办？”

“拿不到设计方案，势必会影响泰宏游戏和我们的合作。”许熠祺烦恼地抓了抓脑门上的头发，剑眉紧紧地皱起，“末微，你这次太不小心了！”

严末微自然知道事情的轻重，脸上不禁浮上了一抹愧疚的神色：“对不起。”

“算了，事情已经发生了，道歉也于事无补。”想了想，许熠祺又问，“关于我们的计划，叶东城知道多少？”

“他并不知道我们的复仇计划，他只知道我们和秦明宗的关系。”

闻言，许熠祺的脸色终于缓和了一些，深思了片刻，他说：“这样吧！泰宏游戏那边由我来处理，至于那个叶东城，你要想个办法让他闭嘴，绝对不能让他泄露半句我们的背景。”

“嗯！”

她应该怎么做，才能确保叶东城不会破坏她和熠祺的复仇计划？

从商业大厦回来，严末微便一直在思考这个问题，可是想了几天，她也没想出什么可行的法子。她知道，事情拖得越久，便对她和熠祺越不利，谁也不知道叶东城会不会在下一秒把事情泄露出去。可是，她一点思绪也没有，一想起这个问题，她的脑袋就胀痛不已。

她该怎么办？她应该怎么办？

双手紧紧地揪着头发，痛感一波接一波地自太阳穴传来，严末微痛苦地闭上眼睛。

算了，先别想了，再想下去，她一定会疯掉的！她需要休息一下，让脑袋清醒清醒。

睁开眼睛，严末微蓦地站起来，随手拿起办公桌上的马克杯，朝外走去。

来到茶水间的门口，严末微正想进去，里头飘出的低低的谈论声却让她下意识地停下了脚步——

“你们听说了吗？原来新来的秦总监就是秦董事长的儿子呢！秦董事长这次安排秦总监进公司就是为了锻炼他，好让他早日熟悉公司的业务，为以后接管公司做准备呢！”

“天啊！真的吗？没想到秦总监长得这么帅，这么有能力，而且还是太子爷呢！不知道他有女朋友没有！”

“我看他跟那个安助理走得挺近的，他们之间会不会有什么呢？”

“你们想多了，秦总监是不会跟安若然一起的。”

严末微认得最后这个声音，是她的下属。

“小雅，你这话是什么意思呢？你是不是知道什么？”

小雅神秘兮兮地说：“你们没看出来吗？秦总监的心里有人！”

“真的？”

眼看自己成为众人的焦点，小雅不禁有些得意，立刻知无不言起来：“他喜欢的女生叫孟天瑶，两人大学的时候就在一起了。两人的感情十分好，每天都在学校里出双入对的，恩爱得不得了。可惜，天妒红颜，孟天瑶在大四那年出了车祸，就这么走了。秦总监伤心了很久，至今也没有再交过女朋友。”

“这跟安助理有什么关系呢？”同事乙不解。

小雅喝了一口水，徐徐地解释道：“安助理和孟天瑶是闺密，两人情同姐妹。听说孟天瑶当时就是为了救安助理，才命丧车轮下的。因为这个原因，秦总监把恋人的死怪罪到安助理的头上。他恨她都来不及，又怎么会和她谈恋爱呢？”

“小雅，你怎么会这么清楚秦总监的事？”

“我当然清楚，孟天瑶是我的学姐，我们是在同一所大学就读的。”

“不对呀！既然秦总监这么恨安若然，那他为什么还让安若然做他的助理呢?”有同事疑惑地问道。

“这我就不清楚了……”

小雅话中透露的信息让严末微大受震惊，没想到平时看起来冷漠无情、心思难测的秦翊唯居然是一个如此专情的人!果真是人不可貌相啊!

严末微摇了摇头，也没有心思冲咖啡了，转身正想离开，突然脑中灵光一闪——

秦翊唯对孟天瑶用情如此深，如果当昔日深爱的恋人再度出现在他的面前，他肯定抗拒不了吧?

当然，她不可能变成孟天瑶，但她可以模仿孟天瑶的言行举止!只要让他在她的身上看到昔日恋人的身影，秦翊唯肯定不可能无动于衷!等她成为他的女朋友，再略施小计，让他开除叶东城。只要叶东城离开了腾升集团，他应该就不会成为她和熠祺的威胁了吧?而且，只要她成为秦翊唯的正牌女友，肯定有更多的机会接触公司的机密文件，到时熠祺再给她布置什么任务，她执行起来就更容易了!这真是一个一石二鸟的好办法!不过，当务之急，是要好好了解孟天瑶这个人!

想到这，严末微端着咖啡杯，慢条斯理地走进茶水间。

正聊得兴起的众人一看见她的身影，不约而同地变了脸色，低声跟她打了声招呼后，便各自端着杯子，纷纷退了出去。

严末微看着跟在众人身后的小雅，淡淡地开口:“小雅，等等。”

小雅的脚步一顿，回头忐忑不安地看着眼前面无表情的上司，疑惑地问："严副经理？"

回到办公室，严末微坐在桌前的皮椅上，一双明眸透过落地玻璃窗，凝望着楼下川流不息的车流，沉思良久，终于像是在心里下了什么重要的决定，掏出手机拨了一个烂熟于心的号码——

"喂，熠祺吗？麻烦你帮我查一个人，要尽量查得深入些，特别是她的兴趣和爱好、生平一些重要的经历，都要查得清清楚楚，她的名字叫孟天瑶……"

在极度焦虑的心情下，严末微好不容易熬过了漫长的五天，在第五天的傍晚，她终于等来了许熠祺的电话——

"末微，你想要的东西出来了，我在公司楼下的咖啡馆等你，你赶紧过来一趟。"

"好的！"

挂上电话，严末微连忙拿起沙发上的外套和包包，快步朝门口走去……

来到约定的咖啡馆，严末微在门口便远远看见了坐在角落里的许熠祺，走过去坐下，许熠祺招来侍者给她点了一杯蓝山，随后把一份文件推到她的面前："你要的东西。"

严末微接过，目光在纸张的内容上逐一扫过，最后停在一组照片上——

那是孟天瑶生前的一些生活照，照片上的她穿着不一样的衣服，表情或笑或嗔，背景也各不相同，应该不是同一天照的。引起严末微注意的是，孟天瑶虽然在每张照片里穿着不一样的衣服，却佩戴着同一枚胸针。

察觉到她的表情有异，许熠祺放下手中的咖啡，认真地问：“怎么了？”

严末微凝望着照片上的胸针，秀眉微蹙，疑惑地问：“你有没有注意到每张照片里的孟天瑶都戴着同一枚胸针？根据调查结果显示，孟天瑶的家境并不算差，总不会节俭到连饰物也舍不得多买几件吧？会不会是这枚胸针对她来说有什么特别的意义？”

许熠祺探头朝照片上的饰物扫了一眼——

那是一枚银制的胸针，外形是一朵素净的百合花，枝叶舒展，花朵清雅，花蕊处镶着几颗闪着柔润光芒的碎钻。不算名贵，但胜在手工精巧，每一处细节都处理得十分完美，寥寥几笔，便将百合的神韵勾勒得淋漓尽致，十分讨人喜欢。

“这枚胸针是秦翊唯送给孟天瑶的第一份情人节礼物，所以她格外珍爱，每逢一些重要的节日和活动都会佩戴着它，报告的后面有提到。”许熠祺解释道。

是这样吗？

严末微若有所思地盯着照片中精致的胸针，脑中灵光一闪，心里顿时有了主意。

既然这枚胸针这么重要，若她不好好利用一番，那她还真对不起帮她做调查的人！

当天晚上，严末微上网搜索了关于胸针的生产信息，得知这枚胸针是国内知名首饰品牌钻石世家的独有款。第二天刚好是星期六，她吃过早饭，便拿着网上搜索得来的地址，来到位于市中心的钻石世家总店。

时间还早，首饰店里的顾客并不多，严末微刚踏进店门，一个身穿制服、模样清秀的女店员便面带微笑地迎了过来："小姐，您好，欢迎光临钻石世家中心店，请问有什么可以帮到您呢?"

严末微掏出手机，打开胸针的照片，递到女店员的面前："你好，我想要买这款胸针。"

女店员低头仔细地看了看照片里的胸针，抬头抱歉地说："小姐，不好意思，这枚胸针是我们公司三年前推出的情人节限量款，仅有 214 枚，早已售罄，现在市面上已经买不到了哦!"

这个情况倒是她始料未及的，严末微愣愣地站着，一时之间竟不知该怎么办。

女店员见她柳眉微蹙、粉唇紧抿，一副愁眉苦脸的样子，心里生出了一丝怜悯，忍不住关心地问："小姐，这枚胸针对您来说很重要吗?"

没想到女店员会这么问，严末微略微一怔，下意识地点头："嗯。"

女店员想了想，好心地说："小姐，这枚百合胸针已经绝版，市面上是不可能买到的了。如果您真的很需要这枚胸针，您可以寻找拥有这款胸针的客人，看看他们当中是否有人愿意把胸针转卖给您。"

找拥有这款胸针的人？严末微想了想，觉得这倒是一个可行的办法："请问我在哪里可以找到拥有这款胸针的人呢?"

女店员咬了咬唇，有些为难地说："小姐，不好意思，公司有规定，我们员工是不可以泄露客户信息的。"

严末微见状，连忙拉着女店员的手，软声哀求道："小姐，这枚胸针对我来说真的很重要，你就当帮帮我吧，好不好？"

女店员面露难色："可是……"

严末微静默了半秒，从皮包里掏出两张百元纸钞，悄悄地塞到女店员的手里："求求你了……"

"这……"女店员低头看了一眼手中的纸钞，迟疑了片刻，最终说，"好吧！我可以告诉你，可是你绝对不可以让别人知道是我告诉你的哦！"

严末微连忙点头："嗯！"

女店员朝四周看了看，确定没有同事注意到这边的动静，这才悄悄地把钱塞进裤袋里，低声说："其实我也不清楚购买这款胸针的客人具体有哪些，不过碰巧前段时间有位先生拿了一枚过来修理，这不，他刚刚才取走了胸针呢！"

"真的？"严末微一喜，"你知道那位先生的名字吗？你有没有他的联系方式呢？"

"我只知道那位先生姓叶，长相斯文俊秀。他今天穿着一件藏青色的V领毛衣外套、卡其色休闲裤、黑色休闲鞋。其他的我就不知道了。不过，他刚走没多久，如果你现在追出去，说不定还能追到他呢！"

"好的，谢谢你。"严末微转身，连忙向外奔去。

首饰店外是一条长长的步行街，时间还早，街道上的行人并不多，严末微一边飞快地向前跑，一边仔细地注意行人的衣着特征。

可是，一米、两米、三米……十米……二十米……眼看着一条步行街都快要跑到尽头了，她还是没有发现想要找的人。

难道那位姓“叶”的先生已经离开步行街了？严末微慢慢地停下奔跑的脚步，目光茫然地环顾四周，如果是这样，X市地大人多，她想要找到他几乎是一件不可能的事了……

想到这，她不禁有些沮丧，可是人已经走了，再沮丧也没有用了。

转身正欲离开，眼角却在不经意间扫到前方不远处的手机店里走出一个身材颀长的男子，严末微定睛一看——

藏青色的V领毛衣外套、卡其色休闲裤、黑色休闲鞋……

那不正是女店员口中那位姓“叶”的先生吗？

严末微顿时有种失而复得的欣喜，唯恐再度与对方错过，她连忙抬腿快步朝对方走去。

那位叶先生并没有发现自己已被别人关注，从手机店出来后，便迈着悠闲的脚步，徐徐地向前走着，不时还朝街道两侧的地摊张望两眼。

突然，他像是发现了什么有趣的东西，停在了一个售卖二手动漫手办的小摊前，低下头，饶有兴味地打量着那些各式各样的手办。

阳光温暖明媚，柔柔地投在那个浑身散发着温暖气息的男人身上，把那张挂着淡淡笑意的俊脸衬托得越发迷人。

严末微蓦地停下脚步，愣愣地盯着男人那张熟悉的俊脸，耳边回响着女店员的话——

“我只知道那位先生姓叶，长相斯文俊秀……”

姓“叶”……

天底下姓“叶”的男人数不胜数，她做梦也没想到那个男人居然是叶东城！世上居然有如此巧合的事！

让严末微更郁闷的是，现在胸针的主人是找到了，先不说那枚胸针对叶东城来说有没有什么重要的意义，单凭她前不久才和他发生过不愉快，她就敢断定，他是不可能把胸针转让给她的。可是，要完成她的计划，她就必须将这枚胸针拿到手。

现在，她该怎么办呢？

两天后。

清晨的阳光穿过半开的窗户，带着令人舒服的些微湿气，温柔地投洒在办公室内。

严末微坐在宽大的皮椅上，一边喝着外带的星巴克咖啡，一边把玩着一枚银色的小饰物，那双像猎豹一样的眼睛却紧紧地盯着对面的办公室。

对面正是叶东城的办公室，他们两个的办公室正对着，中间仅仅隔着一条并不算宽的走廊。透过敞开的门，她可以清楚地看见叶东城正坐在办公桌后，一边啃着汉堡包，一边忙碌地翻阅着手边的文件。离他不远的角落摆放着一个龙头花梨木衣帽架，上头挂着他的西装外套和一个款式中规中矩的黑色羊皮挎包。

严末微今天的目标就是它们。

或者说，是它们里面的钥匙。

低头看了一眼手上把玩着的饰物，这是许熠祺今早赶在她上班前交给她的。

舒展的银制枝叶，清丽脱俗的花朵，花蕊处镶着几颗闪着柔润光芒的碎钻，正是那枚百合花造型的胸针。许熠祺能在短短两天内找人把胸针仿制到这种程度已经算不错了。看起来和照片里孟天瑶胸前佩戴的毫无二致，但仔细看就会看出破绽。以秦翊唯对孟天瑶的深情，这个赝品是瞒不过他的，她必须用这个赝品换取叶东城手中的真品。相信只要她的计划能够顺利进行，赶在叶东城发现前，把胸针换回来不是问题。

至于怎么用这枚赝品换取叶东城的正品，她也想好了。叶东城是男人，没有哪个男人会随身携带一枚胸针，所以那枚胸针他肯定是放在家里的。据她所知，叶东城是一个人住的。她只要趁他工作的时候，跟公司请事假，然后溜到他家，神不知鬼不觉地把胸针换过来就可以了。当然，前提是，她要在不惊动叶东城的情况下，取到他家的钥匙。

思索间，对面的办公室忽然传来一阵拉动椅子的声音。严末微抬头，正好看见叶东城拿着一份文件站起来，走到外间低声对陈静说了几句什么。陈静听罢，点头答应。他满意地直起身，大步走出办公室，高大的身影很快便消失在走道里。

严末微眨了眨眼，目光转向空无一人的办公室和仍然好好地挂在衣帽架上的外套和挎包，眼前顿时一亮——她的机会来了！

把手中的胸针放进抽屉里，严末微正欲站起来，眼角余光却在不经意间扫过正在外间坚守岗位、埋头办公的陈静，柳眉忍不住皱起——

叶东城是暂时离开了，可是他的助理还在，她仍然是进不了他的办公室。时间紧迫，叶东城也不知道什么时候回来，如果她这一次拿不到钥匙，下一次机会也不知道要等到什么时候了。不行！她得想个办法把陈静支开！

可是，有什么办法既不会引起陈静的怀疑，又能立刻起效呢？

严末微背靠着宽大的皮椅，柳眉紧蹙，咬着笔杆子，想了好半晌，还是想不出什么好办法。低头一看手表，距叶东城离开已过去了十多分钟，再磨蹭下去，只怕他就要回来了。心里一急，她索性什么也不想，决定用回上次的法子。如果不幸被陈静识破了，那她也只好认命了。

掏出手机，她飞快地给许熠祺发了一条短信——

我要进叶东城的办公室找个东西，和我们的计划有关。你立刻打电话给叶东城的助理，找个借口把她支开。手机号码是我上次给你的那个。

短信发送成功的下一秒，她便收到许熠祺的回复：OK！

收起手机，严末微不由自主地屏住呼吸，紧张地关注对面办公室的情况。

果然没过多久，陈静的手机就响了起来。她一边用左手敲击着键盘，一边用右手漫不经心地接起电话。电话那端的许熠祺不知道跟她说了些什么，她的表情明显怔愣了一下，敲击键盘的左手蓦然顿住。她低声回复了对方几句，对方似乎又跟她说了些什么，她的脸上出现了一丝犹豫的神色。抬头环顾了一遍空无一人的办公室，她迟疑了半晌，才站起来，拿着手机走了出去。

听着渐行渐远的脚步声，严末微终于松了一口气。低头看着手表，估摸着陈静应该走远了，她连忙站起来，走了两步，似乎想到了什么，回头在办公桌上随手拿了份文件，才昂首挺胸，故作镇静地走了出去。经过走道时，她特别留意了一下四周，确定没有人，才迅速闪进了叶东城的办公室。

叶东城的办公室一如既往的干净整洁、一尘不染，各种各样的文件整整齐齐地安放在桌子的一角，看上去井井有条，很是舒服。

严末微却没心情欣赏这些，她现在只想赶在叶东城回来前把钥匙找到。

把手中的文件随意放在桌子上，她直奔衣帽架，把外套的口袋翻了个底朝天，却没找到钥匙。

一定是在挎包里！

她的目光转向外套旁边的挎包，满怀希望地把它里三层外三层地翻了个遍，仍旧一无所获。

怎么会这样？正常人不是都应该把钥匙放在挎包或者口袋里吗？

严末微眉头紧皱，又是着急又是气恼，在原地站了将近一分钟，脑中突然灵光一闪——

对了！还有办公桌！说不定钥匙就在桌子的抽屉里！

想到这，她连忙折回办公桌前，正想拉开抽屉，目光却在不经意间扫过桌角的小收纳盒，眼前顿时一亮——那串亮晶晶的东西不是钥匙是什么？

果真是有心栽花花不成，无心插柳柳成荫！

严末微顿觉惊喜万分，正欲伸手去拿，身后却突然传来一个温润的男声——

“严副经理，你在干什么？”

被发现了！

严末微心里“咯噔”了一下，脸上却迅速挂上客套的微笑，拿起桌上的文件，转身镇静地面对正站在门口疑惑地看着她的叶东城：“我有份文件需要你签名，看见陈静不在就直接进来了，没想到你也不在，正想走，你就回来了。”

“好的。”叶东城点点头，不疑有他，走到办公桌前坐下，“你把文件放在桌上，我一会儿看过没有问题就签字。”

严末微顺从地把文件放回桌上，两眼却紧紧地盯着躺在小收纳盒里的钥匙，两脚像粘在地板上一样，丝毫没有要走的意思。

她不甘心！花了这么大力气，好不容易才找到想要的东西，却只能眼睁睁地看着它，什么也不能做！她不甘心！她不甘心！！她不甘心！！！

“严副经理，还有事吗？”叶东城奇怪地看着她，目光充满不解。

“啊？哦……”为了不引起叶东城的怀疑，严末微只得按捺下满心的不甘，“没事了，那我先出去。”

叶东城点点头，不再理她，低头打开电脑，继续未完的工作。

严末微再次深深地看了盒子里的钥匙一眼，暗暗咬了咬牙，极不情愿地转身朝外走去。

虽然这次出师不利，不过她是不会就此罢休的，她今天说什么也要把胸针弄到手！

时间在众人的忙碌中飞快地过去，很快便到了下班时间。

合上最后一份文件，叶东城摘下眼镜，伸手揉了揉略微涨痛的鼻梁，转头看了眼窗外满天的彩霞，站起来，正欲去拿衣帽架上的外套，门外却在此时传来陈静和严末微的声音——

“严副经理，现在是下班时间，如果你要找叶经理，请明天再来。”

“我知道，可是我这里有份文案比较赶，需要现在和叶经理商讨一下细节上的问题。”

陈静有心继续刁难：“可是……”

“没关系，既然是工作上的事情，我可以晚一点下班，公事为重。”叶东城揉了揉太阳穴，重新走到办公桌前坐下，“陈助理，如果没什么事，你先走吧！”

上司都这么说了，陈静只得拿起早已收拾好的包包，恨恨地白了严末微一眼，悻悻然走出办公室。

严末微的情绪没有因为陈静的态度而产生丝毫的波动，抱着文件夹走进内室，在叶东城的示意下，她淡定地在他的对面坐下，把手中的文件夹推到他的面前。那张妆容精致的俏脸冷静从容、神色自若，仿佛两周前在天台上发生的那场争执只是一个虚无的噩梦，根本不曾在他们之间存在过。

既然她选择视而不见，那么在事情调查清楚前，他也没有必要提起。叶东城很清楚，如果她有心隐瞒，以她那倔强的性子，他再怎么追问，也不可能从她的口中问出什么的。

打开她推过来的文件夹，他大略扫了一眼里头的内容，是“锁碧传”里某个副本的关卡设定：“严副经理，这份文案有什么问题？”

严末微探身，纤指在文件的某两处上点了一下：“这里和这里的设定，你不觉得跟‘玄雾妖师’副本里的设定很像吗？现在的玩家都是很敏感的，如果同一个游戏出现这么接近的设定，玩家们会怀疑我们公司的诚意的。”

叶东城仔细地看了一下她所指的两个地方，浓眉不自觉地皱起：“确实有些相似，这两处得好好修改一下。”食指缓缓地在桌面敲了几下，他思索了数秒，抬头看她：“你有什么想法？”

抿了抿唇，严末微认真地说：“我还没确认，但已经有几个初定的方案了……”

严末微详细地说出自己的想法，叶东城认真地听着，不时提出一些建议，时间在两人的商讨中缓缓地过去。直到叶东城的胃终于受不了主人的忽视，发出咕噜咕噜的抗议声，两人才顿觉外头的天早已黑透，墙上的时针快指向八点了。

叶东城有些尴尬，下意识地捂住胃部，俊脸浮上了一抹浅浅的红。

严末微合上文件夹，体贴地提议：“要不我们先吃些东西吧?”

叶东城点头，一边收拾桌上的文件，一边问：“你想吃什么？我请!”

严末微想了想，说：“文案差不多快修改完了，要不我们叫外卖吧?”

“外卖?”叶东城抬头看了一下墙上的钟，“可是公司快关门了呢!”

严末微的目光闪烁了一下，她垂下脑袋，指尖轻轻地抚着文件夹的边缘，温婉地说：“那我们去饭馆打包些菜上你家，一边吃一边修改剩下的内容好了。”

叶东城想了想，觉得不无道理：“也好，反正只剩下一些收尾工作了，早些完成也好，免得耽搁明天的事。”

成功了!

一抹欣喜在严末微低垂的明眸中闪过，就连心跳也因为高兴而加快了节拍。

没错！今晚这场加班戏是她自导自演的！其实她今天早上就发现了副本设定这个问题，她是故意拖到将要下班才过来找他的，因为只有这样，才有后面这些发展，她才有机会光明正大地走进他家!

严末微抿了抿唇，小心地藏起脸上的欣喜之色，拿着文件夹站起来：“那我先回办公室收拾东西。”

“好的。”

叶东城的公寓离公司并不远，不到二十分钟的车程便到了。

房子很大，四房两厅的格局被打通成两房两厅，看上去开阔明亮。房子整体的布置简约实用，没有一丝多余的装饰，色调以白色为主，感觉素净舒服，就像房子的主人一样。

严末微一边朝里走，一边饶有兴味地打量着："你的房子装修得真不错，我挺喜欢这种风格的，不介意我四处看看吧？"

"当然，你随意。"叶东城微笑，随手脱下外套搭在沙发背上，"我先去厨房拿碗碟把食物盛起来。"

"好的。"严末微双唇微扬，目送着叶东城的身影消失在厨房门口，唇边的浅笑渐渐隐去。

回头看了一眼客厅两侧的两扇房门，她毅然走进了其中一间。

严末微进的显然是一间书房，一进门便看见一张差不多有两米长的黄花梨办公桌，桌面上放着一台液晶显示器、几本厚厚的原文书和一些办公用品。书桌的对面是一扇大大的落地窗，厚厚的深蓝色绣花窗帘垂在窗户的两侧，白色的纱帘正被风吹得微微扬起。落地窗的旁边摆着一张又大又软的米白色沙发，工作累了的时候可以躺在上面小憩。两个外观一模一样的红檀如意书架紧贴着左右两面墙体而放，大小和墙体一样，显然是特别定制的，上面摆满了各种各样的书籍。墙上还挂着水墨画，清幽淡雅，意境深远。

严末微却无心欣赏，她现在只想尽快把胸针找到。

书房里能找的地方并不多，桌面的笔筒、办公桌的抽屉、书架的暗格、放在架子最下面的小盒子……她甚至连沙发底都翻过了，却一无所获。

柳眉紧蹙，她咬着唇，想了片刻：难道是在卧室里？

迅速把翻过的地方整理成刚进来时的样子，她悄悄地走出书房，确认叶东城还在厨房里忙着，连忙悄无声息地走进另一个房间。

叶东城的卧室很大，里头的摆设却不多，只有一个款式简单却实用的衣柜、一张宽阔柔软的大床和一个奶白色的床头柜，墙壁贴着泛着淡淡的珍珠光泽的无纺布壁纸，地板上铺着柔软的羊毛地毯。房间里最大的特色便是大床对面的那面墙，整整一面墙被做成一个巨大的书架，材质是珍贵的黑檀木，上面自然也是摆满了各种各样的书籍。

严末微忍不住翻了翻白眼，叶东城到底是有多爱看书啊？书房里收藏着那么多书不说，就连卧室也不放过！

不过也多亏这样，严末微没多久便在床头柜的第二个抽屉里找到了她想要的百合花胸针。

小心地把胸针收好，又把许熠祺给她的仿制品放进装胸针的精致盒子里，她终于松了一口气。

计划了这么久的事，终于有所进展，她今晚也可以睡个好觉了！

关上抽屉，严末微怀揣着胸针，心情愉悦地走出房间。

叶东城还在厨房里，严末微走进去，发现他正忙着把打包回来的菜倒进碟子里。

“需要帮忙吗？”

“好的，麻烦你帮我在左边的橱柜拿两个碗和两对筷子出来。”

“是这里吗？”

“嗯。”

严末微抬头看了一眼头顶上方的橱柜，踮起脚尖勉强把柜门打开，手却怎么也够不着放在最里面的瓷碗。

柳眉微蹙，她努力把脚踮得更高一些，手臂也尽可能地向上伸，指尖却只能险险地碰到碗身，想要拿下来根本不可能。

严末微正考虑着要不要搬张椅子过来，叶东城不知何时已站在她的身后。

“让我来吧！”

“好吧！”个子高就是好呀！

严末微抿了抿唇，正想走开，好把位置让给叶东城，却在转身的瞬间，手肘不小心碰倒了台上的酱油瓶——

“小心！”叶东城一惊，下意识地上前一步，扶住摇摇欲坠的瓶子。

严末微只看见一堵人墙伴着一阵猛烈的气流突然扑了过来，还没反应过来发生了什么事，她已被他圈在怀里。她的身子微微向后倾着，右手无意识地挡在他的胸前，抬头傻乎乎地看着那张近在咫尺的俊脸，呼吸间盈满了他身上独有的气息，一向平静的心突然没来由的变得有些慌乱。她知道自己应该推开他的，可是身体里的力气却像是被人抽空了一般，双手使不出一丝的气力。

放好手中的酱油瓶，叶东城松了一口气的同时，终于发现了一丝不对劲。低头一看，两人四目相对，他顿时呆住了。

现在是什么情况？严末微怎么会在他的怀里？

叶东城想要放开她，怀里的人儿却是那样的柔软，竟让他有些舍不得放手。两人的距离是那么的近，他可以清楚地看到她的眼睫毛在微微颤抖着，仿若蝴蝶的翅膀。她的眼睛很美，乌黑的瞳仁闪着幽幽的光泽，宛如两泓神秘的深潭，轻易便把他的神魂吸了进去。他感觉到自己的心在不受控制地颤抖着，萦绕在鼻尖下的幽幽馨香令他的心神变得恍惚，那娇艳欲滴的樱唇仿佛伊甸园里那抹最艳丽的红，在引诱着他采撷。他的眼神变得迷蒙，情不自禁地拥紧怀里柔软的娇躯，慢慢地俯下头……

看着那张慢慢地靠近自己的俊脸，严末微有一刹那的恍神，下意识地闭上眼睛。

就在两人的双唇即将碰上的那一刻，严末微的脑中却忽然闪过了许熠祺那张没有表情的脸。她一惊，猛地把他推开。

叶东城没有防备，被她这么猛然一推，踉跄着退后了好几步，慌乱中险险扶住了一旁的饭桌，才没有摔倒。

“对、对不起……我、我要回家了，工作等明天再处理好了……”在他的目光下，严末微的脑袋垂到胸前，语带惊惶地低声道，又鬼使神差地加了一句，“我的男朋友还在家里等着我。”也不知道是在提醒叶东城，还是在警告自己。

语罢，不待他回应，她便转身仓皇地跑了出去。

客厅里传来的那声砰的关门声，让叶东城眼睛里的熠熠光彩一下子黯淡了下去。

他到底是怎么了？他刚才居然想要亲吻她？他忘了吗？她可是有男朋友的人啊！

虽然明知道这是无法改变的事实，但他的心却依旧狂乱地跳动着，刚才被她碰过的胸口仿佛被铁烙过一般，灼热得惊人……

门外，严末微无力地靠在门上，心情复杂地闭上眼睛，左手懊恼地盖住自己的脸。

虽然她不想承认，可是刚才叶东城的脸向她逼近的那一刻，她的心分明不受控制地剧烈跳动着！如果不是突然想起许熠祺，她甚至不敢保证自己会不会在最后一刻把他推开！

她到底是怎么了？她爱的人明明是熠祺呀！她的心跳怎么能为别的男人加速呢？

越想越头痛，她忍不住揪着头发，狠狠地甩了甩脑袋。

算了！算了！不想了！说不定她刚才只是一时鬼迷心窍，才会产生那样的错觉！毕竟一直以来叶东城在工作上对她都颇为照顾，会有那样的错觉也是人之常情。等这件事结束，两人不再见面，她自然就会恢复正常了。她爱的人是许熠祺，一直都是。对！没错！一定是这样的！

这么想着，她的心情终于平复了一些。

从怀里掏出战利品，看着在灯光下闪着银色光泽的百合花胸针，她暗下决定——一定要加快进度，让这件事早点结束！

第四章　欲擒故纵

清晨的第一缕阳光在天边悄然绽放，唤醒了这座沉睡了一夜的城市。安静的大街小巷渐渐地热闹起来，大街上人来人往，车水马龙，小贩的吆喝声、车子的鸣笛声交汇成一首最欢快的曲子。

腾升大厦矗立在这座城市最繁华的地段，三十八层高的大楼在周围低矮的楼群中宛如鹤立鸡群，显得格外的气派。“腾升网络集团”六个金属大字在阳光的照耀下，金光闪闪，大气磅礴。

在明媚的晨光中，研发部的职员们一如既往地忙碌着，机器运作的声音、敲击键盘的声音、同事们低声讨论的声音……工作间里到处洋溢着一种积极的氛围。

小雅拿着一份文件，走到副经理办公室前，礼貌地在敞开的门上敲了两下。

严末微正埋首电脑前，闻声头也不抬地应道：“请进。”

小雅走到办公桌前，把手上的文件递给一直专注地盯着电脑的上司：“严副经理，这是刚整理出来的数据表，麻烦您审阅一下，如果没有问题，我就拿去交给秦总监了。”

正在键盘上飞快敲击着的纤指蓦地一顿，严末微终于抬起头，盯着小雅手中的文件夹，眼神不可捉摸："这份数据表是要交给秦总监的？"

"是的。"

严末微点点头，十指重新敲击键盘，一边继续未完成的工作，一边漫不经心地说："我恰巧有事要找秦总监，你把数据表放下，我等会顺便帮你送过去吧！"

小雅眉微蹙，有些犹豫地说："这样不太好吧？秦总监会不会……"

没有给她继续说下去的机会，严末微随手从旁边的一沓文件夹里抽出两份递给她，语气淡淡地吩咐道："我这里有几份图纸需要备案，你帮我扫描进电脑吧！我还有工作要忙，如果没有别的事，你先出去吧！"

严末微话中的逐客之意小雅怎会听不出？她只迟疑了半秒，便顺从地把手中的数据表放在桌子上，接过对方递过来的文件夹："好的。"虽然她不明白严副经理为什么执意要帮她送数据表，但她很清楚自己绝对不能因为这样的小事而得罪了顶头上司。再说，不过是几张数据表而已，又不是什么机密文件，严副经理还能害她不成？

小雅离开后，严末微停下手上的工作，视线从电脑屏幕转移到桌上的数据表上。沉默了半分钟，她拉开办公桌最下方的抽屉，从里面掏出了一个精致的首饰盒。打开盒盖，那枚百合花胸针正安静地躺在柔软的紫色天鹅绒布上，绽放着柔和的光泽。

严末微很清楚，只要她戴着这枚胸针走进秦翊唯的办公室，她就再也没有回头的机会了。

她会设法得到秦翊唯的信任，顺利地从他身上得到腾升网络的机密；叶东城会离开公司，不再成为她复仇路上的绊脚石……

一切都会按照她的计划进行。

可是，为什么想到这些的时候，她这里会隐隐作痛呢？她的右手下意识抚上胸口心脏所在的位置。

严末微凝望着那枚百合花胸针，有片刻的失神……

意识到自己在想什么后，严末微深吸了一口气，猛地摇了摇头——

不对！能帮到熠祺，她应该开心才对！

是的！她现在所做的一切都是正确的！都是自己想要的！

果断地拿起胸针佩戴上，严末微站起来，头也不回地朝外走去……

总监办公室的外间，安若然正坐在办公桌前整理文件，看见严末微进来，礼貌地打招呼：“严副经理。”

严末微点点头，拿着数据表朝里走：“我有事要找秦总监，他在里面吗？”

安若然放下手中的文件，正想回答，目光却在不经意间扫过严末微衣服上的胸针，不由得一怔。

这枚胸针……

恍惚间，她似乎回到了三年前，那个曾给过她无限温暖的女孩，胸前也别着这样一枚胸针。

“然然，这是翊唯送给我的情人节礼物，是不是很漂亮？”

学校宿舍里，女孩站在温暖的灯光下，语调欢快，小脸红扑扑的，亮晶晶的眼睛里洋溢着满满的幸福。

那朵清雅的百合花在女孩的衣服上安静地绽放着，晶莹纯净的水钻在橘黄的灯光下，散发着柔和温暖的光芒，一如男孩凝望着女孩时的目光。

那种目光只属于女孩。至少，就没在她的身上出现过。

他对她，向来是礼貌而疏远的。

没有人知道，其实她遇见秦翊唯的时间，比孟天瑶更早。

那是一个午后，天气难得的好。天空蔚蓝如海，白云绵绵，冬日的阳光温暖而美好。

安若然快步在熙熙攘攘的大街上穿行着，她赶着去兼职的咖啡厅。

这是市人民医院的后街，人流量很大，狭长的街道两旁常年挤满卖水果和鲜花的小贩。

远远的，她便注意到那个高高瘦瘦的男生。他长得很好看，侧脸棱角分明，眉目干净清冷，穿着一件亚麻色的风衣和黑色长裤，整个人看上去就像冬夜里的雪花，优雅而清冷，跟这嘈杂的街道显得格格不入。此刻，他正站在一个卖水果的小摊前，跟那对摊主夫妇据理力争着。

“你们缺斤少两、坑骗老人，老奶奶有选择不买的权利！”

安若然这才注意到他的身旁还站着一位满头银丝、驼着背、衣服上打着补丁的老人。

“缺斤少两？我们怎么缺斤少两了？”身材高大的中年男摊主瞪大眼睛，恶狠狠地瞪了一眼神色惊惶的老人，又指着摊子上那袋用红色塑胶袋装好的橘子，“这个老太婆刚才把果子的枝叶都剪掉了，那些枝叶难道不用算钱吗？”

“就是啊！”女摊主双手叉腰，也是一脸的凶恶，“不买刚才怎么不早说？果子的枝叶都剪掉了，你们现在说不买，我们这果子还能卖出去吗？”

老人害怕地往男生的背后缩了缩，小声道：“我买之前问过你们，你们说可以剪掉枝叶，我才剪的。”

“我们什么时候说过？”中年男摊主的声音陡然拔高，狰狞的五官挤成一团，样子看上去更加凶狠了，“谁听到我们说过了？你吗？是你吗？还是你？”男摊主凶巴巴地朝围观的人胡乱指了几下，看热闹的众人纷纷后退几步，显然谁也不想惹祸上身。男摊主见此，更加有恃无恐，对待老人的态度也更加恶劣了：“我们根本没有说过这样的话！我告诉你们，你们今天要是不付钱，谁也别想离开！”

老人瑟缩了一下，连声音也开始微微发抖：“我没有听错，你们真的说过这样的话……再说，我身上的钱也只够买两斤橘子……”

“老奶奶，算了，跟这种无赖是说不清的。”男生温柔安抚了老人，回头冷冷地盯着中年男摊主，从风衣口袋里掏出钱包，“这些橘子多少钱？我帮她付！”

原来他在为老人打抱不平，没想到他表面看上去清冷，其实是一个这么有正义感的男生。

凝望着男生那张充满正气的脸，安若然的唇角不自觉地微微翘起，她忍不住停下脚步，关注事情的发展。

“早这样说不就没事了！”中年男摊主翻了翻白眼，朝男生伸出手，“四十五块!”

男生低头打开钱包翻了翻，动作突然一顿，脸上的表情变得有些僵硬。

男摊主瞧出端倪，横眉倒竖，不客气地逼问：“怎么不掏钱了？你不会是不想付了吧？”

男生抬头，表情虽然微有尴尬，却仍镇定地问：“我出门忘记带现金了，刷卡可以吗？”

一听说没有钱，男摊主的神色顿时大变，气冲冲地嘲讽道：“你说可以吗？我这样的小摊子，上哪找机器让你刷去？连四十五块都掏不出，还想打肿脸充英雄！我呸!”

安若然看不下去了。

像他这样的男生，应该坐在咖啡厅靠窗的位置里，沐浴着阳光安静地看书，不染一丝俗气，而不是站在这拥挤的街道上，遭人围观，受人奚落。

她挤进人群里，默默地把身上仅有的五十块钱递给站在一旁的女摊主，轻声说：“这是那位老奶奶买橘子的钱，这件事到此为止吧!”

语毕，她默默地转身，匆匆离开——因为她突然想起咖啡厅的工作，刚才这么一耽搁，她快要迟到了。

经过他身后的时候，她的脚步还是忍不住停顿了一下，善意地低声提醒了一句：“下次遇到这样的事情还是报警吧!”

那天过后，有很多个安静的夜晚，她会想起那个清冷如雪的男生。不知道事情后来怎么了，不知道摊主夫妇后来还有没有为难他，不知道他有没有回头看她一眼……

后来，想他的次数多了，睡在安若然下铺的孟天瑶终于发现了她的不对劲。孟天瑶是安若然最好的朋友，两人高中的时候就认识了，感情好得像亲姐妹一样。安若然自然乐意把心中的小秘密告诉好朋友，可是转念一想，她连男生的名字都不知道，又该从何谈起呢？幸好，孟天瑶追问了一段时间，就没有再问了。听说是因为孟天瑶不知道在哪认识了一个长得很帅的男生，天天跟在人家的屁股后跑，自然没空管她了。

再后来，她趁空闲的时候，故意跑到那条街道上转了好几次，却再也没遇见过那个男生。她很失落，以为自己跟那个男生再也不会相见，却没想到几天后，她会再次见到他。

那天是孟天瑶的生日，安若然以为她会跟那个长得很帅的男生一起过，却没想到傍晚的时候她突然跑回宿舍，拉着她的手，说要带她去见一个人。

“你要带我去见谁？是那个长得很帅的男生吗？”安若然问。

孟天瑶调皮地朝她眨了眨眼，神秘兮兮地说：“去到你就知道了。”

安若然点点头：“那我先去换件衣服。”

“嗯嗯，你今天要打扮得漂亮一点哦！”孟天瑶开心地拍了拍她的肩膀，然后像是突然发现了新大陆般，惊讶地瞪大眼睛，“咦？若然，你的长发呢？什么时候剪了？”

安若然打开衣柜，挑了件款式简单得体的大衣，一边解外套扣子，一边回答：“刚剪的，打理太费时间了，会影响咖啡厅的工作。”

孟天瑶嘟了嘟嘴，一脸惋惜：“好可惜啊！咱们上一次剪头发还是进大学的前一天呢！咱们同一天留的长发，你就这么剪掉了……”

“没关系，头发还会再长的。”安若然扣上大衣的最后一颗扣子，微笑着，“先别说这个了，咱们现在还是先去见见你神秘的‘白马王子’吧！”

说起心目中的王子，孟天瑶的眉眼再度舒展开来：“嗯！”

两人来到约好的餐厅，相约的人已早早来到，正背对她们坐在靠窗的一个座位上。

孟天瑶拉着她，欢喜地一路小跑跑到那人的面前。

安若然终于看清了神秘人的脸。

那是一个长得很帅的男生，脸部线条棱角分明，眉目干净清冷，穿着一件白色大衣，整个人看上去就像冬夜里的雪花，优雅而清冷……

安若然当场怔住，像一个木偶般傻乎乎地站在原地，两眼直直地盯着男生，心脏像是被什么划破了一道口子，疼痛一点点地蔓延开来……

孟天瑶没有察觉到她的异样，松开她的手，蹦到男生的旁边坐下，挽着他的胳膊，笑靥如花：“若然，他是我刚交的男朋友——秦翊唯。”

男生的面容在温暖的灯光下散发着雪一般的光泽，嘴角微翘，礼貌地朝她伸出手：“你好。”

他们终于再次相遇，却是在这样的场景中；她终于知道了他的名字，却是出自好朋友之口。

命运向来喜欢开这种低劣的玩笑。

“安助理！安助理！”

严末微的叫声唤回了安若然飘远的思绪，她惘然地眨了眨眼，仍是有些不在状态：“啊？”

严末微摇了摇手中的数据表，耐心地重复道：“我有事要找秦总监，他在里面吗？”

“啊，在的！我帮你通报一下。”安若然终于意识到自己的失态，快速整理好自己的思绪，这才站起来，走到那扇虚掩的门前轻敲了一下，“秦总监，严副经理要见您。”

里头传来一个清冷的声音：“让她进来。”

安若然回到自己的位置，礼貌地对等在那里的严末微说：“严副经理，你可以进去了。”

“好的，谢谢。”严末微朝她微微点头，摇摆着腰肢，走过去，推开了那扇虚掩的门。

办公室里，秦翊唯戴着一副眼镜，正坐在宽大的办公桌后，认真地翻看一份厚厚的文件。

严末微还是头一次看见秦翊唯戴眼镜的样子。平时的他冷傲无比，不好亲近。戴上眼镜的他少了一分寒气，多了一分斯文，看起来反倒更有魅力了。

随手把门掩上，严末微走过去，把手上的文件夹递到他的面前：“秦总监，这是你要的数据表。”

“放在桌上，我等会儿再看。”秦翊唯头也不抬地吩咐，修长的手指翻了一页手中的文件，全神贯注地继续往下看。

默默地盯着他，严末微习惯性地咬了咬唇，心里暗暗思忖着：这文件一放下，我就得出去了。这可不行，秦翊唯还没看到我的胸针呢！我千方百计把这枚胸针弄来，可不是为了戴着玩的！

脑子高速运转起来，思索了不到一秒，她的心中已经有了主意。

严末微朝办公桌走近了一些，佯装要把文件夹放下，右脚却突然一拐——随着一声惊呼，严末微失去平衡的身子已重重地摔在地上，手中的文件夹也在飞了出去。

动静这么大，秦翊唯想不注意都难了。

“你怎么了?”放下手中的文件，秦翊唯站起来，走到她的身旁，浓眉微微皱起，“有没有摔伤?”

“没什么，可能是因为换了新鞋子，双脚还没适应，不小心扭了一下，等会儿擦点油就没事了。”严末微忍着痛，配合地在脚踝上揉了两下。其实，她更想揉的是屁股！刚才没把握好力道，落地的时候屁股可摔得不轻，痛死她了！

秦翊唯的目光落在她的高跟鞋上，那尖尖细细、将近十厘米的鞋跟让他的眉头皱得更深了：“你们女人就是死要面子活受罪!”嘴上虽然这么说，俯身捡文件夹的时候，他还是顺带把她拉起。

“谢谢。”

严末微站稳的那一刻，秦翊唯清楚地看到了她胸前的那枚胸针。

熟悉的百合花造型，清雅的花朵，舒展的枝叶，花蕊处那几颗碎钻在金色的阳光下，闪烁着圣洁的光芒。

明明是那样柔和的光，在秦翊唯的眼中，却是那样的璀璨夺目，让人无法忽视！

身体里的血液仿佛瞬间沸腾起来，每一根神经都变得异常紧绷。握着纤细皓腕的大掌不自觉地收紧，秦翊唯紧紧地逼视着面前的女人，目光灼灼，一双眼睛亮得惊人：“这枚胸针你是从哪里得来的?”

“朋友送的。”感觉到自己的手腕被他越握越紧，严末微的双眉因为疼痛而微微蹙起，“秦总监，你还好吗?”

秦翊唯终于意识到自己的失态，立刻放开她的手，强作镇定地轻咳了一声：“咳，你朋友的眼光真好。”

“我也这么觉得!”漂亮的樱唇情不自禁地微微上扬，此行的目的达到了，严末微的心情自然是愉悦的，“秦总监，没什么事的话，我先出去了。”

“好。”

严末微心情愉快地转身离开，出去的时候不忘帮他把办公室的门掩上。她想，此刻的秦翊唯，最需要的怕是一个人安静地待着了。

秦翊唯此刻确实没有工作的心情。

回到自己的座位，随手把文件夹放在桌面，坐在宽大的皮椅里，他有些落寞地凝望着窗外的天空。

今天的天气很不错，天空蔚蓝似海，上面飘着几朵洁净如雪的白云，阳光暖而不烈，一切都是那样的美好。

记得和她初遇的那天，也是这样的好天气……

那是三年前的圣诞前夕，他趁学校放假，特意回国探望生病的奶奶。经过市人民医院的后街时，他看见一位年纪跟奶奶相近的老妇人买水果没带够钱被人欺负。那时的他涉世未深，性格虽然冷傲，却不像现在这般无情，看到老人受欺负，想也不想就仗义相助，却忘了自己因为平时在国外用惯了信用卡，身上带的现金并不多，根本不够付水果钱。他尴尬地站在水果摊前，正不知所措时，却突然听到身后传一声低低的提醒——

“下次遇到这样的事情还是报警吧！”

他心里疑惑，正想回头，女摊主却在这时走过来，一边把手中的钞票塞进口袋里，一边拿起老奶奶要买的那袋水果朝他们扔来：“算你们好运！刚才有位小姑娘已经帮你们付过钱，你们可以走了！”

他怕水果砸到躲在自己身后的老奶奶，再也顾不上其他，下意识地伸手接住。等他再回头时，那个好心的女生已经走远了。隔着熙熙攘攘的行人，他甚至看不清她的样子，唯有那穿着白色毛呢大衣的背影、在风中微扬的棕色格子围巾，还有那头像瀑布一样柔顺光滑的及腰长发，永远地定格在他的脑海中。

他从不是一个轻易动心的男人，可是那天过后，他居然有好几次梦到了那个年轻的女生。她还是穿着那件白色的毛呢大衣，棕色的格子围巾包裹着她白皙纤细的脖子，那头柔顺光滑的及腰长发在金色的阳光中随风起舞，美得清新脱俗、如梦似幻。她在远方袅袅地向他走来，用温柔的嗓音轻轻地呼唤他的名字。他站在道路的一端，又是期待又是焦急地等待着。可是，那条路像是永远走不尽一般，他等了又等，她都没能走到他的面前。

梦每每到这里，他就醒了，心里空落落的，像是遗失了什么东西。

他终究还是没有看清她的脸。

秦翊唯本以为自己再也不会遇见那个年轻的女生，却没想到两周后的一个阳光灿烂的午后，他们再次相遇了。

还是市人民医院的后街，他提着一袋子营养品，准备去探望久卧病床的奶奶。经过上次那个水果摊时，发现那对无良摊主夫妇居然又在骗老人的钱，他气不过，上前跟他们理论。那对摊主夫妇却嫌他多管闲事，毫不讲道理，到后面甚至要动手打人。他懒得再跟他们说下去，正要拿出手机报警，身后却传来一个清脆的女声——

“跟这种无赖讲道理是没用的，你最好还是找警察来处理。”

他心里一动，蓦然回首——

站在眼前的是一个长相俏丽的年轻女生，细细的柳眉、充满灵气的大眼睛、写满正义感的瓜子脸、白皙的脖子上套着一条红色的围脖，一头瀑布般的乌黑长发柔顺地垂落在她的背后。她手里拿着一盒粉色的优酸乳，身上穿着一件白色的中长款棉外套、深蓝色紧身长裤，看上去充满朝气和能量。

相似的话语、相似的身形、一样的及腰长发……

是她！她一定就是上次帮他解围的那个女生！

他的心里顿时涌出了一阵失而复得的欣喜。

秦翊唯打量长发女生的同时，摊主夫妇也上下扫了长发女生一眼，见是一个娇娇弱弱、个子还不及自己下巴高的小女生，男摊主顿时不耐烦了：“哪里跑出来的死丫头，居然敢跑出来管老子的闲事?”

长发女生虽然长得娇小，却丝毫不怯弱。她扬起下巴，勇敢地直视男摊主那双透着凶光的眼睛，满脸正气地高声说：“你们在大庭广众之下欺负老人，我就是要管!”

“死丫头，我看你是想找死!”男摊主这样的暴脾气哪忍得了这样的挑衅，话音还没落，右手已高高地扬起。

秦翊唯唯恐长发女生受到伤害，想也不想地挺身挡在她的身前。

长发女生却毫不惧怕，动作干脆地从外套口袋里掏出手机，果断地要拨打110。

女摊主看长发女生这架势，怕是要来真的，心里有些慌了，连忙拦住冲动的丈夫，顺带把钱塞回老人的手里：“算了！算了！遇到你们这班瘟神算我们倒霉了，这笔生意我们不做了！拿回你们的钱，有多远滚多远!”

长发女生见此，这才停下拨号的动作，慢悠悠地把手机放回口袋里，并厉声警告道：“你们以后要是再骗人，我发现一次就报一次警，直到你们不再骗人为止!”

“你!”男摊主气得脸都绿了，眼看着又要举起手，女摊主连忙拦住他。

“算了！算了！咱们今天运气不好，遇到了个女疯子，你就别跟她计较了!”

“哼!”男摊主恶狠狠地瞪了长发女生和秦翊唯一眼，转身忙摊子的活儿，不再理他们。

得到帮助的老人向两人连声道谢后，拄着拐杖蹒跚离去。

长发女生站在原地，凝望着老人离开的背影，忍不住感慨道：“这些老人这么可怜，那些无良小贩还要骗他们的钱，他们真不是人!”语毕，叹了口气，转身准备离开。

秦翊唯的大脑还没细想，双腿已下意识地上前两步，拦在长发女生的身前：“你好，我叫秦翊唯，请问可以告诉我你叫什么名字吗?”

这是他有生以来，头一次跟女生搭讪，向来被一堆女生众星捧月般追捧着的他自然是自信满满的，却没想到——

“不可以！姑娘我可不是随便的人!”长发女生看也没看他一眼，抬腿就走，却在绕过他的时候，眼角余光不经意间扫过他的脸。脚步一顿，她突然猛地抬头，惊讶地盯着他的脸，水汪汪的大眼睛里丝毫没有女生该有的矜持和害羞，只有满满的惊叹和赞美：“哇，好帅的脸啊！啊啊啊！我刚才怎么就没发现旁边站着一个这么帅的帅哥呢?”

秦翊唯被长发女生那热情的目光和直白的话语吓得有些反应不过来，双颊更是破天荒地微微泛红，像个情窦初开的少年般不知所措，最后直接落荒而逃：“咳，我突然想起还有事，我先走了，再见。”

“啊，帅哥，你别走啊!”长发女生连忙追了上去，一边紧紧地跟着，一边叽叽喳喳地自我介绍，“我叫孟天瑶，你的手机号码是多少？我记一下……”

秋风微凉，轻轻地拂过，扬起淡绿色的落地窗帘。金色的阳光如流水般清晰明净，透过洁净的窗玻璃，温柔地投洒在办公室的地板上。男人几乎把整个上半身埋没在宽大柔软的皮椅里，整个人沉浸在过去的美好回忆中，那张英俊的脸上浮上了一丝连他自己也没有察觉到的淡淡的幸福笑意。

那时的他们是多么的单纯，多么的勇敢，多么的勇于争取幸福。

如果时间可以停留在那一刻，该有多好？

从总监办公室出来，严末微的心情好极了。

她的猜测没有错，孟天瑶虽然离世已久，却仍占据着秦翊唯心中最重要的位置。而那枚胸针，可以勾起秦翊唯的回忆。只要她继续模仿孟天瑶的喜好，设法得到秦翊唯的信任，离成功就不远了。

一路沉浸在自己的思绪里，严末微完全没有发现前方的走道有一个男人正迎面走来。

在毫无心理准备的情况下，突然遇见严末微，叶东城是不知所措的。

因为昨晚那个情不自禁却未完成的吻，她离开后，他一夜无眠。他忐忑，他不安，他害怕她生气。他想了一整夜，却想不出该如何向她解释。因为他心里很清楚，他根本不后悔自己的冲动。可是，他也明白自己这样是不对的，她是有男朋友的人，自己连追求她的权利也没有。他不知道该如何面对她，所以整个早上都在小心地避开她，却没想到人算不如天算，还是在这里相遇了。

叶东城紧张得连手脚也不知道怎么放是好，机械地前进着，心里有些害怕，却又有些期待：等会儿跟她面对面的那一刻，该说些什么？她会不会因为昨晚的事情，从此把他当成不靠谱的好色上司？

然而，严末微根本没有注意叶东城，直到两人擦肩而过的那一刻，她也没有抬头看他一眼。

意外之余，叶东城心里居然莫名地感到一丝失落，脑子甚至不受控制地开始胡思乱想：她是真的没看见他吗？还是故意视而不见呢？是因为昨晚那场意外吗？她应该是生气了吧？

一个接一个的疑问如重重巨石压在叶东城的心上，折磨着他因睡眠不足而变得衰弱的神经，令他几乎喘不过气来。

终于，叶东城还是被自己的胡思乱想打败了，前行的脚步蓦地一顿。转身看着前方还没走远的倩影，他鼓起勇气唤道："严副经理。"

严末微沉浸在胜利的喜悦中，耳边冷不防传来叶东城的声音，顿时被吓得心头一颤。右手下意识地捂住衣服上的胸针，她四肢僵硬地站在原地，刚才的好心情荡然无存，心里暗暗叫苦：天啊！怎么会在这里遇见叶东城？他不是在办公室里忙着吗？历经千辛万苦，好不容易才得到这枚胸针，事情刚刚往前迈进一步，难道就要事迹败露了吗？

叶东城见她一直背对着自己，不肯转身，更加确定她是在生自己的气，心里越发忐忑不安，忍不住上前两步："关于昨晚的事，我们谈谈吧？"

听到他的脚步声，严末微做贼心虚，霎时慌了，还没来得及细想，嘴巴已反射性地大声喝道："等等！你别过来！"意识到自己的反应过激，她顿了顿，缓和了一下自己的情绪，才继续说："昨晚只是一场误会，你无须介怀，我早已忘了。"她现在只想赶紧离开，离他远远的。

叶东城以为她是在说气话，心里不由得急了，迈开大长腿，三步两步绕到她的面前："不是的，事情不是这样的……"话还没说完，他突然发现她的脸惨白得毫无血色，额角还沁出了几颗小汗珠，不禁担心地问："你怎么了？脸色怎么那么苍白？"浓密的剑眉微微皱起，他忍不住举起手，关心地朝她的额头探去……

"我没事！"严末微敏感地转过头，躲开他伸过来的手，握着胸针的右手不自觉地收紧了一些，指节微微有些发白。

叶东城终于发现她的不对劲，疑惑的目光落在她一直放在胸前的手上："你手里拿着什么？"

"没、没什么！"紧紧地握着别在衣服上的胸针，严末微紧张得有些结巴，"我、我还有工作要忙，先走了！"话落，趁叶东城还没反应过来，她拔腿快步离开。

叶东城站在那里，看着那抹纤细的身影以几近落荒而逃的姿态快速地消失在走道的尽头，心里的疑惑更深了。

快速逃回办公室，严末微反手掩上门，背靠着门板，抚着胸口直喘气。

吓死她了，差点就让叶东城发现了！

低头看了一眼衣服上的胸针，严末微想了想，最后还是伸手把它取了下来。

本来她还打算再在秦翊唯面前戴几次的，现在看来，既然已达到了一定的效果，她还是赶紧想办法物归原主，免得节外生枝，引起叶东城的怀疑。不过在此之前，她得趁热打铁，再在秦翊唯面前模仿几次孟天瑶的言行喜好，勾起他对自己的兴趣才行!

午休的时候，严末微盯着电脑屏幕右下角的时间，估摸着秦翊唯差不多该下楼吃饭了，便从手提包里拿出一盒优酸乳，插上吸管，慢悠悠地朝电梯走去。

时间算得刚刚好，严末微前脚刚在电梯口站稳，秦翊唯后脚就过来了。为了这一刻，她可是花了大量的精力和时间观察他的作息。现在看来，她这段日子也不算白忙了。

特意吸了一小口优酸乳，严末微神态自然地看着他，微笑着打招呼:“秦总监，下楼吃饭吗?”

“嗯。”秦翊唯点点头，目光落在她手中似曾相识的粉色包装饮料上，“这是什么?”

“这是优酸乳，味道酸酸甜甜，挺不错的，还可以减肥，你要试试吗?”说着，严末微就要把手里的优酸乳递过去，忽然像是想到什么，又不好意思地收回已伸到一半的手，“差点忘了，这盒是我喝过的，下次有机会再请你喝吧!”

“嗯。”秦翊唯淡淡地应了声，眼底滑过了一抹不易察觉的怀念和忧伤，“我以前有个朋友也很喜欢喝优酸乳。”

三年前，学校旁边的小超市里。

“一盒、两盒、三盒……”孟天瑶认真地数着购物车里的优酸乳，然后抬头仰视着旁边比自己高出差不多一个脑袋的俊朗男生，“翊唯，你说买六盒优酸乳够不够?”

秦翊唯伸手温柔地揉了揉她的头发，脸上是宠溺的微笑:“你一下子买这么多，是打算喝一个星期吗?”

“才不是呢！我和若然一人三盒，不到三天就喝光了！”

“那我呢？”他拉下脸，佯装生气，“你去哪里都惦记着你的好闺密，倒是把我这个正牌男友忘了！”

“我才没有呢！”她亲热地挽着他的手臂，像小猫一样用脸颊亲昵地在他的手臂上蹭了几下，“你和若然都是我生命中最重要的人！再说，我现在不是陪着你嘛！你喜欢喝多少，我们就买多少好不好？”

“哼，这才差不多！”

“你的朋友应该是女的吧？”

严末微的问话拉回了秦翊唯的思绪，他不着痕迹地收起眼底的那丝悲伤，默默地点了点头。

严末微知道他说的是孟天瑶，于是故意摆出一副闲聊的样子，有意无意地说：“很多女孩子都喜欢喝优酸乳，我记得我有位姓孟的远房表姐也格外喜欢喝这种饮料，尤其是草莓味的，我喝的第一盒优酸乳还是她给我的呢！”

姓孟？

秦翊唯心里微微一颤，嗓音里带着一丝连他自己也没察觉到的紧张：“你的表姐叫什么名字？”

“她叫……”严末微正想回答，电梯却在这时来了，门“叮”一声打开，里面站满了人，她连忙挤进去，“啊，电梯来了！秦总监，赶紧进来！”

秦翊唯跟在她的身后走进去，站在她的旁边期待地看着她，等待着她的回答。严末微却像是忘记了这事一般，一边盯着电梯楼层指示牌，一边安静地喝着优酸乳，没有再说话。

秦翊唯的嘴唇动了动，目光扫过周围拥挤的人群，意识到这里不是一个适合谈话的场所，最后还是闭上了嘴巴。到了食堂所在的楼层，两人出了电梯，很快便被汹涌的人潮冲散了，秦翊唯最终还是没有找到机会问清楚。

午休时间结束，秦翊唯回到办公室，做的第一件事，便是让安若然去人事部调出严末微的入职档案。

向来温顺的安若然没有像平常一样接到指令便立刻去执行，她像木头一样站在原地，沉默了两秒，轻声问："你看见严副经理的胸针了？"她了解秦翊唯，他从不会轻易对一个女人产生兴趣，至今为止，唯一能让他心生波澜的只有孟天瑶一个而已。自从孟天瑶离世后，更没有女人入得他的眼。除非，那个人身上有孟天瑶的影子。这让她想到了上午在严末微身上出现的那枚胸针。

秦翊唯抬头，不悦地扫了她一眼："你问这个干什么？"

安若然咬着唇，沉默了片刻，才低声说："我只是想提醒你，这个世界上只有一个孟天瑶，而她已经永远地离开了。"

"安若然！"秦翊唯猛地站起来，怒不可遏地瞪着她，额角青筋暴突！

他的盛怒是安若然意料中的事，只要是牵涉到孟天瑶的事物总能影响到他的情绪，哪怕只是简单的一句话。她知道，这么多年过去了，他还是接受不了心爱的女孩已经离世的事实。在他的心里，孟天瑶只是去了一个遥远的地方，她总有一天会回来，他们总有一天会团聚的。

垂下脑袋，安若然默默地盯着自己的鞋尖，没有出声。

她知道，自己说得再多，他也是听不进去的。

瞧见她这副模样，秦翊唯心里的火气稍微降了些，重新坐下，他冷漠地开口：“安助理，这是我的个人私事，我不认为你有资格管，你只要做好自己的工作就可以了！”

安若然咬了咬唇，什么也没有说，默默地退了出去。

自早上与严末微分开后，叶东城就老是觉得心绪不宁，干什么都提不起精神，总是觉得会有什么不好的事情发生。这种情绪，一直持续到下班。

回到家，他也没心情做饭，在冰箱里翻出个面包，一边吃一边走进卧室。经过书架时，他在上面随意拿了本散文集，准备躺在床上看会儿书，调节一下心情。坐在床上的那一刻，他的眼角余光扫过床头柜，发现第二个抽屉微微敞开了一条缝。

咦？叶东城不禁有些奇怪，他这几天没有打开过那个抽屉啊！难道是上次开的时候没有关牢？可是，不应该啊！他做事向来细心，怎么会犯这种低级错误呢？

他的眉头微微皱起，俯身打开抽屉，仔细扫视了一遍抽屉里的物件，发现里面的东西一件都没少，只有那个装着胸针的首饰盒原本是放在抽屉最里面的，现在却变成放在抽屉中间的位置。

拿起首饰盒，取出胸针，叶东城捏在手里细细地观察，很快便发现不对劲。这枚胸针的外形虽然和他的那枚一模一样，但他的那枚胸针因为已经有好几年的历史，再加上经常拿出来睹物思人，边缘已经有些磨损，表面也因氧化而微微发黑，而手上这枚太新太光滑了，明显是刚做出来没多久的。

叶东城的表情瞬间变得僵硬，握着胸针的手握得死紧。

很显然，有人偷龙转凤，用一枚仿制品把他的胸针换走了，而最近来过他家的就只有严末微……

第二天，腾升集团。

严末微推开天台的门，远远便看见一个男人正背对着她站在护栏前，微仰着头，遥望着远处的天空。

“你约我上来有事吗?”

严末微走过去，脚步刚刚顿住，突然一个什么东西就被猛地砸到她的脚下。她皱起眉，低头定睛一看，躺在脚下的竟是那枚百合花胸针！不对，正确点说，是那枚仿制的百合花胸针!

事情败露了?

这个认知让严末微顿时生出了些许惊慌感，不过这点小情绪很快便被她理智地压了下来。盯着脚下那枚胸针，沉默了数秒，她抬头表情淡然地对上叶东城愤怒的眼睛：“你想问什么? 问吧!”

叶东城盯着她异常镇静的面容，只觉得心底的怒火噌噌地往上蹿!

她欺骗了他！她利用了他！事情败露后，她在他的面前，怎么还能这么平静，就像什么事情也没有发生过一样?

指甲狠狠地掐进掌心的肉里，高傲的自尊让他努力地想要维持表面的平静，然而冰冷的语气终究是泄露了他心底掩盖不住的愤怒：“这枚仿制品是你的?”

“是的。”

“你是什么时候把它放在我的抽屉里的？”

“前天晚上。”

“那天晚上，你以加班为由去我家，其实是为了我的胸针？这一切都是你精心设计的？”

“是的。”

叶东城紧握双拳，俊脸如覆上一层薄霜，那双墨玉一般的眼睛里没有一丝温度：“包括那个差点发生的吻？”

他以为那晚她是故意勾引他的？

严末微沉默了，此时此刻，是与否已经不重要了。

叶东城把她的沉默视为默认，他突然觉得自己是那么的可笑。为了那个没有发生的吻，他紧张，他心怀幻想，他唯恐她生气，他一夜无眠，而这一切，居然只是她精心导演的一场戏！他像个傻子一样，在舞台上卖力地演出，幻想着有朝一日能与她一同起舞，最后却可悲地发现，这只是他一个人的独角戏。

一股刺骨的寒意涌上心头，叶东城只觉得身体像浸在冰水里一样，体内的怒火一点一点地熄灭了，心脏却狠狠地抽痛起来。

“你为什么要这样做？”

严末微垂下脑袋，不敢看他那双布满伤痛的眼睛：“我不能告诉你。”

叶东城看着她，麻木地问：“除了这件事，你还有什么是瞒着我的？”

贝齿死死地咬着唇瓣，严末微犹豫了片刻，终究还是选择坦白："我先前跟你说，我读大学的时候一直在玩'逆天·战神'这款游戏也是假的，我对这款游戏根本没什么兴趣，更没想过要进蓝岸科技工作。我这么说，只是想让你帮我得到'锁碧传'那个研发项目而已。"现在已经没什么好隐瞒的，她也不想再瞒着他了。

"是吗？"叶东城自嘲地笑，神色悲凉，"原来这些都是假的，你之前说要和我做朋友也是假的吧？我是有多愚蠢，才会被你利用了这么久，却一点也没有发现？"

严末微咬着唇，沉默不语。

叶东城凝望着螓首一直低垂的她，那张清俊的脸上没有一丝表情，声音轻浅得像一缕随时会消散的云絮："严末微，在你的心里，我只是一颗愚蠢得可以让你玩弄于股掌中的棋子吧？"

没有等待她的回应，叶东城拖着疲惫无力的身体，转身麻木地离开。

严末微终于抬头，默默地看着他。

灰蒙蒙的苍穹下，他的背影看上去是那样的孤寂，就像一只走失在大漠里的孤狼。秋风带着微微的凉意，把他的衣角吹得微微扬起，却吹不散他身上的忧伤。

他向着出口的方向，没有回头，一步步地走着，离她越来越远……

总监办公室里，秦翊唯坐在宽大的办公桌后，手里拿着安若然刚从人事部拿过来的入职档案，目光专注地翻阅着。

档案首页，一寸照里的严末微留着一头清汤挂面的长发，螓首蛾眉，脂粉未施，笑容清浅如初绽的白莲，带着一股刚出校园的清纯，美得让人移不开眼睛。

秦翊唯目光下移，落到照片下方的职员简介上。出生日期那一栏写着：1992 年 8 月，没想到她平时一副精明干练的样子，原来真实年龄这么小，比他还小了一岁。简介里显示，她以优秀的成绩毕业于本市的重点大学，籍贯是 Z 市。

Z 市！他以前曾听小瑶提过，她的籍贯也是 Z 市！

严末微那天的话语再度在秦翊唯的耳边回响——

“很多女孩子都喜欢喝优酸乳，我记得我有位姓孟的远房表姐也格外喜欢喝这种饮料，尤其是草莓味的，我喝的第一盒优酸乳还是她给我的呢！”

同样的籍贯！同样的姓氏！同样爱喝草莓味优酸乳！难道严末微的远房表姐就是小瑶？对了！还有那枚百合花胸针！说不定就是小瑶生前送给她的！

想到这里，秦翊唯心里一阵激动，恨不得立刻找严末微问个明白！

可是……

转头看了一眼窗外黑漆漆的天，墙上的挂钟显示着现在已是晚上八点多了，严末微应该早就下班了吧？算了，明天再问吧！

秦翊唯把档案放回抽屉里，拿起桌上处理了一半的文件想要继续工作，可是情绪激昂的他却怎么也无法平静下来，文件里的内容更是一个字也看不进去。折腾了十多分钟，他终于放弃了，收拾东西，准备下班。

走到距离电梯十多米的地方，秦翊唯远远便看见一个穿着职业套裙的年轻女生正在电梯口等着，瞧那熟悉的衣着打扮和背影，不是严末微是谁？他心里一喜，三步并作两步，快速走到女生的身旁。

“严副经理，这么晚才下班？”

严末微抬头，见是他，微微一笑：“嗯，有些工作没做完，加了一会儿班。秦总监，你怎么也这么晚？”

“我也是加班。”

两人闲聊间，电梯来了。严末微率先走进去，秦翊唯随后，在电梯门快要关上的那一刻，门被人用手在外面挡住了，微显憔悴的叶东城走了进来。看见里面的两人，他不禁微微一怔，回过神后，客气地朝秦翊唯点了点头，算是打过招呼了。

电梯门重新关上，楼层指示牌上的红点缓慢地跳动着。

电梯内只有他们三人，严末微和秦翊唯并排站在最里面，叶东城正对着他们站在靠近门口的位置。三人谁都没有说话，电梯里安静得连只蛾子飞过的声音都能听得一清二楚。严末微垂着脑袋，忐忑不安地盯着自己的鞋尖，只希望电梯赶紧到一楼。叶东城默默地看着她，眼神复杂，却始终没有说话。秦翊唯倒是有很多问题想问严末微，但碍于叶东城在场，又不好意思开口了。三人各怀心思，沉默地站着，气氛尴尬中透着几分怪异。

很快，这份诡异的安静就被终于忍受不了这种气氛的秦翊唯打破了。

“严副经理，今天是开车来上班吗？”

严末微抬头，勉强朝秦翊唯笑了笑，仍旧不敢看向叶东城："没有，我坐地铁来的，我的驾照还没有得。"

秦翊唯想了想，热心地提议道："地铁站离公司有段距离，要不等会儿我送你回去吧！"他顺带可以问问她那个远房表姐的事，真是一举两得！

严末微轻轻地转头，悄悄地瞄了叶东城一眼，发现他正面无表情地盯着自己，吓得连忙低下头，婉拒道："不用麻烦，我家离公司不是很远，坐地铁挺方便的，实在不行，我还可以打车。"

"你一个女孩子，这么晚打车多不安全。"秦翊唯扫了一眼她那纤瘦的身躯，眉头微皱，"要是遇到什么坏人，就你这小身板，怕是连还手的力气都没有。我是你的上司，有责任保护你的安全，你用不着跟我客气，还是我送你吧！"

明明是同事之间再正常不过的对话，严末微也一直在婉拒着秦翊唯的好意，可是这场景看在此刻的叶东城眼里，却是无比刺眼。他觉得严末微根本不是真心拒绝秦翊唯的，她是在玩欲擒故纵的游戏，她的目的是要勾引秦翊唯，把他变成下一个自己！

说不清心里是痛恨严末微视男人为玩物，还是嫉妒秦翊唯将要取代自己在严末微心中的位置，反正叶东城只觉得心里有什么东西在蠢蠢欲动，在怂恿着他，大声叫嚣着：拆穿严末微的真面目，绝不能让他们两人在一起！

终于，嫉恨还是战胜了理智，叶东城来不及细想，气话已冲口而出："秦总监，你这话就不对了。现在的女孩子虽然表面柔弱，但心里的主意可是多着呢！若是她们有心算计咱们，怕是咱们连反抗的力气都没有呢！”

闻言，严末微心里咯噔了一下，贝齿紧紧地咬着唇瓣，放在腿侧的双手不自觉地紧握成拳，尖尖的指甲深深地陷进了掌心的肉里。她最担心的事情还是发生了！

“叶经理，你这话是什么意思呢?”秦翊唯满脸迷茫，困惑地看着叶东城，“我不是很明白。”

叶东城的眼睛一直紧紧地盯着严末微，见她垂首不语，心里更是气恼，出口的话也更难听了：“我的意思是，这年头有很多女孩子喜欢玩弄心计，秦总监千万得睁大眼睛看清楚，可别被人当成棋子耍了……”

见他越说越直白，严末微唯恐他会把自己的秘密全说出来，破坏自己的计划，忙深吸一口气，抬头朝秦翊唯嫣然一笑：“秦总监，我觉得你刚才说的话很有道理，这么晚了，打车多少有些不方便！既然你有车，那就麻烦你送我一趟了，谢谢！”

叶东城把她的举动看在眼里，脸色越发难看，正想再说些什么，电梯却在这时到了一楼，电梯门开了，严末微拉起一头雾水的秦翊唯，大步走出电梯。

叶东城没有急着出去，他站在电梯里，目光复杂地凝望着两人渐渐走远的背影，直到金属门再度合上，彻底隔断了他的视线。

缓缓上升的电梯里只有他一个人，静谧和孤寂紧紧地包裹着他，仿佛把他隔绝在另一个世界。激愤的情绪缓缓平复下来，理智渐渐恢复，他背靠着电梯厢壁，缓缓地滑坐在地上，双手无力地抱着自己的脑袋。

回想起刚才那个失控的自己，叶东城的眼底浮上了深深的懊悔。

他不该在秦翊唯面前这么说她的，她毕竟是女孩子，脸皮比男生薄。如果真让秦翊唯察觉到什么，她恐怕没法在公司继续待下去了。虽然她欺骗了他，可是他对她，终究还是恨不起来……

大城市的夜晚总是美丽而热闹的，马路两侧林立的百货大楼，装修精致、灯火辉煌的店铺，五光十色的霓虹灯招牌，人行道上熙熙攘攘的行人，马路上川流不息的车辆，那一直绵延着通向远方的路灯……无一不彰显着这个城市的繁荣。

络绎不绝的车流中，一辆黑色的保时捷平稳地向前行驶着。车内，秦翊唯握着方向盘，专注地盯着前方。严末微坐在副驾驶座，单手托腮，凝望着窗外不住变换的景色，静静地发呆。她还在想着刚才电梯里发生的事。她知道叶东城气自己欺骗他，但他向来君子，她估算着他再生气，最多也就是跟她断绝关系，与她老死不相往来。她做梦也没想到，他会当着自己的面，向秦翊唯揭发她的秘密！如果刚才不是她反应机灵，只怕秦翊唯现在已经知道她的目的了！看来她是高估了叶东城，她得赶紧找个时间处理好这件事，不然她的计划迟早会毁在他的手中！

秦翊唯自然不知道身边人此刻的万千思绪，红灯的时候，他转头看了她一眼，用闲聊的口吻，状似随意地问：“严副经理，你是Z市人?”

闻言，严末微的眼神微微闪动了一下，一直放在叶东城身上的心思也迅速抽回。看来，接下来又有一场仗要打了！

敛起眼底的微妙神色，她转头，朝他微微一笑："嗯，我的籍贯在Z市，秦总监怎么突然对我的事感兴趣呢？"其实她的籍贯根本不知道在哪里，她三岁前一直在市郊的孤儿院生活，直到被许熠祺的妈妈收养。因为养母的籍贯在Z市，所以当初她才会在简历上填"Z市"的。

"没有，只是你之前提过有个爱喝草莓味优酸乳的远房表姐，令我想起一个重要的朋友。"秦翊唯顿了顿，继续打探道，"你的表姐籍贯也是Z市吗？"

"那是自然！"

秦翊唯的眼睛一亮，音量克制不住地拔高了一些，语气明显地变得急切："那她现在在哪里高就呢？"

严末微沉默了半秒，才轻声回答："她没有工作。"

"她失业了？"

严末微摇了摇头，眼底流露出一丝淡淡的忧伤，语气也变得惆怅："不是，她已经在三年前过世了，听说是因为车祸。我这个远房表姐从小就聪明伶俐，放学后从不看书，但每次考试总是能拿第一，我小时候特别羡慕她。六年前，她以接近满分的优异成绩考进X市最好的大学，在读期间，每一年都能轻松地拿到最高奖学金！如果不是那场车祸，她三年前也该毕业了。"

三年前！车祸！

秦翊唯此刻几乎可以肯定严末微的远房表姐就是孟天瑶了！他只觉得此刻心里是满满的惊喜。他本以为心爱的女孩已离他远去，没想到老天会安排他在数年后遇见她的亲友，让他有机会从另一个人的口中了解她的过往。虽然只是只言片语，但已让他感到很满足了。

绿灯亮起，秦翊唯一边操控着方向盘，一边渴望地问："你能多告诉我一些关于她的往事吗？"

"当然可以，我给你说件表姐小时候的糗事吧……"

严末微租住的公寓离公司并不远，闲聊间，保时捷不知不觉已驶到她的楼下。两人一路上相处得还算愉快，聊天内容基本都是围绕着严末微那个"远房表姐"，秦翊唯听得津津有味，以至于严末微下车的时候，他竟生出了几分不舍。

"你不请我上去喝杯咖啡吗？"他把脑袋探出车窗外，看着已下车走到路边的纤瘦身影。

严末微站在街灯下，低头看了一眼腕表，抬头似笑非笑地看着他，意有所指地说："现在这个时间不太合适吧？要是让人误会我在勾引上司就不好了！"

秦翊唯先是微微一怔，继而想起数月前，在办公室里自己为了刁难她，故意说的一番话——"我听别人说，你是靠潜规则上位的，对勾搭上司很有一套，要不你来色诱我一下？说不定我的心情一好，就让你的提案通过了。"

没想到她还记着！真是一个记仇的女人！

秦翊唯的唇角不自觉地上扬，头一次，他对这个年纪轻轻却稳坐副经理宝座的女人产生了一丝兴趣。不为她是孟天瑶的表妹，只单纯地因为她这个人。

"好吧！那我下次提前约你！"

"下次再说吧！"严末微没有直接回应，只是伸手礼貌地朝他挥了挥，"谢谢你送我回来，回去小心，再见。"

“嗯，快点上楼吧，再见。”秦翊唯缩回脑袋，发动车子。

目送着保时捷像支离弦的箭，迅速地消失在夜色中，清浅的笑容缓缓自严末微的唇角隐退。沉默了片刻，她转身走回路边，朝路过的出租车招手……

门铃响起的时候，叶东城正坐在小吧台前，右手轻轻摇晃着一只盛有暗红色酒液的高脚水晶杯，有一口没一口地啜饮着，清俊的脸上泛着淡淡的红晕。听到铃声，他放下酒杯，慢吞吞地走到玄关，把门拉开。

还没看清门外的人是谁，来者已大步迈进屋内，动作迅速地用脚把门踢上，一把抓住他的衣襟，气势汹汹地把他逼到背后的墙上，一双美目狠狠地瞪着他：“叶东城，你刚才在电梯里是什么意思？”

叶东城眨了眨已有些迷蒙的眼睛，看清来者是严末微后，本已微醺的脑袋瞬间清醒了大半：“你为什么会在这里？”

紧绷着一张俏脸，严末微恨恨地瞪着他，没好气地反问：“如果你不是在秦翊唯面前说了那些话，我需要来这里吗？”

叶东城垂下脑袋，微敛的眼帘遮住了那双墨眸里一闪而过的受伤，他轻轻地开口，语气平淡得像一潭了无生气的死水，听不出一丝情绪：“我只是陈述事实。”

深吸一口气，严末微强压下心底的怒火，放开他的衣襟，捺着性子试图跟他讲和：“叶东城，我知道以前欺骗你是我的不对，我在这里郑重地向你道歉，拜托你以后不要再在秦翊唯面前乱说话了，行吗？”

叶东城没有回应她的要求，他微微闭上眼睛，低沉的嗓音里有着难掩的疲惫："末微，虽然我不知道你为什么要接近秦翊唯，但我知道你的目的肯定不单纯。秦翊唯不是好惹的人，若是有一天他发现你利用他，他肯定不会放过你的，你这是引火自焚。"

严末微握着拳头，微仰着脑袋，不高兴地瞪着他，气愤地说："无论我是引火自焚还是自取灭亡，那都是我自己的事，跟你有什么关系？"

叶东城睁开眼睛，静静地看着她："我不能明知道前面是个火坑，还任由着你去跳！"

"我愿意！你别管！"

"不可能！"

严末微被他的态度彻底激怒了，她像只被惹毛了的猫，扑上去再次揪着他的衣襟，双手猛地使劲一拉，迫使他低头对上自己的眼睛，愤怒地低吼道："叶东城！你为什么一定要管我的事？不知道的人还以为你喜欢我！"

叶东城任由她揪着自己的衣襟，他默默地凝望着她，那双漆黑的眼睛如深邃的夜色，里头似有浓得化不开的情感，却又似乎什么都没有，难以捉摸，幽深难测。

她微仰着头，怒气冲冲地逼视着他，俏丽的小脸因愤怒而涨得通红，那双美丽的眼睛里似有火苗在燃烧着，亮得惊人，也美得惊人。

两人的距离是那么近，他清楚地闻到她发丝的清香，也清楚地看到她眼底的憎恨。

心脏宛如被万千利刃穿插而过，狠狠地抽痛起来，那噬骨般的痛楚无情地折磨着他连酒精也麻醉不了的神经。

最后一丝理智也被汹涌而来的痛苦淹没，他再也控制不住自己的欲望，长臂突地一伸，双手紧紧地抓住她的双臂，怀抱着毫无防备的她猛然旋身，把她压在自己刚才靠过的墙上，俯首冲着那红润的樱唇狠狠吻下去！

严末微被这突如其来的吻吓得当场呆住了，她茫然地睁大眼睛，任由他在自己的唇上强取豪夺，完全忘了反抗，四肢僵硬，脑中一片空白。

紧紧地抱着那令他魂牵梦萦的柔软娇躯，叶东城闭着眼睛，贪婪地吮吸着那花瓣一样娇嫩的双唇。

唇上湿润的触感和口腔里淡淡的酒香终于让严末微反应过来，她伸手用力拍打他的胸膛，身体使劲扭动，使尽全身的力气努力挣扎着，试图逃出他的禁锢。可是，他的双臂是那么有力，长臂微一使劲，便使她动弹不得。

严末微又惊又怒，情急之下，贝齿用力一咬，一股血腥味很快在她的口中弥漫开来。

叶东城吃痛，双手微微一松，严末微趁机用力，使劲把他推开。

“你疯了！你知不知道自己在干什么?”严末微伸手摸了摸自己被他啃咬得微肿的唇瓣，气愤地瞪着他。

叶东城被她推得往后倒退了两步，稳住脚步，他默默地凝望着她，眼底是再也掩藏不住的排山倒海的悲伤：“对，我是喜欢你。明知道你有男朋友，明知道你接近我是为了利用我，明知道我在你的心里只是一颗随时可以舍弃的棋子，我还是喜欢你。”

他没有大吼，没有怒喝，只是用低低的声音，一字一句，缓缓地说着，像在讲述一件再平淡不过的事。严末微的心却突然痛了起来，刚才那些愤怒瞬间荡然无存。

沉默了片刻，她转身，不看他：“你喝醉了，刚才那些事，我就当从来没有发生过。以后不要再管我的事，否则我不会放过你的！”说罢，她越过他，拉开门，走出屋子。

在大门掩上的前一刻，她停下来，没有回头：“如果你真的喜欢我，就不要再阻拦我，哪怕我真的是在引火自焚！”

叶东城背对着大门，默默地闭上眼睛，略显憔悴的脸上爬满了疲惫和深深的无力感。

第五章　博弈

第二天，总监办公室。

秦翊唯站在巨大的落地玻璃窗前，双手插进西裤的口袋，静静地俯视着楼下街道来来往往的行人，脸上挂着淡淡的思念。

他昨晚梦见小瑶了。

他们回到美丽的校园，手牵手坐在枝繁叶茂的大榕树下，遥望着远处的蓝天。午后的阳光温柔地洒在他们的脸上，柔软而温暖，像蝴蝶的翅膀。微风轻扬，带着淡淡的花香，轻柔地吹起两人的刘海。两张年轻的脸庞，白皙光洁，单纯美好，洋溢着掩盖不住的幸福。

“翊唯，还有几个月，我就毕业了，到时带你去我的家乡走走好不好?”

“嗯，你的家乡在哪里?”

想起美丽的家乡，孟天瑶的眼睛亮亮的，唇角轻快地扬起：“我家在 Z 市南部的一个小镇，那里有比 X 市更蓝的天、更白的云，有美丽的树林、清澈的小溪、绿油油的田野，还有很多好吃的食物，镇民们都特别热情、特别好客，你一定会喜欢的。”

秦翊唯低头温柔地凝望着她，那弯弯的眉眼、飞扬的神采让他的心瞬间柔软起来，他伸手揉了揉她柔软的发丝，深情地说：“只要有你在，无论去哪里，我都喜欢。”

“翊唯，你真好！”孟天瑶把脑袋靠在他的肩膀上，俏丽的脸上洋溢着满满的幸福，不过很快，她像是想起什么，眼底出现了一丝遗憾，“可惜若然最近在忙着找实习单位，不然就叫上她一起了。她已经快一年没去我家，我爸妈怪想念她的。”

“喂喂喂，孟天瑶，你别太过分喔！”秦翊唯看着她，拉下脸，佯装生气，“平时咱们约会的时候，你老是提起你的好闺密也就算了，你不会是连我去见未来岳父岳母也打算带着她吧？”

孟天瑶伸手环抱着他的腰，脸颊在他的肩膀上亲昵地蹭了蹭，柔声解释道：“你别这样说嘛！若然可是我最重要的朋友，没有之一。我是家里的独生女，从小就被爸爸妈妈宠着，十指不沾阳春水，别说打水、洗衣服，我刚来学校的时候，连上哪里打饭都不懂。大学这几年，要不是若然一直在照顾我，我都不知道自己会变得有多邋遢了。”她抬起头斜睨着他，娇嗔道，“再说了，谁是你岳父岳母！我只是单纯地想带你回家玩几天，没别的意思，你可别想歪了！”

秦翊唯目光宠溺地看着她，温柔地用食指在她娇俏可爱的小鼻子上刮了一下：“好吧！我错了！为了弥补你的好闺密不能去你家的遗憾，咱们拜见完岳父岳母，回来的时候给她带一份大大的礼物好不好？”

“这还差不多……”孟天瑶的唇角满意地扬起，不过很快，她便觉得有些地方不对劲，“等等，谁许你这么称呼我爸妈的？你就会占我的便宜！我不理你了！”

那时的他们是那么幸福，完全没想到两个月后的一场车祸会让他们天人永隔。

秦翊唯在回忆中抽回思绪，情不自禁地叹了一口气。

在心爱的姑娘过世半年后，他抵不住思念，曾去过一次Z市南部的那个小镇。他想去看看那个生她养她的地方，他想去走走她曾走过的大街小巷，他想尝尝她说的那些美味可口的小吃。可是，当他真的去到那个小镇，孤身一人走在繁华热闹的大街上，对她的思念却不减反增，那日益厚重的情感重重地压在他的心上，让他几乎喘不过气来。他终于明白，没有了她的小镇，即使再美，对他来说，也没有任何意义。后来，他再也没去过那个小镇。

他以为，这辈子再也没有机会了解那个生活在小镇的她，却没想到上天居然对他如此眷顾，让他遇到了她的远亲。

想到这，秦翊唯沉寂的眼睛终于有了一丝生气，转身走到办公桌前坐下，他按下内线电话——

总监办公室的外间，内线电话响起的时候，安若然正忙着整理秦翊唯明天的行程表，听到铃响，她扫了一眼来电显示，忙放下手中的工作，快速拿起话筒：“秦总监？”

“安助理，麻烦帮我在雅藤阁预约两个座位，我今晚要用。”

安若然快速用笔记下，公式化地问：“好的，请问还有别的吩咐吗？”

话筒那边的人顿了顿，继而缓慢却坚定地说：“再帮我去花店订一束紫罗兰，下班前送到我的办公室。”

紫罗兰……安若然握笔的手一顿，瞬间怔住了，那不是孟天瑶最爱的花吗？

三年前，学校宿舍，安若然坐在书桌前，眼睛紧紧地盯着电脑屏幕，右手滑动鼠标，正全神贯注地在赶集网上找招实习生的单位。

突然，一阵浓郁的花香扑鼻而来，安若然一转头，便看到了一束美丽的紫罗兰。密密麻麻的花朵，花瓣是淡雅的浅紫，花蕊是娇嫩的鹅黄，姿态灵动，脉脉含情，像一只只展翅欲飞的蝴蝶，又像少女被风吹皱的裙角，美得让人几乎忘了呼吸。

“噔噔噔噔！”花束左移，露出了花束后的那张俏皮可爱的小脸，“若然，这是翊唯送给我的紫罗兰，漂亮吗？”

安若然伸手轻抚了一下娇嫩的花瓣，由衷地赞美：“漂亮。”

孟天瑶眉眼弯弯，开心地说：“若然，你知道吗？紫罗兰的花语是永恒的爱哦！你说，我和翊唯的爱情会不会也像这花语一样，永远存在，永远不变？”

安若然凝望着女孩溢满甜蜜的小脸，唇角不自觉地微扬，温柔地说：“会的，你们会永远在一起，你们会幸福的。”

这段日子，她已经想明白了。

虽然她比孟天瑶更早遇见秦翊唯，但他们的缘分太浅薄了，不能相识相知，那是命，怨不了谁。而孟天瑶，是她最重要的朋友。

从高中到现在，她们一起走过了七年的时光。她家境清贫，生活上一直很拮据，就连现在用的电脑都是孟天瑶借给她的。这些年，孟天瑶在经济上明里暗里不知道帮了她多少回，孟天瑶唯恐伤了她的自尊，从没提起，可她都看在眼里，记在心上。她绝不允许自己为了一个仅有一面之缘的男生，伤害了自己最重要的朋友。

虽然现在想起秦翊唯，她的心里还是会小小的难过，但已经不会痛了。相信再过段时间，她就能彻底地从这场有缘无分的单恋中走出来。虽然她偶尔也会觉得有些小委屈，但只要最重要的朋友得到幸福，这些都不算什么。

“嗯！我也这么觉得!”孟天瑶重重地点头，伸手轻触着怀里娇艳的花朵，像是想到了什么，忍不住有些感伤，“这些紫罗兰开得真好，可惜过几天就会枯萎。”

安若然想了想，伸手轻轻地抚平她微皱的眉，安慰道：“不会的，过两天我帮你把它们做成干花，它们就永远不会枯萎了。”

“真的吗?”闻言，孟天瑶眼睛一亮，重展欢颜，开心地抱着她，“若然，认识你真好。”

安若然微微一笑，伸手温柔地回抱她：“我也是。”

两个女孩像亲人一般亲昵地相拥，气氛温馨，那束美丽的紫罗兰在两人的中间灿烂地绽放着，暗吐芬芳……

“安助理，你有在听吗?”

电话那端的低沉男声拉回了安若然飘远的思绪，她深吸了一口气，尽量用平稳的语气回答："嗯，您说的我已经记下了。"

"OK!"

话筒那端的秦翊唯满意地挂断了电话，安若然却依旧握着话筒，不由自主地发起呆来——

那束紫罗兰应该是要送给严末微的吧？

自从秦翊唯在严末微的身上看到那枚百合花胸针，便开始变得不正常了。

她不知道严末微佩戴那枚胸针是真的巧合，还是故意为之。如果是故意为之，又抱着什么样的目的。她不担心。因为以前不是没有遇到过这样的例子。秦翊唯不是傻子，他只是太想念孟天瑶，执念太深，以至于眼睛被一时蒙蔽了。假的东西终究真不了，日子久了自然会露出破绽，到时秦翊唯自然会清醒过来。如果这一切只是巧合，那就更好办了，严末微知道秦翊唯的意图后，自然会向他解释。即使他一时接受不了，但总会有明白过来的那一天。

这么一想，安若然的情绪终于平复了一些。放下话筒，她打开网页，开始查找附近花店的电话号码……

临近下班的时候，严末微收到了秦翊唯的短信。

——严副经理，晚上有空吗？

她正忙着核对新游戏的对白设计，随手回了两个字过去。

——有事？

电话那端的秦翊唯很快便回复过来。

——我在雅藤阁订了座位，不知道你是否愿意赏脸陪我共进晚餐呢？

终于要来了？

柳眉一挑，严末微放下手中的设计稿，唇角勾起了一道弧线。认真地想了想，她慢条斯理地在手机上按了几个字。

——不好意思，我的工作还没做完，今晚恐怕要加班，下次吧！

电话那端的秦翊唯盯着手机屏幕上的文字，唇角浮上了一抹饶有兴味的笑意——他还是头一次被女人拒绝！

修长的手指在屏幕上飞快地轻敲，一个个文字在他的指尖下成形。

——你手上那个设计稿我知道，用不着这么赶，明天交也没关系。再说，工作再忙也是要吃饭的，我座位都订好了，你不会真的这么不给面子吧？

点开短信，严末微看完后，忍不住微微一笑。

——好吧！那我就恭敬不如从命了，把时间和地址发给我。

对方回复得很快，在她的短信发送成功不到两秒，短信提示音便响了。

——今晚七点半，城西的雅藤阁分店，不见不散。

唇角微微上扬，严末微放下手机，低头看了一眼身上的套裙，决定早点回家好好打扮一下。

毕竟是和秦翊唯第一次约会，她得给他留下个好印象。

对于这次约会，秦翊唯也非常重视，下班时间一到，连一秒也没耽搁，拿起花店十分钟前送来的紫罗兰，便走出办公室。

租住的公寓里，严末微拿着一套黑色的小洋装在卧室的试衣镜前比画着，她身后的大床已凌乱地躺着十多套衣服。

比画了半天，觉得不满意，把衣服扔到身后的床上，她又从衣柜里拿出几套在国外定制的、平时舍不得穿的裙子，一一比画过后，最后选了一件款式简单却不失活力的玫红色连衣裙。

孟天瑶生性活泼，喜欢穿颜色鲜艳的衣服，她这么穿，秦翊唯应该会喜欢的。

换好衣服，严末微又精心地化了妆，这才下楼，拦下一辆出租车。

腾升集团，秦翊唯捧着那束包装精美的紫罗兰，径直往电梯的方向走，经过茶水间的时候，不经意听到有人提到严末微——

“你们别看严副经理表面一副高冷的样子，其实她内心跟我们一样，也是挺八卦的。”

秦翊唯停下脚步，透过半开的门，悄悄往里一看，说话的是个年轻的女生，他记得她是严末微的下属，好像叫小雅。

在背地里对上司评头论足，太不像话了！

秦翊唯皱起眉头，正想推门进去，好好教训一下这些不规矩的新员工，小雅接下来的话却让他霎时僵在原地——

“我们上次不是在这里讨论秦总监和他的大学恋人孟天瑶

吗？严副经理在门外听到后，特意把我留下来，问了好多关于他们的事呢！”

原来严末微早就知道他和小瑶的关系！那她这段时间的表现，难道是装出来的？

薄唇紧抿，秦翊唯握紧拳头，前一秒还充满热情和期待的心瞬间变得冰冷。低头看了一眼怀里娇艳欲滴的紫罗兰，他厌恶地皱起眉，迈开长腿，大步走到转角的垃圾桶前，毫不犹豫地把手里的花束扔了进去……

雅藤阁位于城南一栋商业大楼的二十二层，在X市很有名气，严末微虽然是头一次来，但也曾对这间餐厅略有耳闻。

听说这家餐厅的大厨都是从法国当地最好的酒店高薪挖过来的，就连下单、传菜的服务员都是受过高等教育的大学生，就业前曾受过公司的特殊培训，而且每一个都是精挑细选出来的俊男美女。值得一提的是，这里的食物的美味程度在本地是有口皆碑的，特别是这里的甜品，美味得让人一吃难忘。她早就想来试试了，可惜许熠祺一直没空，只好作罢。

除此之外，雅藤阁的装潢也十分华丽。

璀璨的水晶灯、柔软的小牛皮沙发、铺着镶有粉紫色流苏的桌布的餐桌、施华洛世奇的水晶花瓶、娇艳欲滴的玫瑰花、精致的银制餐具……无一不是完美无瑕的！

最引人注目的是餐厅中间的水晶墙，里头镶着一幅幅泡沫打成的漫画图片，仔细一看，那些图片组起来竟然是《海的女儿》的故事。这些图片最独特的地方在于其会随着气候的变化而变化，变的不仅是颜色，还有人物的每一个细微表情，使得故事人物看起来仿佛活的一般，栩栩如生。

在服务员的带领下，严末微来到秦翊唯预约好的座位。那是一个靠窗的位置，透过巨大的落地玻璃窗，可以看到半个X市，视野非常好。秦翊唯还没到，严末微坐在柔软舒适的沙发上，一边喝着柠檬水，一边欣赏窗外的夜景。

起初，她的心情还不错，看腻了窗外的景色，还跟服务员要了一本时尚杂志，悠闲地翻阅着。然而眼看着半个小时过去了，严末微开始有些烦闷，把杂志扔到一旁，目光不停地在腕表和餐厅入口的方向流连。又半个小时过去了，秦翊唯依旧不见踪影，她的胃却隐隐地痛了起来。

该死！她的胃病不会是在这个时候发作了吧？

严末微皱眉，在包包里翻了翻，却没有找到胃药。她这才想起，上一次发病时已经把最后几颗胃药吃完了，由于近短时间太忙，一直忘记去买药。她没有办法，只好掏出手机，给秦翊唯打电话，却一直没有人接听。

秦翊唯在搞什么鬼？软磨硬泡地把她约到这里，却又迟迟不出现，打他电话还没人接！

听着手机里不断传来的机械的提示音，严末微不禁有些愤怒，可越来越痛的胃部却容不得她生气。她捺着性子，又重拨了几遍，却依旧没有人接听。

时间一分一秒地过去，严末微感觉胃部的疼痛越来越强烈，她光洁的额角已有汗珠在陆续沁出，她只好放弃找秦翊唯的念头。

单手捂着阵阵发痛的胃部，她用另一只因疼痛而微微发着抖的手，从手机的电话簿里翻出许熠祺的电话号码拨过去，然而，回应她的却是一个机械的冰冷女声——

“对不起，您所拨打的电话已关机，请稍后再拨……”

该死！她平时活蹦乱跳的时候，这些男人闲着没事天天在她面前乱晃，现在她需要他们了，一个个都像是失踪了一般，全都联系不上了！

排山倒海的疼痛一波接一波地自胃部袭来，严末微痛得趴在桌子上，用抖得不成样子的手，颤抖地翻动电话簿，试图找出个能救急的人。她电话簿里的电话号码不少，但都是客户、同事之类的，关系好得可以帮忙的几乎没有。把电话簿翻了个遍，她悲哀地发现平时跟她有私交的只有许熠祺、秦翊唯和叶东城。前两者的电话都打不通，最后一个刚让她得罪了个彻底，即使她愿意放下身段打过去，也不见得对方会接……

正犹豫不决，又一波疼痛缠上她的神经，严末微再也受不了，抱着试一试的心态，果断地按下叶东城的号码。

电话只响了两声，便被人接起了，叶东城略带磁性的嗓音低低地传来——

“喂？”

没想到电话会这么快接通，严末微愣了愣，眼角不禁有些湿润。

没想到在她最需要帮忙的时候，能联系上的居然是他，这个被她伤害了一次又一次的男人。

她吸了吸有些发酸的鼻子，苍白着一张脸，有气无力地说：“叶东城，我胃病犯了，你可以帮我带些药过来吗？”

似是听出了她的虚弱，电话那端的男人，语气里明显多了一丝紧张："你在哪里？"

"城南的雅藤阁西餐厅。"

电话那端的男人立刻回答："我立刻过去，你待在那里别走开！"

叶东城急匆匆地赶到雅藤阁，远远便看见严末微难受地弓着身子，无力地趴在餐桌上。她额角的发丝已被汗水完全浸湿，脸白得像一张纸，没有丝毫的血色。整个人看上去虚弱无比，就像一枝被人连根拔起的蔷薇，萎靡不振，没有丝毫生气，随时会凋零在尘土中。

叶东城的心狠狠地疼了起来，他连忙奔过去，小心翼翼地扶起她，拧开药瓶，按说明取出两颗药片，连同桌上的水杯塞到她的手里："药来了！赶紧把它们吃了！"

严末微接过药和水，一一服下，靠在沙发上闭目休息了一会儿，终于感觉身体好了一些。睁开眼睛，她感激地看着他，真心真意地道谢："谢谢你帮我送药过来。"

叶东城却像是没听到一般，盯着她仍有些苍白的脸，剑眉紧紧拧起："你在这里干什么？为什么会把自己搞成这个样子？"

严末微抿了抿唇，轻声回答："我约了人。"

叶东城扫了一眼整洁的餐桌，又低头看了一眼手表，眉头皱得更紧了："你约了谁？现在将近九点，晚餐时间都差不多结束了，那人怎么还没来？"

想起失约的秦翊唯，严末微的脑袋微微垂下，表情有些失落："他应该不会来了。"

“那个人是谁？你男朋友？”

“不是。”

叶东城目光炯炯地盯着她，静默了两秒：“难道是秦翊唯？”

严末微咬着唇，不说话。

见此，叶东城皱眉，语带责备：“严末微，我不知道你接近秦翊唯是抱着什么样的目的，但你总不能因为这个就连饭也不好好吃吧？难道那些事比你的身体更重要？”

严末微摇头，神态郑重地说：“不，那些事比我的生命更重要！你是不可能明白我的感受的。”

看着她那副执拗的样子，叶东城知道再说下去也没有用，只得先退一步：“算了，我们先不说这些，你现在需要休息，我送你回家吧！”

“不用了，我打车回去就可以了。”他们终究不是同一路人，她不想再麻烦他。

“别闹！”叶东城瞪着她，语带威胁，“你要是再这样，我现在就去找秦翊唯，把你那些见不得光的秘密全告诉他！”

严末微沉默了两秒，顺从地站起来：“我们走吧！”

第二天，严末微回到公司，第一件事便是冲到总监办公室找秦翊唯算账。

“你昨晚为什么没来？”

秦翊唯坐在宽大的办公桌后，自一堆文件里抬起头，冷冷地看着她，阴阳怪气地说：“这就得问你自己了，严副经理！”

严末微柳眉紧皱，不悦地问：“你这话是什么意思？”

秦翊唯上身靠在柔软的皮椅椅背上，那双幽深难测的眼睛冷冷地盯着她，冷漠的俊脸上浮上了一抹讥讽的神色：“严副经理，你是真不知道还是假装不知道？好吧！那我就再说明白一点！你是不是向别人打听过我和小瑶的事？”

他知道了？严末微狐疑地盯着男人那张布满寒霜的俊脸，心里不禁有些惊诧，不过她很快便镇静下来，脑子快速地运转着，思量接下来该怎么应对。

静默了片刻，她目光坦荡地对上他的眼睛，用轻描淡写的语气说：“你是说那次我和小雅的闲聊？那天我去茶水间冲咖啡，偶尔听见她们在谈论你，因为好奇，我就多事问了几句。女人都喜欢八卦，这有什么不对的？”

“真的只是因为好奇吗？”秦翊唯浓眉一挑，斜睨着她，“那你最近佩戴的那枚百合花胸针，还有那些优酸乳是怎么回事？”

“原来你这段时间对我这么关注是因为这个？”严末微的目光冷了下来，唇角勾起了一道嘲讽的弧，“我就奇怪你最近怎么对我这么好，又是载我回家，又是请我吃饭的！秦翊唯，你不会是以为我是故意在你面前做那些，目的是为了接近你吧？”

“难道不是吗？”

“哈！”严末微嗤笑一声，毫不客气地讥讽道，“秦翊唯，你太看得起自己了吧？接近你对我有什么好处？如果是为了上位，公司里职位比你高的人多了去了，我要接近也是接近他们吧？接近你干什么？嫌时间多吗？如果是为了嫁入豪门，那就更不必了！我严末微要相貌有相貌，要能力有能力，外面追我的富二代多得都能把腾升大厦里三层外三层地围起来，里面比你帅比你有钱比你年轻的大有人在，我接近你干什么？我眼睛又不是瞎了！”

“严末微！”秦翊唯腾地站起来，被她那些难听的话气得脸色都变青了。

严末微却毫不畏惧地直视着他的眼睛，继续气死人不偿命地挖苦道：“秦翊唯，别太把自己当回事，不是每个女人都能看上你那点臭钱和这副万年冰块一样的皮囊！这个世界上比你优秀的男人多了去了，你还真没什么值得我去图谋的！”

说罢，她昂着脑袋转身，头也不回地走出去，砰地甩上办公室的门。

看着微微震动着的门板，秦翊唯气得差点没吐血，不过看她的样子，似乎说的都是真的。

盛怒之余，他不禁怀疑自己的猜测。

难道他真的怪错她了？

从秦翊唯的办公室出来，严末微直奔天台。

秋意渐浓，寒冷的风刮过脸颊会有微微干涩的刺痛感。偌大的天台上，只有严末微一个。她找了一处偏僻的角落，背靠着墙壁，双手捂着怦怦乱跳的心口，闭着眼睛直喘气。

她终于说出来了！她终于做到了！天知道她刚才当着秦翊唯的面，说出那么多难听的话奚落他，是鼓起了多大的勇气！她现在回想起来，都觉得后怕。其实她这么做也是出于无奈，面对刚才那种突发状况，她除了这么做，已想不到别的应对措施了。只是，不知道这招“置之死地而后生”用在秦翊唯身上是否可行。如果秦翊唯不愿意相信她，那她以后再想取得他的信任就难了。

抬头看着远处的天空，灰蒙蒙一片，连一缕阳光也没有，她本就沉重的心情更加压抑了。

静静地发了一会儿呆，严末微想起什么，忙从口袋里掏出手机，拨了一个号码，电话很快便接通了——

“小微?”

听到他的声音，许是最近发生的事情太多，心里承受的压力太大，严末微的鼻子突然一酸，眼眶里便有泪水涌了出来。想起他最讨厌哭泣的女人，她忙用一只手擦干眼泪，轻声唤道：“熠祺。”

电话那端传来清晰的打印机工作的滴滴声，男人的声音听上去显得有些漫不经心：“有事吗?”

“你好久没找我了，我好想你。我昨晚打电话给你，你的手机却一直关机，你最近在忙什么?”

“除了工作室的事，我还可以忙什么？你呢？你那边的事处理得怎么样？设计方案拿到了吗?”

“关于叶东城的问题，我已经处理得差不多了，他应该不会影响我们的计划。设计方案我还没有拿到，不过我最近在试图接近秦翊唯，如果成功，想要把设计方案弄出来就是轻而易举的事了。”严末微隐瞒了刚才的插曲，她不想他担心。

“很好!”

轻轻地抿了抿唇，严末微放柔声线，用半撒娇的语气说：“熠祺，我今晚过去找你好不好？我最近觉得好累，我好想见见你。”

话筒那端安静了两秒，许熠祺的声音才缓慢地传来：“小微，我也想你，可是你也知道我有多忙。我不但要处理工作室的业务，还要抽时间陪客户，忙得几乎连休息的时间都没有。小微，我知道你是一个善解人意的乖女孩，等你拿到‘锁碧传’的设计方案，我们再见面，好不好?”

闻言，严末微脸上露出了失望的神色，但她还是体贴地说：“好，那你要按时吃饭，晚上早点睡觉，好好照顾自己。”

“嗯，你也是。我先去忙了，再见。”

“再……”道别的话还没有说完，对方已挂断了电话，严末微满脸落寞地吐出最后一个字，“……见。”

握紧手里的电话，严末微孤零零地站在原地，仰头看着灰白的天空，心里沉甸甸的，只觉得前路茫茫，完全不知道接下来该如何走下去……

总监办公室，秦翊唯面无表情地坐在宽大的办公桌后，修长的食指微微曲起，有一下没一下地敲击着光滑的桌面。

一个人静坐了大半个小时，他基本已经冷静下来，脑中也有了对策。

拿起内线电话，他拨了安若然的号码，命令：“帮我联系全市最好的侦探社，我要调查一个人。”

傍晚下班，严末微拎着包包走出腾升集团的大门，走到街道旁，正想招出租车，一辆银灰色的奥迪在她的面前停了下来。车窗拉下，叶东城的脸在车窗后探了出来：“上车，我有事跟你说。”

严末微看他一副严肃的样子，不像在开玩笑，只迟疑了一下，便拉开车门，坐了上去。

叶东城发动车子，驶离腾升集团，俊脸一路紧绷着，一直开到严末微租住的公寓楼下，熄了火，才转头对上她那双写满疑惑的眼睛。

“你知道秦翊唯找侦探社调查你吗?”

严末微心里一惊，半信半疑地问：“你怎么知道?”

“我前段时间托一个开侦探社的朋友调查过你的身世，我那个朋友对你还有些印象，接到这个案子立刻就给我打电话，我才知道秦翊唯要私下调查你。”说到这，叶东城的眉头紧紧地皱起，“如果秦翊唯找的不是我朋友，而是别的侦探社，你只怕要一直蒙在鼓里，直到被开除的那一天!”

糟糕！闻言，严末微神色大变，向来冷静理智的她，这次也不禁心生惊惧，如果秦翊唯知道她的身世，他肯定会猜到她进腾升集团的目的，他到时一定不会放过她的，她和熠祺这些年所付出的精力和时间恐怕都要付诸东流了！想到这，她那双美丽的大眼睛流露出深深的惶恐：“我该怎么办？我该怎么办!”

看着不知所措的她。叶东城一脸严肃地问：“你先给我说说，你进腾升集团到底有什么目的?”

“我……”严末微迟疑地看着他，不知该不该说。

见她一副犹豫不决的样子，叶东城没好气地说：“你到现在还想瞒着我吗？你那些事，我知道的还少吗？还差这么一点吗？再说了，如果你不说出来，我怎么帮你?”

他说的不假，他确实知道她的真实身份，只要他静下心仔细分析推理一下，想要知道她进腾升集团的真实目的也不是多难的事。关键是，根据这段时间发生的一系列事情，她可以断定他是不会把她的秘密说出去的。而她现在，确实需要一个帮助她的人。

在心里细细地思量了一番，严末微咬了咬牙，决定和盘托出："对！我承认，我进腾升集团确实心怀不轨！秦明宗欺骗我的妈妈，哄我的妈妈给他生下儿子，却又抛弃他们，害我的妈妈患上忧郁症，最后郁郁而终！你说我能不恨吗？我要报仇！我要毁了腾升集团！我要秦明宗身败名裂！"

闻言，叶东城震惊地睁大眼睛，用看疯子一样的眼神看着她："严末微！你疯了？你以为自己有多大能耐？腾升集团那么大的一家企业，是你说毁就可以轻易毁掉的吗？你是不是狗血偶像剧看多了，真以为报仇像在菜市场买一颗白菜这么简单？"

"我知道报仇不是一件容易的事，但我和熠祺都不会轻易放弃的！只要功夫深，铁杵也可以磨成针！"严末微一脸坚毅的神情，语带固执，"一年不行，我们可以用两年，两年不行，还有第三年、第四年……只要能帮妈妈报仇，哪怕是耗上一辈子，我们都不在乎！"

叶东城摇了摇头，只觉得自己跟她再也无法沟通："我看你跟许熠祺都疯了！这件事我帮不上忙，你下车吧！"

"不！你可以的！"严末微伸手抓着他的手臂，满怀希望地看着他，眼睛里闪着狂热的光，"你可以让你的侦探朋友帮我伪造一份调查报告，这样秦翊唯就不会再怀疑我，也不会把我赶出腾升集团了!”

“不行!”叶东城想也不想，一口回绝，“这太疯狂了！再说，这样做会影响我朋友的信誉的!”

“我知道做这样的事情确实为难了你的朋友，我可以用钱补偿他的！秦翊唯出多少钱调查我？我可以出三倍、四倍……就算是十倍也没有问题！只要你和你的朋友愿意帮我！叶东城，求求你了，帮帮我吧!”

看着她那双已被仇恨完全蒙蔽的眼睛，叶东城叹了一口气，耐心地解释：“严末微，你到现在还不明白吗？这不是钱的问题！你要知道，你现在做的事可是违法的！如果我帮你，那是把你往悬崖上推，你还不懂吗?”

见他一副毫无商量余地的表情，严末微点点头，放开他的手臂，自暴自弃地说：“行！你不帮我是吧？那我只好用最后一招了！我再不济，还有这张还算漂亮的脸皮和这副能让男人神魂颠倒的躯体！我想秦翊唯再生气，也不可能拒绝送到嘴边的肥肉吧?”

叶东城不敢相信自己的耳朵，睁大眼睛，不敢置信地瞪着她，气得连说话的声音都在微微颤抖：“严末微，你真的疯了！为了报仇，你居然可以出卖自己的身体?”

赌气地别开脑袋，严末微不看他：“如果你愿意帮我，我也不会出这样的下下策!”

“你别想!”

一周后，秦翊唯站在办公室的落地玻璃窗前，手里拿着安若然刚送来的调查报告，专注地看着。

报告里清楚地说明严末微确实出生于Z市南部的一个小镇，早年丧父，自小跟着妈妈一起生活，直到高考结束，被X市的一所重点大学录取，才来到这个城市。这些跟她的入职档案里记录的一样，没什么异样。他还特意让侦探社调查了她在生活上的兴趣爱好和饮食习惯，报告里也做了详细的回复，她确实自小就喜欢喝优酸乳，报告里还附带了几张她在各种场所喝优酸乳的旧照。值得一提的是，报告里还提到，她确实有一门姓孟的远亲。

原来她真的没有骗他，是他想多了。

凝聚在眉头多日的雾霾渐渐散去，秦翊唯眺望着窗外一望无际、蔚蓝似海的天空，眉目舒展。想到被自己误会多日的严末微，他决定花点心思，好好地向她赔礼道歉。

接到秦翊唯邀请她晚上去听钢琴演奏会的短信，严末微悬挂多日的心，终于放了下来。

握着手机，坐在办公桌后，严末微透过洞开的门，看着对面办公室正埋首在电脑后工作的叶东城，她想了想，还是给他发了一条信息。

——他刚刚发短信过来约我了。

收到短信提示音，叶东城拿起手机，看到信息的内容，他抬头朝她这边看了一眼，才低头在手机里输入文字。

——他不是容易对付的人，你万事要小心，我能做的就只有这些了。

感受到短信里字里行间透出的关心，严末微心里一暖，十指轻快地在屏幕上划动。

——嗯，我会的。

这次，叶东城沉默了将近两分钟，才心情沉重地回复。

——我还是那句，该放下的还是放下吧！你的养母要是还活着，未必愿意看到你为了帮她报仇，赔上自己的一生。

严末微知道他只是关心自己，也没反驳他。

——无论怎么样，还是要谢谢你愿意帮我。

晚上的钢琴演奏会，严末微为了挫挫秦翊唯的锐气，故意迟到半个小时，直到截止入场的前一分钟，才姗姗而来。后者自知理亏，脸上没有一丝不悦，反倒主动迎上去，绅士地伸出手臂，让她挽着进场。

严末微小时候学过一段时间钢琴，还参加过好几次省内的大型钢琴比赛，每次都能拿到不错的名次，后来因为家庭变故，经济不允许，才半途放弃了。再次听到那清脆悦耳的琴声，她只觉得无比亲切。

来自德国的有“钢琴天才”美誉的男子在台上投入地弹奏，修长的十指如天使手中的魔法棒，轻快地在琴键上跳跃。一个个美妙的音符在灵巧的指尖流泻而出，时而如柔和皎洁的月光，时而似滑入盘中的玉珠，时而又像波涛汹涌的大海，带着神奇的力量，在听众的心里荡漾开来。严末微只觉得心里积聚多日的忧愁渐渐消散，就连灵魂仿佛也在那优美空灵的钢琴声中得到净化。

演奏会结束，已是晚上十点多。

严末微挽着秦翊唯的手臂走出音乐厅。

这里的位置离市区有点远，街道上已没什么人，只有一盏盏路灯静静地亮着，那幽暗的灯光在深邃的夜色中显得那么微弱。已是深秋，晚风吹来，带着深深的寒意。

严末微只穿着一件淡紫色及膝小礼服，外面披着一条不算厚的披肩，被风这么一吹，忍不住打了个冷战。秦翊唯低头看了她一眼，脱下身上的西装外套，体贴地披在她的身上。

“谢谢。”

“你很喜欢古典音乐？”秦翊唯一边跟她闲聊，一边朝停车场走。

严末微跟在他的身旁，一边走，一边回答：“只要是好听的歌曲，我都喜欢。”

唇角微微上扬，一抹思念在秦翊唯的脸上成形：“你这方面比小瑶强，小瑶只喜欢流行音乐，她一听到古典音乐就会打瞌睡。无论是钢琴、小提琴，还是古筝，她都不会欣赏。”

严末微知道他又想起孟天瑶了，于是配合地说：“是的，表姐从小就对古典音乐不感兴趣，她说那些听上去像催眠曲。小时候，表姑一心想把她培养成谈吐举止优雅得体的淑女，给她报了一堆兴趣班，什么钢琴、琵琶、大提琴、小提琴、古典吉他之类的，可是她一样也没学会，而且每次上课都捣乱，把老师气得七窍生烟，天天跑到表姑家投诉。表姑丢不起这个人，把表姐狠揍了一顿后，再也没动过这方面的心思。”

“这确实像小瑶会做的事。她喜欢自由，喜欢在阳光下奔跑，喜欢追逐风的脚步。”秦翊唯微笑，“她就像只野猴子，永远没办法在一个地方安静地待着。”

严末微也笑了，用轻松的口吻说：“表姐向来爱美，如果她知道你把她比喻成野猴子，她会生气的。”

“我倒是希望她生气，说不定她一生气，就来找我了。”一抹惆怅爬上秦翊唯的眼睛，那张脸在灯光的映照下，显得有些落寞，“我已经好久没梦到她，我好想她，好想跟她说说话……”

严末微转头默默地凝望着他，其实撇开妈妈和他父亲的恩怨，用平常的心态看他，站在她面前的只是一个在逝去的爱情里苦苦挣扎的痴情男人罢了。在爱情面前，他和她是何其的相似，她爱得那样卑微那样小心翼翼，他爱得那样痛苦那样无力。他们的爱情，都没有自主权，只有无尽的惶恐和不安。

沉默了片刻，她轻声安慰：“人死不能复生，你要节哀。如果表姐看到你现在这副样子，她一定会难过的。除了父母，这个世界上，她最放不下的就是你。你要好好振作，早日从那段过去中走出来，寻找新的幸福，这样她才能走得安心。”

秦翊唯摇了摇头，不想再讨论这件令人难过的事情：“算了，不说这些了。”

谈话间，两人已走到停车场。秦翊唯用遥控开了锁，绕到另一边，绅士地帮严末微打开副驾驶室的门。看着她坐进去后，他才绕回来，坐进自己的位置，边发动车子，边说：“前段时间误会了你，说了那么多伤害你的话，真对不起。”

严末微静默了两秒，在心里斟酌了一会儿用词，才轻轻开口：“没关系，你只是太想表姐了，只要扯上她的事，整个人就会变得敏感多疑。我知道你不是故意的，我不怪你。其实我也是最近才知道，原来你的大学恋人就是我的表姐。之前听小雅说的时候，我还以为是同名同姓，毕竟这也太巧合了，真让人难以相信。要是我早想到这些，就不会造成之前那些误会了。”

秦翊唯摇头，态度诚恳地说：“无论怎么说，我终究是错怪了你。要不这样，我请你去吃夜宵，就当是赔礼道歉？我知道城南有家馄饨馆，店主是一对广东来的老夫妇，做的小馄饨鲜香软滑，可好吃了。”

严末微浅笑了一下，欣然同意：“听你这么一说，我肚子都饿了，咱们快去吧！”

秦翊唯点头，双手握着方向盘，穿着皮鞋的脚往油门上一踩——

浓浓的夜色中，保时捷像一头灵活敏捷的猎豹，速度飞快地向前疾驰，很快便消失在街道的尽头。

第六章　情变

自那天起，严末微和秦翊唯的关系日渐变好，两人经常一起吃饭，一起听音乐会，一起怀念孟天瑶。公司里流言渐起，都说严末微勾搭上新来的总监。在一向视她为眼中钉的陈静的煽动下，讨厌她的女职员越来越多。只有严末微自己知道，她早就改变主意，不再打算和秦翊唯成为情侣了。她图的是秦翊唯电脑里的设计文案，又不是秦家的钱，既然做红颜知己就可以达到她的目的，她又何必把终身幸福也一起搭进去呢？再说，她毕竟是有男朋友的人，这么做，终究是不妥的。

叶东城在一旁，默默地把两人的进展看在眼里，心里一阵阵难过，却又无可奈何。他知道，她苦心经营了这么久，能走到现在这一步有多么不容易，他不能帮她，却也不愿意成为她的绊脚石。

心里同样不好受的，还有安若然。

她本以为秦翊唯跟以前一样，很快就会从那编织的根本就不存在的梦中醒来，可是一天天过去了，他依旧和严末微出双入对，感情甚至越来越好。她觉得自己的心里住进了一只邪恶的魔鬼，只要看见严末微和秦翊唯在一起有说有笑，它就会怂恿她冲上去揭开严末微的假面具；只要看见秦翊唯对严末微释放哪怕一丁点的善意，它就会大声叫嚣，让她不惜一切代价，去把秦翊唯抢回来。她不愿意，魔鬼就会使劲折磨她，她常常觉得心脏像被一把锋利的锯子在疯狂地来回拉锯着，钻心的疼痛疯狂地肆虐着她的神经。

其实安若然知道，严末微并不是那种贪婪虚荣的女人。她还记得初次见面时，严末微为了帮自己，勇敢地甩了秦翊唯一个耳光。她至今也忘不了严末微当时眉目间充盈的正义感和英气，一个有着那种目光的女孩，不可能是坏人。她接近秦翊唯不会是为了那些庸俗的物质，她肯定有自己的理由。可是明知道这样，安若然依然控制不了自己嫉妒她的心，她觉得自己的灵魂变得越来越丑陋，变得越来越陌生，她都快要不认识这样的自己了。

在这群人中，真正开心的恐怕只有严末微了。她把自己和秦翊唯的进展告诉了许熠祺，许熠祺很满意，她趁机提出约会，许熠祺有心嘉奖她，答应明晚抽空带她去吃饭和看电影。严末微得知这个消息，高兴得几乎当场跳起来，唇角整天挂着一抹温婉的微笑。

第二天晚上，在严末微满心的期待下，她和许熠祺的约会终于即将到来。

为了把最好的自己呈现在许熠祺面前，她连午饭也顾不上吃，一刻不停地把手上的工作提前做完，打算提早半个小时下班，去美容院做个 SPA，回家洗个澡，精心打扮自己，以最完美的状态赴今晚的约会。

然而，千算万算，她也没算到会在下班前的五分钟，收到许熠祺取消约会的短信——小微，我今晚要加班，不能陪你去看电影了，咱们下次再约吧！

亢奋了一天的神经顿时萎靡下来，严末微坐在办公桌后，失望地盯着手机屏幕里那条简短的信息，心情低落。

她期待了这么久的约会，他一句“加班”，便把她打发了。这是第几次了？五次？十次？她已经记不清了……她真的很想问问他，难道他真的这么忙，忙得连抽出一两个小时陪她吃顿晚餐、看场电影都不可以吗？在他的心里，到底还有没有她这个女朋友的存在？她现在，甚至都不知道他是真的爱她，还是只把她当成复仇的工具了。

眼眶微微发红，严末微放下手机，委屈地把脸埋在手心里，任由疼痛像潮水一般侵蚀着她。

坐在对面办公室的叶东城一抬头，看到的便是这样的景象。

继在金牡丹国际酒店被人侮辱的那一次，这是他第二次看见她流露出脆弱的一面。平日里，他看到的她总是一副无坚不摧的样子。公司里的流言蜚语击不倒她，工作上的困难打不败她。她就像一棵顽强的小草，在腾升集团这个大环境里坚毅地生根发芽成长，野火烧不尽，春风吹又生。

是什么，让一个如此坚强的女孩流露出这样的情绪？

叶东城远远地凝望着她，静默了片刻，低头看了一眼腕表，放下手中的文件夹，站起来，走到她的办公室，在敞开的门上敲了两下。

听到声响，严末微慌忙擦了擦湿润的眼角，这才抬起头，看着站在门口的叶东城，问：“叶经理，有事吗？”

“下班了，你还不走吗？”

“啊，是吗？”严末微吸了吸鼻子，连忙低头收拾桌上的东西，“我把东西收拾一下就走。”

看着她泛红的眼眶，叶东城心里微微一痛，他顿了顿，温和地说：“我反正顺路，要不送你回家？”

沉默了两秒，严末微抬头，用祈求的眼神看着他：“我现在不想回家，你可以陪我去看电影吗？”

天空灰蒙蒙一片，厚厚的乌云笼罩着整个城市，大雨哗啦啦地下着，连绵不断的雨珠重重地砸在路面上，在水洼里荡起一圈圈涟漪。

许是因为天气不好的缘故，电影院里的人并不多，售票窗前排队买票的人寥寥无几。

站在电影推介墙前，叶东城转头看着旁边的严末微，问：“你想看什么？”

严末微垂着脑袋站在一旁，看也不看推介墙一眼，没精打采地说：“随便吧，都可以。”其实现在的她根本没有看电影的心情，她只是觉得心里太难受了，却又不愿意一个人回家落寞地对着四面墙，只想找个人多点的地方待会儿，希望那热闹的氛围能填补一下她空落落的心而已。

叶东城看了她一眼，没有勉强，只是温柔地说：“好，那我去买票，你在这儿等我。”

严末微感激地点点头，她知道，虽然他没有说，但他是理解自己的。

叶东城走后，严末微听话地一个人站在原地，百无聊赖地打量着来往的人群。

2号放映厅的电影似乎刚散场，一波人潮自出口处涌出，她闲着无事，随意地扫了一眼，却意外地发现了一个熟悉的身影。

那是一个年轻的男人，利落的黑色短发，如刀刻般深邃分明的脸部轮廓，稠墨般浓黑的剑眉，一双琥珀色的眼睛炯炯有神，黑色的休闲西装包裹着那壮实的身躯，更是衬得那张棱角分明的俊脸越发地英气逼人。

是许熠祺！

严末微心里一喜，正想上前跟他打招呼，却在这时才发现他的旁边还站着一个人。

那是一个漂亮的女孩，看起来大概二十一二岁，身材高挑、明眸皓齿、妆容精致，笑容含蓄恬静，衣着时尚却不失端庄，宛如一枝空谷幽兰，清雅脱俗，美得令人不忍亵渎。

此刻，女孩双手亲昵地挽着男人的手臂，微仰着头，轻言细语地跟他说话。许熠祺耐心地听着，不时扬唇浅笑，清俊的脸上是严末微从没见过的温柔。

还没来得及成形的笑容瞬间僵在严末微的唇角，她绝望地盯着不远处那对有说有笑、言行亲密的男女，只觉得心里刚刚冒出的喜悦一点点地沉到冰冷的谷底。

他取消了她期待已久的约会，转身却赴了另一个女人的约；他说没有时间陪她，却有时间跟别的女人看电影。这就是她的男朋友，她一直视若生命、掏心掏肺地爱着的男朋友！

如果说，前一刻，她还不确定许熠祺是否爱她，那么这一刻，答案已清楚地摆在她的眼前。

“末微，我买了两张票，听说这部片子口碑挺不错的，还给你买了……”叶东城兴致盎然地拿着两张电影票和一大桶爆米花走到她的身旁，却在看见她那张布满哀伤和绝望的脸时，轻快的话语戛然而止。

循着她的目光看去，看到清俊男子和年轻女孩的那一刻，叶东城不禁怔住了。他见过这个男人，第一次是在西湘阁，男人坐在他们身后那桌，目光越过中间的严末微，一直冷冷地盯着他；第二次是跟踪动过他的电脑的严末微，她带着拷贝了设计方案的U盘去到一栋公寓，开门的便是这个男人。

如果他没有猜错，这个男人应该就是秦翊唯同父异母的弟弟——许熠祺。可是，侦探社的调查报告不是说他是严末微的男朋友吗？那此刻挽着他手臂的那个女孩是……

叶东城低头看了一眼面如死灰的严末微，瞬间明白了什么，心情顿时变得沉重起来。

就在这时，人潮中的许熠祺似乎察觉到什么，抬头朝他们这边看来。和严末微四目相接的那一刻，他前行的脚步蓦地一顿，脸上浮现了一抹惊愕的神情。

时间仿佛就此静止，嘈杂的人声渐渐远去，四周的一切变得模糊起来。两人隔着来来往往的人潮遥遥相望。她在他的眼中看到了惊慌、尴尬、不知所措，却唯独没有愧疚。而他，除了一片深深的汪洋一样的绝望，他在她的眼中再也看不到其他……

两人默默地对视，谁也没有开口的意思，仿佛打算一直站在那里，直到天荒地老。

然而，这个世界上终究没有什么是可以真正永恒的。这样的沉默，终于还是让许熠祺身旁那个年轻女孩打破了。

“熠祺，他们是谁？”

目不转睛地看着严末微，许熠祺沉默了很久，才轻声回答：“朋友。”

年轻女孩眨巴着灵动的眼睛，温柔地问：“我们要过去打个招呼吗？”

许熠祺想了想，低头看着女孩，用温和的语气说：“你在这里等我，我过去跟他们说两句就回来。”

年轻女孩转头看了一眼情绪明显不对的严末微，却什么也没有问，只是温顺地点头：“好。”

隔着熙熙攘攘的人群看了严末微一眼，许熠祺轻吸了一口气，迈开略显沉重的脚步，终于还是走到她的面前：“小微。”

严末微面无表情地盯着他，伸手指着正站在原地好奇地朝他们张望的年轻女孩，讥讽道：“这就是你口中所说的加班？”

许熠祺皱起眉，欲言又止地看了她一眼，又转头看了看旁边的叶东城。叶东城立刻会意，自动自发地走到离两人稍远的地方，一边默默地啃爆米花，一边竖起耳朵，小心地关注严末微那边的情况。

等叶东城走远了，许熠祺才低头看着满脸怒容的严末微，真诚地道歉：“小微，对不起，我知道不应该对你撒谎，可是我怕你听到实话后会伤心……”

严末微冷笑，满脸讽刺地看着他："难道我现在就不伤心吗？"

看着她这副样子，许熠祺的双眉紧紧地皱着，却还是耐心地哄道："小微，我这么做，不都是为了咱们的未来吗？我们的工作室这几年虽然发展得不错，但和秦明宗的腾升集团一比，渺小得就像鸡蛋上的一粒尘埃，想要报仇并不容易。素心的父亲在工作上能帮我不少忙。我需要借助她父亲的关系，壮大咱们的工作室。这样我们才能早日帮妈妈报仇，我们才可以没有后顾之忧地在一起，你明白吗？"

严末微别过脑袋，不看他："这样的话，你已经说过好多遍了，我不想听！"

许熠祺叹气，无奈地说："你正在气头上，我说什么你都听不进去，你还是先回家冷静一下吧！我过几天再来找你。"说罢，他转身朝年轻女孩的方向走去。

严末微抬起头，不敢置信地瞪着已走到两步开外的他："这个时候，你还要过去找她？"

许熠祺的脚步微微一顿，低沉的嗓音缓缓传来——

"我还有事情需要她的父亲帮忙。"

眼看着他又要往前走，严末微愤怒地握起拳头，气恼地低喝道："许熠祺，你要是再向前一步，我就跟你分手！"

许熠祺背对着她，沉默了很久，最终还是迈开长腿，一步一步地，离她越来越远。

看着那个渐行渐远的背影，严末微眉目间的怒焰渐熄，粉脸上的血色一点点地褪去。

她知道，为母报仇对他来说比什么都重要，她也愿意帮他。可是，报仇的方式有万千种，为什么非要靠那些女人呢？这一切的一切都说明了一个事实——她在他的心里，真的没有她以为的那么重要。

因为不重要，所以不在乎她的感受。

因为不重要，所以随时可以把她遗弃。

严末微绝望地闭上眼睛，脸色白得像冬夜里的雪，没有丝毫的血色和生气。

把她的情况看在眼里，叶东城很是担心，连忙走到她的身边，紧张地问："末微，你还好吗？"

好？她能好吗？男朋友推掉了她的约会，却跑去跟别的女生约会，被她抓了个现行，不但不悔改，还要和她分手。这样的她，能好吗？

排山倒海的疼痛朝她的心脏汹涌地扑来，剧痛过后，心脏像死水一般，静静地躺在那里，再也泛不起一丝涟漪。严末微呆呆地站着，只觉得自己前所未有的疲惫。

在这段爱情里，她对他言听计从、百依百顺，倾尽所能，努力地去做一个称职的女朋友。她努力地对他好，每做一件事前都先考虑他的感受。对于他提出的要求，她从来都是有求必应，从不惹他生气。她尽自己最大的能力，小心翼翼地维护着这份脆弱的爱情，最后换来的却是这样的结局。

罢了，她觉得好累好累，她已经不想再争取什么了。

睁开眼睛，严末微灰白着一张脸，拖着疲惫的身体，麻木地朝出口走去。

叶东城见势不对，本着不浪费的心态，连忙把手中的爆米花连同电影票塞到一对路过的情侣手里，紧紧地跟了上去。

站在人来人往的售票大厅中，许熠祺回首，看着两人渐渐隐没在人潮中的背影，眼底滑过了一抹不舍，更多的却是对命运的屈服和深深的悲凉。

第二天，严末微没有去公司。

叶东城坐在自己的座位，看着对面空落落的办公室，感觉心里像塌了一角，空落落地痛。他整天都心不在焉、坐立不安，干什么都无法集中精神，目光老是忍不住飘向对面的办公室。

许是他的表现太过明显，就连坐在外间的陈静也隐隐猜到了他的心思，她嫉妒地扫了一眼严末微空荡荡的座位，恨恨地低骂了一句："狐狸精!"

直到傍晚下班，严末微也没在公司里出现。叶东城再也坐不住，连桌上的文件也没有收拾，拿起公文包便直奔她租住的公寓。

站在严末微的家门前，叶东城按了半天门铃，屋子里却没有丝毫动静。

难道她不在家？那她会去哪里呢？她在 X 市就只有许熠祺一个亲人，他们昨晚刚闹分手，她肯定不会上许熠祺那儿。她的朋友更是少得可怜，稍微谈得来的估计就只有他了，可是她根本没有联系他。既没上许熠祺家，也没来找他，那她除了自个儿家，还能上哪里呢？

想到这，叶东城更加卖力地按她家的门铃，她肯定在家!

锲而不舍地按了大概半个小时，大门终于被人打开了，严末微在门后探出半个身子，面无表情地盯着右手仍放在门铃上的叶东城，冷冷地问：“是你？你来这里干什么？”

叶东城讪笑着收回手，上下打量了她两秒。

严末微的样子看上去很憔悴，一头长发凌乱地披散在胸前，脸上没有化妆，黑眼圈比熊猫还大，嘴唇干裂，肤色苍白，身上还穿着一套皱巴巴的卡通睡衣，看上去就像一个月没出过家门的样子。

不过是一天一夜，她怎么就把自己折腾成这副鬼样子了？

浓眉轻皱，叶东城担忧地看着她，话语里透着浓浓的关心：“你今天没去上班，我很担心，所以过来看看。”

严末微却不为所动：“你现在已经看到了，可以走了吧？”话落，不等他反应过来，砰地关上门。

呆呆地张大嘴巴，叶东城不敢置信地看着大门，好半天才反应过来，连忙上前像刚才那样猛按门铃。然而，这一次无论他怎么按，紧闭的大门整个晚上也没有开启过。

叶东城没有办法，只得先回家了。

第二天晚上，叶东城再次来到严家门前，像昨晚一样，开启疯狂按铃模式。

严末微这次倒是很快把门打开了，她在门后探出半个身子，依旧是那副不修边幅的模样，不耐烦地瞪着他，没好气地问：“叶东城，你到底烦不烦？”

叶东城也不恼，他举起手中的透明胶袋，呈到她的面前，笑眯眯地说：“末微，我给你买了赵记的乌冬面和牛筋丸，我记得你说过，你以前最爱来这家店吃夜宵了。小赵还记得我，他托我向你问好，他还说，你好久没去他家吃面了，赵阿姨和赵伯伯挺想你的，问你什么时候上他家吃顿便饭，赵阿姨给你做一桌好吃的。”

严末微看着面前那熟悉的印有赵记商标的包装袋，愣了愣，才淡淡地说：“你进来吧！”

这招果然奏效了！

叶东城心里一喜，连忙跟着她走进屋里，顺手把门关上。

严末微租住的是一个一室一厅的小公寓，面积不大，但胜在光线充足又通风，再加上她精心布置，看上去温馨别致、整洁舒适，别有一番风情。

叶东城一边饶有兴味地打量着房子的布置，一边走到客厅的沙发里坐下。

“你先坐，我去给你倒杯水。”严末微站起来。

“不用了，我不渴。”叶东城一边说，一边从袋子里取出饭盒，揭开盖子，连同筷子一并推到她的面前，“赶紧吃吧！你的胃不好，千万别饿着。”

看着香气扑鼻的乌冬面，严末微迟疑了片刻，重新坐下。

在叶东城期待的目光下，她拿起筷子夹了一小撮放进嘴巴里，细嚼了几下，勉强咽了下去。

见她一副食不知味的样子，叶东城皱起眉，关切地问：“怎么了？不好吃？”

严末微摇了摇头，放下筷子：“我心里难受，吃不下。”

叶东城上下扫了她一眼，双眉紧紧地皱起：“这两天你不会是什么东西都没吃吧？”

严末微脑袋低垂，沉默不语。

一看她这副样子，叶东城立刻知道自己的猜测没有错。无奈地叹了口气，他拿起筷子塞到她的手里：“我知道你心里难受，可是你的胃不好，经不起折腾，为了你的健康，你还是吃几口吧！”

他话语里的关心让严末微心里一暖，她不想辜负他的好意，纵使没有食欲，还是勉强塞了两口面条进嘴巴里。然而，她口中的面条还没下咽，胃里却涌起一股恶心的感觉。她连忙放下筷子，跑到卫生间，吐得天翻地覆。

叶东城担心极了，连忙跟过去，温柔地帮她轻抚背部，好让她舒服点。等她吐完后，他又是递漱口水，又是递纸巾，体贴得像一个称职的男朋友。

“谢谢。”

叶东城担忧地看着她一脸难受的样子，关切地问：“为什么会吐得这么厉害？你感觉哪里不舒服？要不要上医院看看？”

擦干净嘴边的污物，严末微靠在墙上微微地喘息，本就憔悴的脸此刻更是白得惊人：“不用了，只是胃里有些难受，估计是太久没吃东西，胃部一时接受不了油腻的食物吧！”

“那你别吃面条了，我去给你买碗白粥。”

严末微轻轻摇头，虚弱地说：“不用了，我想休息，你扶我回卧室吧！”

见过她刚才狂吐的样子，叶东城不敢勉强，他轻轻地扶着她的肩膀，小心地搀着她走到卧室的床前，看着她在床上躺好，又帮她盖好被子，他眉宇间的担忧才稍微缓和了一些。

严末微把被子拉到脖子上，没精打采地看着他：“你明天还要上班，早点回去休息吧！”

“不行，我不放心你，我要留在这里陪你。”

“你别这样，你一个大男人站在床边，我会睡不着的。你先回去吧！我答应你，如果有什么事，第一时间给你打电话。”

叶东城见她一副坚持的样子，只好妥协：“好吧！那你要照顾好自己。”

严末微难得温顺地点头，叶东城又叮嘱了几句，才依依不舍地退出卧室，顺带帮她把门掩上。

从卧室出来，叶东城没有马上离开。他先是去厨房用高压锅给她熬了些粥，又在储物柜的最下层找出个保温瓶，帮她把熬好的粥倒进去，拧紧盖子，连同一副碗筷，放到她的床头柜上，才慢吞吞地离开。

经过玄关的时候，他在鞋柜上的一个小篮子里看到一串钥匙，想来这个房子的大门钥匙应该也在其中。他犹豫了片刻，还是拿起钥匙揣进怀里，才开门离开。

第三天晚上，叶东城提着一保温瓶特意去赵记请赵阿姨煲的瑶柱粥，准时出现在严家门前。按了五分钟门铃，没有人应答，他果断地拿出昨晚“偷”出来的钥匙，把门打开。

屋子里异常安静，客厅没有开灯，四周黑漆漆的，看不见一个人影。卧室的门虚掩着，门缝里透出一抹淡淡的白光。

叶东城走过去，推开门，一眼便看见蜷缩在床上的严末微。

她弓着身体，长发凌乱地散落在床单和脸颊上，她的双手紧紧地捂住肚子，额角蒙着一层薄薄的汗珠，脸色苍白如纸，五官因疼痛而挤成一团，一副痛不欲生的样子。

叶东城吓坏了，手里的保温瓶砰地滑落在地板上。他什么也顾不上，三步并作两步地奔到床前，慌乱地伸手触摸着她被汗打湿的额头和冰凉的脸颊，一双大掌克制不住地微微发抖，就连声音也是颤抖的："你怎么了？哪里不舒服？是不是胃病又犯了？"

严末微痛苦地伸出手，颤巍巍地指着床头柜的第一格："药……药……"

叶东城会意，连忙打开抽屉，手忙脚乱地从里面翻出几盒药："要吃几颗？"

"蓝色……胶囊……一颗，红色……胶囊……和……白色……药片……各两颗……"

迅速按她说的数量把药配好，叶东城小心地扶起她："来，赶紧把它们吃了！"

严末微顺着他的手，把药咽下，柔弱的身躯无力地靠在他的身上，休息了十多分钟，终于感觉胃部剧烈的疼痛减弱了一些："谢谢。"

叶东城低头看着她，目光充满关心："感觉怎么样？好些了吗？"

"嗯。"

目光扫过床头柜上原封不动的碗筷和保温瓶，叶东城忍不住皱起眉："你没吃我熬给你的粥？"

严末微垂下脑袋，轻轻地咬了咬唇，哀伤无声地爬上那张没有丝毫血色的娇颜："我有想过吃的，可是我真的吃不下。我一想起熠祺，心里就好难受，什么都吃不下……对不起……"

"我知道你心里难受，可是你不能因为这样，就一直不吃东西啊！你这样下去，会活活饿死的。"

"可是，我真的好难过，熠祺他一直没有来过，也没有给我打过一通电话……”严末微闭上眼睛，两行清泪滑过雪白的脸颊，滴落在叶东城的手背上，“东城，我跟熠祺这一次是不是真的完了？”

叶东城呆呆地看着手背上的晶莹水珠，只觉得泪滴落下的地方滚烫得惊人。他心中的某根弦像被什么触中，轻轻地颤动了一下，疼痛自他的心脏一点点地蔓延开来。

这是他第一次看见她哭。她是一个要强的人，在他的面前，她总是表现出一副骄傲倔强的模样。即使遇到再大的困难，她也会挺直背脊，勇往直前，毫不畏惧。这么坚强的一个女孩，却为了一个不忠贞的男人，落下珍贵的眼泪。

叶东城不知道该怎么回答严末微的问题，也不知道该如何安慰她。他只知道，自己从没像现在一样恨过一个人。

他恨那个叫许熠祺的男人，他恨许熠祺的花心，他恨许熠祺不懂得珍惜，他恨许熠祺伤害了他最珍视的姑娘……

从严末微的公寓出来，叶东城直奔许熠祺的住所。他擂了半天门，屋里却没有半点回应。跑到楼下，仰头看着许家所在的楼层黑漆漆的，房子的主人估计还没回来。

叶东城紧抿着唇，蹲在离大楼正门不远的一个角落，耐心地等待着。

今天的天气不算太好，天空黑沉沉的，不见一点星光。秋风卷着残叶迎面扑来，带着逼人的寒气。

叶东城一下班就去赵记买粥，接着赶去严末微的公寓，然后直接过来找许熠祺，连家门的边都没沾着，身上还穿着白天那套薄西装。他的鼻子冻得通红，连呵出的气也化成了白雾。伸手搓了搓冷得有些僵硬的手臂，他全神贯注地盯着许熠祺家门前的情况，脸上没有丝毫退意。

一个小时……

两个小时……

三个小时……

眼看着快十二点了，许熠祺还没有回来。

冷风吹来，叶东城瑟缩了一下，连打了好几个喷嚏。伸手擦了擦痒痒的鼻子，他蹲在原地，固执地继续等待。

在腕表的时针快要指向深夜两点时，一辆酒红色的玛莎拉蒂驶到住宅楼前的一块平坦空地停下，副驾驶座的门开了，一个身材高大的男人从车里钻了出来。借着昏黄的路灯光线，叶东城很快便确认这个男人正是自己要找的许熠祺。

叶东城站起来，揉了揉蹲得有些麻的小腿，正要朝许熠祺的方向走，却发现驾驶座的门这时也开了，一个身材高挑、浓妆艳抹、顶着一头大波浪鬈发的明艳女子从车里钻出来。

女子摇摆着柔软的腰肢走到男人面前，纤细的长臂缠上男人的脖子，她微微地仰起娇艳的脸庞，眼神妩媚地凝望着他，朱唇微启，吐气如兰："你什么时候再来找我？"

伸手轻抚着女子光滑的脸颊，男人邪魅一笑："只要你想，什么时候都可以。"

女子斜睨了他一眼，娇嗔道："贫嘴！"

男人轻轻地笑，动作温柔地帮她把散落在脸颊上的发丝拨到耳后，不紧不慢地提醒："你答应给我的项目别忘了。"

柔若无骨的小手滑到他的胸前，女人动作暧昧地把玩着他的领带，意有所指地瞥了他一眼："这就得看你的表现了，只要你哄得我高兴，你想要什么，我都给你。”

薄唇勾起一抹魅惑的弧，男人突地伸手搂住女子的纤腰，上半身紧紧地压在她的身上，低头就是一个强势的法式热吻。深吻了差不多五分钟，直到两人都气喘吁吁，男子才放开她，眼底闪着邪魅的光：“女王陛下，还满意吗？”

叶东城站在角落，看得两眼直冒火光，双手紧握成拳。

这个姓许的太不是人了！他的女朋友三天三夜没吃过东西，要死不活地躺在床上，痴痴地等着他的电话. 他没去照顾她就算了，还在外头拈花惹草，跟别的女人调情！

“我就喜欢你这张甜蜜的小嘴！”女子眼神娇媚，指尖在他犹有些湿润的唇上轻点了一下，才恋恋不舍地跟他道别，“我走了，过两天给你电话。”

凝望着她离开的背影，男人淡淡地笑：“随时恭候，路上小心。”

女子背对着他，比了个“OK”的手势，俯身钻进车里。

男人站在原地，目送着女子发动车子离开，直到酒红色的玛莎拉蒂隐没在浓浓的夜色中，他才转身走到住宅楼的大门前。正要从口袋里掏出钥匙，一抹高大的身影却突然从暗处扑出，许熠祺还没反应过来，左颊上已挨了一拳。

“许熠祺！末微躺在床上连饭都吃不下，你居然还有心情泡妞？我揍死你这个没良心的男人！”

许熠祺正想还手，听到来者这么一说，动作下意识地一顿。借着楼道的灯光，他定睛一看，立刻认出来者正是前几天在电影院站在严末微身边的男人。他以前听她提过，这个男人是她的上司，平时对她挺照顾的，好像叫叶……叶……

叶东城！

捂住隐隐作痛的脸颊，许熠祺皱起眉："小微让你来的？"

"没有谁让我来！是我自己要来的！是个人都看不惯你这种连畜生都不如的行为！"叶东城一边愤慨地骂着，一边往他的脸上又添了两拳，"我今天一定要狠狠地揍你一顿，好帮末微出气！"

许熠祺忍着气，一边节节后退，躲闪着像雨点一样砸来的拳头，一边关切地问："小微她怎么了？"

"你还知道关心她？那你这段时间干吗去了？她吐得天昏地暗的时候，你在哪里？她胃病发作躺在床上的时候，你在哪里？你知不知道，她一直在等你？她虽然嘴上跟你说分手，其实心里一直放不下这段感情，她一直在等你去找她，而你却连一个电话都不愿意打给她！"叶东城理智全失，激动得连眼睛都红了，握着拳头疯狂地往许熠祺的身上揍，连一秒也没有停过，"你简直不是人！像你这么冷血的人，根本不配拥有爱情！"

许是叶东城的指责太过一针见血、太过咄咄逼人，许熠祺终于受不了，压抑多日的情绪像是终于寻到发泄的渠道，瞬间爆发而出。他抡起拳头，重重地砸在叶东城的脸上。两个同样受过高等教育、同样有着体面工作的男人像小学生一样扭打成一团，你一拳、我一拳，脸部和双臂很快便挂了彩，但他们都不在乎，依旧不要命似的疯狂互殴。

许熠祺像只受伤的野兽，一边拼命打击敌人，一边哑着嗓子嘶吼："你知道什么？你以为我真的不想去找她吗？你以为我真的不想念她吗？你以为我的心里真的没有她吗？"

许熠祺眼底情不自禁地流露出的那抹隐忍的痛苦令叶东城一怔，他有些困惑又有些迷茫地看着他，出拳的动作渐渐慢了下来。

“不！我爱她胜过爱我的事业！可是，我不能！我身上背负着太多仇恨，我下半辈子都是为了报仇而活的，我不想拖累她，你知道吗?”许熠祺红着眼睛大吼，说到最后，嘶吼渐渐变成哽咽，“她这么聪慧，这么善良，这么孝顺，像她这么美好的女孩，是应该得到幸福的！我给不了她想要的爱情，也不希望她像我这样，一辈子活在仇恨里！我必须把她从我的身边赶走，只有远离这一切，她才有可能得到幸福！你不知道我花了多大的力气，才压抑住想要把她找回来的欲望！你根本什么都不懂!”

叶东城怔怔地看着他，在心里评估他的话的真实性，然后双手像灌了铅一般，沉重得再也挥不起来。沉默了良久，他愧疚地说：“对不起，我不知道你有这些苦衷。”

“哼!”用手背拭去唇角的血丝，许熠祺撇开脑袋不看他。

叶东城看着他，犹豫了半秒，还是忍不住问：“你真的不去看看她吗？她为了你，已经三天三夜没吃过东西了。”

许熠祺沉默了片刻，轻轻地叹了口气，语气里尽是无奈和悲凉：“我不能去，我不想给她无谓的希望。也许她现在感觉很痛苦，但时间是一剂医治情伤的良药，早晚会冲淡一切。只要不再相见，她总有一天会忘记我的。爱情这种东西，要断就断得彻底一些，藕断丝连对谁都不好。”

许熠祺顿了顿，又说：“接下来这段时间，就麻烦你多抽空陪陪她，希望她早点从过去中走出来。我知道你喜欢她，她是一个好女孩，她值得拥有世上最好的爱情，好好对她。”

叶东城看着他，像是起誓般，认真地点头：“我会的。”

伸手郑重地在叶东城的肩膀上拍了一下，许熠祺不再看他，默默地掏出钥匙打开门锁。昏黄的灯光下，他的背影看上去落寞得像一具被命运遗忘在角落的木偶。

叶东城心里生出一丝不忍，却又明白自己根本无法帮助他，唯一能做的，只有真诚地对他道谢：“谢谢你愿意告诉我这些。”

“你用不着谢我，我做的一切，都是为了小微。”许熠祺没有回头，他淡淡地留下这句话，拉开大门，拖着疲惫的身体，孤单地走进楼道。

铁门缓缓关上，彻底隔断了叶东城的视线。

他一直以为许熠祺是无情的，怎料他竟是用情最深的一个。他一直不理解许熠祺为什么要对严末微这么冷漠，怎料他竟是这样的用心良苦。许熠祺心里的苦楚，只怕他这个局外人是永远也没办法体会的。

在原地呆立了数秒，叶东城轻叹了一口气，最终迈着沉重的脚步无奈地离开……

刚刚等许熠祺的时候还觉得有些困意，现在从许熠祺居住的小区出来，心情沉重的叶东城反倒觉得一点睡觉的欲望都没有了。

他不想回家，开着车漫无目的地在大街上游荡，等他反应过来时，发现自己不知不觉间，竟把车开到了严末微的公寓楼下。

潜意识不会骗人，他的心里终究放不下她。

叶东城闭上眼睛，背靠着驾驶座的椅背，在车里坐了十多分钟，最后还是抵不过心里的渴望，开门下车……

夜色渐褪，大地被一片灰蒙蒙的白纱笼罩着，渐渐地，天际泛起一片鱼肚白，太阳终于冲破地平线，冉冉升起。明艳的霞光唤醒了沉睡中的城市，金色的阳光透过半敞的玻璃窗和被风吹得微微扬起的白色窗帘，柔柔地洒进洁净的卧室，驱散了一室的阴暗。

在一片温暖明媚的晨光中，床上的女子长长的睫毛微微地颤动了一下，眼睛渐渐张开。明亮的光线让她忍不住眨了眨眼，下意识地伸手挡住眼前的光，待眼睛渐渐适应过来后，她才放下手，动作缓慢地坐起来。

她的动作惊醒了趴在床沿的男子，他揉了揉惺忪的睡眼，坐直身子，目光温暖地看着她："你醒了？"刚才睡着还不觉得，现在一开口，叶东城只觉得喉咙像被火烧一般痛，声音也像破锣一样沙哑。他想，大概是昨晚吹了大半夜的风的缘故吧！

突如其来的声音把严末微吓了一跳，她眨了眨眼，定睛一看，脸上浮上了一抹惊诧的神色："叶东城？你怎么会在这里？你昨晚不是走了吗？"目光下移，落在他那张遍布瘀青、略显浮肿、跟猪八戒没什么区别的脸上，她惊愕地张大嘴巴："你的脸怎么了？我明明记得你昨晚走的时候还好好的呀，不会是摔下楼梯了吧？"

伸手摸了摸肿胀的眼角，叶东城犹豫了一下，决定跟她说实话："我昨晚去找许熠祺了。"

严末微一愣，然后苦笑："是吗？怪不得他多日没消息，昨晚半夜却突然给我打电话。"

"许熠祺打电话给你？"叶东城有些意外，"他跟你说了什么？"

严末微垂下头，神情落寞，语带自嘲："他大概是怕我还没死心，以后会缠着他，所以他特意打电话来告诉我，他认识了某跨国企业董事长的独生女，已经交往了几天，双方感觉都很不错，两人以后可能会结婚，让我以后再也不要去找他了。他还说，让我忘了报仇的事，妈妈的仇由他一个人来报就可以了。我那么爱他，在这段爱情里，我一直小心翼翼、如履薄冰，没想到我和他还是走到了这一步……"

叶东城心疼地看着她，沉默了片刻，轻声开口："末微，辞职吧！我们一起离开腾升，离开 X 市，找一个小城市，重新开始新的生活，好不好？"

严末微蓦地抬头，有些讶异地看着他，像是没想到他会提出这样的建议。静默了数秒，她才说："东城，谢谢你的好意，可是我不能离开，至少不能现在离开。"说到这，她的眼底闪过了一抹执着的光："昨晚我想了很久，我知道我和熠祺是不可能回到过去了，但是我不能因为跟他分了手，就置妈妈的仇不顾，毕竟妈妈生前待我不薄。如果当年妈妈没有把我从孤儿院带出来，用心栽培，我也不可能有今天。妈妈的仇一天不报，我一天都不会离开腾升的。"

叶东城认真地端详她，发现已三天三夜没吃东西的她虽然脸上依旧没有一点血色，模样也依旧憔悴，但她眉目间的迷茫和忧郁已消散不少，眼睛也不像昨天那样了无生气，里面明显多了一股坚定的信念。

看来心病果真要用心药医，他这几天劝她劝得连嘴皮子都快要磨破了，效果却远不如人家许熠祺一通电话强。

叶东城皱眉，不赞同地看着她："我理解你急切想要看到秦明宗得到报应的心情，但是报仇的方式有万千种，你为什么非要用这种偏激的方法呢？"

"因为这种方法是最直接、最快捷的，不是吗？"

"可是你现在做的事是违法的！"叶东城看着她的目光充满担忧，"你在毁掉秦明宗的同时，也会把自己毁了！我不是反对你报仇，我只是希望你能用理智、合法的方法去实现自己的目的。"

严末微咬了咬唇，固执地说："东城，你不要再说了，我知道你是为了我好，可是这个仇我是一定要报的。只要能帮妈妈报仇，我什么都不在乎，哪怕让我前程尽毁、让我去坐牢、让我去死都行！"

叶东城差点没被她的话气死，胸口像被什么堵住，几乎要炸开了！

他气她的倔强！他气她的执迷不悟！他气她一点都不爱惜自己！

盯着眼前这个肤色苍白、眼睛里却写满坚定的女人，叶东城拼命压下心中的怒气，沉默了良久，沉声问："你一定要这样，是吗？"

严末微沉默不语，别开脑袋不看他。她的举动在叶东城的眼里等同于默认。

他紧紧地盯着她，像是在惩罚自己，又像是在跟她赌气般，一字一句地说：“行！那我就陪着你！陪着你前程尽毁、陪着你坐牢、陪着你去死!”

严末微显然没想到他会做出这样的决定，愣愣地看着他，久久不能言语。

叶东城没有理她，压抑着满腔怒火，腾地站起来，大步朝外走去。

在快到门口的时候，他的脚步微微一顿，头也不回、语气也不怎么好地抛下一句：“我给你熬了粥，在高压锅里，记得吃!”说完便甩门而去。

严末微忧伤地看着闭合的房门，心里一片苦涩。

她知道他对她好，可她有她的身不由己，她这辈子怕是要辜负他了。

第七章　再生波澜

假期结束，严末微回到公司。

四天没来，除了办公桌上多了一堆待处理的文件，同事们口中多了一些关于她的流言，一切都跟她离开时没什么两样。要真说有什么不一样的，大概只有一件事——现在都快九点了，向来从不迟到早退的模范员工叶东城先生，居然还没有来。

坐在自己的办公桌后，严末微看着对面叶东城的办公室，那个属于他的位置，此刻正刺眼地空着。

他是迟到还是请假呢？他又为了什么原因迟到或者请假呢？

严末微正在心里揣测着，小雅敲门进来，交给她一份急件，请她签字后尽快送到总监办公室。

工作当前，严末微也没心思再想别的事情，她拿起签字笔在文件的末端签上自己的名字，又从抽屉里掏出公章盖上，便拿着文件去找秦翊唯。

来到总监办公室，总监助理的位置空着，安若然不知道跑到哪里去了。

严末微找不到人通传，便直接穿过办公室的外间，走到内间门前，伸手正准备在虚掩的门上敲两下，门内却在这时传来一个熟悉的声音——

“你的手怎么了？”这是秦翊唯的声音。

“早上冲咖啡的时候一不留神把马克杯摔到地上，收拾碎片的时候不小心把手指割破了。”

这不是安若然的声音吗？

严末微目光透过门缝，悄悄地朝里探。

宽敞的办公室里，秦翊唯坐在宽大的办公桌后，正一脸不高兴地瞪着面前的安若然：“又是不留神又是不小心，你的注意力飞到北极去了吗？这就是你的工作状态？”

安若然垂着脑袋，一副低眉顺眼的样子：“对不起……”

“伤口处理过了吗？”

“嗯，我已经贴上止血贴了。”

秦翊唯抿了抿唇，没好气地看着她，讥讽道：“安若然，你脑子跟那只马克杯一起摔坏了吗？你以为手指被割破跟大腿被蚊子叮一样简单？随便拿块止血贴把伤口盖住就完事？这就是你的处事态度？”

严末微站在门外，柳眉轻挑，以前怎么没发现秦翊唯说话这么恶毒？

而办公室内，安若然的脑袋垂得更低了。

秦翊唯瞪了她数秒，俯身从办公桌的第三个抽屉里拿出一个小小的应急医药箱，没好气地命令道：“过来！我帮你消毒！”

安若然怔怔地看着他，以为自己的耳朵出了问题，产生了幻听，站在原地一动也不敢动。

门外的严末微也是同样惊讶，她还是头一次看见秦翊唯这么别扭的样子。她突然想起在秦家别墅初遇两人的画面，又想起秦翊唯和安若然平日相处时常常不经意间流露出的古怪气氛，再看看眼前这一幕，要说这两个人之间没问题，打死她也不信！

办公室里，秦翊唯不满地瞪着傻傻站在原地的安若然，不悦地问："需要我亲自过去请你吗？"

"啊？"安若然如梦初醒，连忙走过去，"不用！不用！"

用手托住她受伤的手指，另一只手小心地把上面沾血的止血贴撕掉，一个不算浅的仍渗着血的伤口暴露在秦翊唯的眼底。剑眉不自觉地皱起，他用棉签在药瓶里沾了些消毒液，轻轻地涂在她的伤口上。他的神情专注，动作轻柔，生怕弄痛了她一般，每一个动作都是那么地小心翼翼。

他这算是关心她吗？安若然痴痴地凝望着他俊美的侧脸，本已绝望的心，忍不住燃起了一丝希望。这是不是表示他对她的恨，并没有她想象中的深？说不定他们还有重新开始的希望？

秦翊唯一抬头，看到的便是安若然这副表情。她眼底的期待让他忍不住皱起眉，拿纱布的手微微顿住，俊脸浮上一抹恼怒的神色："你用这种眼神看着我干吗？你以为我在关心你吗？你别做梦！这家公司是我爸爸的，我爸爸的东西就是我的东西。我只是怕你的伤口处理不好，到时引起什么并发症，你会以工伤为由，找我爸索赔！"

原来手指被碎片割破会引起并发症，她这回算是长见识了。严末微忍不住翻了翻白眼：关心人家姑娘就直接说啊，找这么多有的没的借口干什么！平日还真看不出秦翊唯也有这么别扭的一面。更让严末微想要吐血三升的，是安若然的反应。

安若然垂着脑袋，讷讷地说："请您放心，无论伤口怎么样，我都不会向公司索赔的……"

严末微觉得无言了！现在是谈索赔的时候吗？现在的重点是这个吗？啊？这个安助理平时看上去一副聪明能干的样子，怎么一扯上感情问题就像块不解风情的木头疙瘩！

心里太激动，严末微一个不留神，前倾的上半身失去平衡，身体控制不住地朝门板栽去！虚掩的门哪受得了她这么大力度的一撞，吱呀一声就开了。刹不住脚的严末微又朝前踉跄了几步，才勉强稳住了身体。

门内的两人闻声回头，睁大眼睛，惊愕地看着这个不速之客，好半晌无言。

严末微用手抓了抓有些乱的长发，清咳两声，干笑着说："不好意思，打断了你们的好事。"

安若然双颊微微一红，急忙解释："不是的，严副经理，事情不是你想象的那样！我的手指弄伤了，秦总监只是例行问候一下，你千万别误会。"她连忙收拾好桌上用过的棉签，也不敢看秦翊唯的眼睛，低头盯着自己的脚尖说："秦总监，伤口已经消过毒，剩下的我自己处理就可以了，谢谢您的关心，我先出去工作了。"说完便红着脸，转身快步离开。

目送着安若然匆匆走出办公室的身影，严末微回头看着秦翊唯，暧昧地朝他挤了挤眼睛："啧啧啧，这就是传说中的

‘此地无银三百两’吗？我本来还有些不确定的，现在看来，你们两个的关系真的不简单哦！”

秦翊唯眼皮也不抬一下，径直收拾好药箱，放回抽屉里，淡淡地说：“她说的都是真的，我只是看见她受伤了，例行关心一下，上司关心下属不是一件很正常的事吗？”别人也许不明白，但他的心里很清楚，他这辈子是绝对不会喜欢安若然的！她是间接害死小瑶的凶手，他这辈子都不会原谅她！更别说是跟她在一起了！

严末微柳眉一挑，似笑非笑地斜睨着他：“是吗？我也是你的下属呀，我在床上躺了整整四天，怎么不见你‘例行’关心一下我？”

“我这不是忙吗？我本来也想去看你的，可是工作太忙了，我一直走不开。再说，我不是有给你打电话吗？”

“切！”严末微根本不相信，朝天花板翻了翻白眼，“此地无银三百两！”

“行了！别闹了！”秦翊唯摆了摆手，表情变得认真，“你找我有什么事？”

严末微这才想起此行的目的，连忙把手上的文件递给他：“听说这份文件挺急的，我签过字就立刻拿过来给你了。”

秦翊唯接过文件，随手放到一旁：“嗯，这份文件先放一边，我待会儿就处理。说到急，我想起一件更急的事，我刚才还想让安助理打电话叫你来一趟，没想到你自己先过来了。”他在旁边的文件堆里翻了翻，抽出一个蓝色的文件夹递给她，“你先看看这个。”

“这不是‘锁碧传’的游戏设计方案吗？”严末微打开文

件夹大略地翻了翻，却发现上头有很多用记号笔画过的地方，“这些标记是什么意思？”

“蓝岸科技要我们修改的地方。”

“这么多？标记的地方差不多占整个方案的三分之一啊！修改幅度这么大，跟重新设计有什么区别？”严末微翻动着纸张，眉头紧紧地皱起，“再说，我们在写正式方案前，不是已经跟蓝岸科技那边开过好几次会吗？他们看过设计初稿，表示没问题，我们的工作人员才继续后续工作的啊！”

“我也觉得奇怪。”秦翊唯皱着眉，十指交叉，用手背托着下巴，“明明前几天交上去时，蓝岸科技那边的决策者看过，都表示满意的，还让咱们公司准备写脚本。不过几天的时间，怎么就变成这不可行、那不满意了呢？我问过这个项目的负责人，他说这都是他们老总的意思，让我们不要多问，只管修改，不然就只能中断合作了。”

“既然他们都这么说了，那我们只能按他们的要求修改了。”

“嗯，他们还说了，我们要在一周内，把修改好的方案交上去。”

“一周？”严末微怀疑自己听错了，“这怎么可能？”

“一周确实短了点，但只要我们配合好，还是有可能完成的。小组其他成员的任务我已经分配下去，这些是你和叶经理的。你负责数值策划，叶经理负责系统部分。”秦翊唯从文件堆里翻出四个文件夹递给她，“叶经理请了几天病假，我知道不应该在这个时候打扰他，但是蓝岸那边给的时间真的不多，只能委屈他了，回头公司会好好补偿他的。”

“叶经理生病了？”严末微一怔，想起昨天他那沙哑的嗓音，顿时明白了一二。

“嗯，听说是重感冒。你作为公司代表带些礼品去他家探望一下，礼品钱公司会报销，记得把修改议案一并带过去。”

“好的，我知道了。”

抱着一堆文件夹从秦翊唯的办公室出来，经过总监助理的位置时，严末微的脚步顿了顿。看着正坐在电脑后发呆的安若然，她迟疑了一下，最终还是没忍住，半开玩笑半认真地说：“安助理，虽然秦总监的性格有些别扭，嘴巴也有点毒，但整体来看，还算是一个不错的男人，外面觊觎他的女人可不少。你要是真心喜欢他，可得主动点，别等他被别的女人追走了才后悔哦！”虽然秦翊唯是她仇人的儿子，但经过这段时间的相处，她知道他其实是一个很痴情的男生，她总是在他的身上找到自己的影子。像他这样的男生，是应该得到幸福的。

闻言，安若然回过神来，双颊泛红，话语因紧张而显得有些结巴：“严副经理，你、你真的误会了，我、我没有喜欢秦总监，我跟他是不可能的……”

“喜欢一个人又不是什么见不得人的事，你用不着否认的。”

“不是的……我真的没有……”

严末微直接无视她的话，自顾自地继续往下说：“再说，我看得出来，秦翊唯对你也是有意思的，只是他死要面子，不肯承认罢了。为了你们的幸福，你可得加把劲哦！祝你早日抱得美男归，我先出去工作了。”

安若然没注意到严末微是什么时候出去的，此刻她的脑中只有严末微的那句话——秦翊唯对你也是有意思的，只是他死要面子，不肯承认罢了。

秦翊唯对她有意思，这是真的吗？或者说，这有可能吗？在那件事发生后，他还有可能喜欢她吗？毕竟当年小瑶的死，确实跟她有关系。

如果当年她没有去面试，如果当年她没有经过那条马路，如果当年她没有冲过去抱起那个蹲在路中间玩耍的小女孩……如果没有这一切，小瑶不会陪她去面试，小瑶不会发现那辆向她和小女孩疾驰而来的车，小瑶不会冲过来推开她，小瑶更不会命丧车轮下……

是她，是她害死了小瑶。

安若然永远也忘不了，秦翊唯接到电话赶到事发现场，抱着孟天瑶冰冷的身体，默默流泪的样子。她更忘不了，他抱着尸体，红着眼睛，回头瞪她的神情。那一刻，她在他的眼中看到了浓浓的怨恨。

曾经恨不得宰了她给孟天瑶陪葬的他，有可能会喜欢上她吗？

安若然表示深深的怀疑，心里一点谱也没有。

可是，如果他真的对她没有任何意思，那他刚才为什么要帮她清理伤口呢？虽然他一直否认，但她分明从他的眼中看出了关心，眼睛是不会骗人的。

安若然低头，烦恼地抓了抓头发。

啊啊啊！好烦啊！她要怎么做，才知道他对她有没有意思呢？

傍晚下班，严末微在超市买了些水果，便直奔叶东城家。

按了将近五分钟门铃，大门终于开了，门后的叶东城耷拉着脑袋，头发凌乱，双眼无神，看上去一副病恹恹的样子。看见她，那双眼睛终于多了一丝微弱的神采：“末微？你怎么来了？”

“听说你病了，我来看看。”严末微有些不安地看着他，心里还记挂着两人前几天的争执，“你还在生我的气吗？”

叶东城看着她那副小心翼翼的样子，无声叹了口气，说：“我没生气，你先进来吧。”

严末微抬腿走进屋里，叶东城把门关上。

两人走到客厅的沙发坐下，严末微随手把水果篮和装着文件夹的牛皮纸袋放到桌子上，转头看着坐在旁边的叶东城，关心地问：“你感觉怎么样？上医院看过没有？”

叶东城摸了摸鼻子，唇角朝上轻轻地弯了弯，只是在那憔悴的容颜下，他的笑容看上去是那么的无力：“只是小感冒，鼻子有些痒，喉咙有点不舒服，偶有几声咳嗽。看上去挺严重，其实没什么，多喝点水就好了，用不着上医院。”

看着他那潮红的双颊和红得惊人的嘴唇，严末微一点也不相信他的话。如果只是小感冒，脸色不应该是青白的吗？怎么会这么红呢？还有那嘴唇，红得都快滴出血来了！她又不是傻子，她要真相信他的话才怪！

“你靠过来让我摸摸。”

叶东城迟疑了一下，非但没有靠过去，反倒往更远的地方挪了挪："这不好吧？男女授受不亲……"

严末微语出惊人："你上次强吻我的时候，怎么不说男女授受不亲？"

叶东城显然没想到她会这么说，不禁愣了。

严末微要的就是这样的效果，趁他发呆的瞬间，她连忙扑过去，右手覆上他的额头，掌心传来的滚烫感让她大吃一惊："天啊！怎么这么烫？你发烧了，必须去医院。"

"我不去！"叶东城别过脑袋，躲开她的手，"家里有退烧药，我等会儿吃两片，明天就退烧了。"

柳眉紧紧地皱起，严末微不悦地瞪着他，态度强硬："别胡闹！你烧得这么厉害，光吃退烧药怎么行？你必须去医院看医生！"

"我不去！"叶东城抿了抿唇，向来脾气温和的他，这回态度竟出乎意料地坚决。

严末微看着他的目光多了一丝探究，然后她像是想到什么，蓦地睁大眼睛，看着他的目光充满不可思议："你不会是怕打针才坚持不去医院的吧？"

叶东城紧抿着唇，没有回答。

严末微顿时了然，唇角控制不住地上扬，忍不住大笑起来："哈哈哈！没想到你一个大男人，天不怕地不怕，居然怕一只小小的针筒！哈哈哈……"

被心仪的女生知道了自己的弱点，叶东城不禁有些郁闷，但看到她笑得这么开心，一双美丽的黑眸亮晶晶的，神采飞扬，他又忍不住心生欢喜。

只要她开心，被她取笑一下也没关系。

这么一想，叶东城的唇角忍不住微扬，一抹温润中带着宠溺的微笑在他的唇畔绽放。

看到他这副表情，严末微反倒有些不好意思了。她清了清嗓子，敛起笑容，作为出一副严肃的样子，退让道："好吧！你要是坚持不去，那就先去吃几片退烧药，看看效果怎么样。如果明天早上还不退烧，你得答应我，一定要去医院。"

"嗯。"

"你还没吃晚餐吧？我去给你熬些米粥。"

"好。"

严末微站起来，脱下外套，朝厨房走去。叶东城坐在沙发上，正准备站起来，却看到严末微刚才放在桌子上的牛皮纸袋。好奇心顿起，他忍不住取出纸袋里的文件夹，粗略地翻了翻，转头看着厨房的方向，扬声问道："末微，纸袋里的文件夹是怎么回事？"

严末微正在淘米，随口应道："哦，那是'锁碧传'的设计方案，蓝岸科技那边觉得不满意，退了回来，让我们在一周内修改好，再交上去。如果我们不能在这个期限里完成，他们就要中止跟我们公司的合作。秦翊唯很重视这个项目，给项目小组的每个职员都分配了任务，那几个文件夹的内容是我和你负责的。你现在发着高烧，就先不要管这些事了，再重要的工作都比不过身体的健康。你赶紧去吃退烧药，然后去床上休息一会儿，等粥熬好了，我再叫你。"

"嗯。"叶东城把文件夹放回纸袋里，听话地站起来朝卧室走去。

等粥熬好已是一个小时之后的事，严末微关了火，盛了一碗，细心地吹凉后，才把粥端进卧室。卧室里，叶东城正背靠着枕头坐在床上，闭着眼睛假寐，膝盖上还放着一本《游戏与编程》。

“都生病了，还看什么书！”严末微一边念叨着，一边拿起书放到旁边的床头柜上，“粥熬好了，赶紧起来吃一点，胃里没有东西可不行。”

叶东城睁开眼睛，可怜兮兮地看着她，一副无奈又虚弱的模样：“我生病了，没有力气拿勺子。”

严末微皱眉：“那你想怎么办?”

叶东城眨了眨眼，用无比纯真的目光看着她，提议道：“要不你喂我?”

闻言，严末微正想发飙，但见他的脸色确实不太好，心一下子就软了，温声说：“好吧！看在你确实病得不轻，而且前几天照顾过我的情分上，就帮你一次吧!”

严末微拉过一旁的椅子坐下，拿起勺子舀了一勺粥，小心地送到他的唇边。叶东城满心欢喜地张大嘴巴，小心翼翼地把那勺粥含在口中，舍不得吞下。

“怎么不吃呢?”严末微不解地看着他，“粥不好吃吗?”

叶东城嘴里含着粥，爱慕地看着她，含糊不清地说：“不素（是）的，这素（是）你第一次喂我痴（吃）粥，我蛇（舍）不得吞。”

“说话不清不楚的，不知道你在说什么。”严末微嗔怪地睨了他一眼，又舀起一勺粥送到他的唇边，“赶紧把粥吞下去，不然不喂你了。”

他这才依依不舍地把粥吞进肚子里。

叶东城吃得极慢，严末微也不催他，耐心地等他吞了才又舀起一勺，动作细致温柔，脸上没有一点点不耐烦的神色。床头柜上的水晶台灯静静地绽放着温暖的橘色光，那张精致白皙的瓜子脸在灯光的映照下，多了几分温婉，少了几分拒人于千里之外的冷漠和清傲，宛如在朝阳中盛放的蔷薇，美得令人忘了呼吸。

叶东城痴痴地看着她，只觉得胸口的地方暖暖的痒痒的，心湖像被春风吹过，漾起丝丝涟漪。像是受了蛊惑一般，他情不自禁地伸手轻抚着她的脸颊，认真地说："如果我们能像现在这样一直在一起，我天天生病都愿意。"他只恨时光不能永远地停留在这一刻。

他眼底的款款深情令她的心跳不由自主地加快了一拍，双颊红得像傍晚的云霞，被他触碰的地方滚烫得似要燃烧起来。严末微只觉得心里突然一阵慌乱，下意识地转头躲开他的手，随手舀了一大勺粥二话不说就往他的嘴巴里塞，话语里带着满满的别扭："胡说什么呢！专心吃你的粥，别胡思乱想！"

许是感冒药有安眠作用，叶东城吃饱后，坐在床上看了一小会儿书，便睡着了。

严末微收拾好碗筷，在浴室里找了条毛巾，浸过凉水后，敷在叶东城滚烫的额头上。待毛巾变得温热，她把毛巾放到水里浸了浸，再往他的额头上放。如果重复了二十多遍，也不知道是退烧药开始起效，还是湿毛巾起了作用，总之她惊喜地发现他额头上的温度在慢慢下降。她开心极了，如受到鼓舞般，更勤快地帮他换毛巾。

叶东城醒来的时候已是半夜，睡了一觉，昨晚还隐隐作痛、像塞了一团糨糊的脑子，现在感觉明显舒服多了。他伸手摸了摸额头，触感凉凉的，已经退烧了。喉咙还有些痛、鼻子也仍有些堵塞的感觉，但不适感明显比昨天缓和了很多，估计再吃几次感冒药就会痊愈。这次终于不用担心被严末微揪去医院了。

叶东城舒了一口气，一低头，发现心心念念的女孩正趴在床边熟睡，她的手里还握着一条湿毛巾。

白天在公司忙了一天，晚上又过来照顾他，她肯定是累坏了。

叶东城唯恐惊醒她，特意放慢动作，轻手轻脚地挪下床。小心地抽走她手里的毛巾放到一旁，动作轻柔地抱起她，双臂间如羽毛一般的重量使他的眉头皱了皱——

怎么这么轻？看来以后得督促她多吃点才行！

小心地把她放在床上，拉起被子帮她盖上，叶东城坐在床畔，温柔地凝视着她，目光充满怜爱。

严末微真的累坏了，丝毫不受叶东城这一番动作的影响，依旧睡得香甜。她的面容平静，眉目舒展，长长的睫毛在眼睑下投下两排扇子般的小小阴影，粉嫩的樱唇在柔和的灯光下闪着诱人的光泽。

心怦怦地乱跳着，叶东城强忍着一亲芳泽的欲望，伸手轻轻地抚摸着她的发丝。

以前他忌讳她名花有主，出于君子的道义，一直把对她的爱深埋心底。可是，从现在开始不会了。她已经跟许熠祺分手，他可以光明正大地对她好，光明正大地追她。总有一天，她会成为他的女朋友，他的妻子，他携手相老的那一个人。

俯身轻柔地在她的额头印上深情的一吻，他体贴地帮她掖了掖被子，站起来朝客厅的方向走，出去的时候不忘把门带上。

严末微醒来的时候，已是早上七点多。

流水般清澈的晨曦穿过半开的窗户，在木地板上投下一大片光影，带来了一室的温暖。

她揉着惺忪的睡眼，朝四周陌生的环境张望了好一会儿，沉睡了一夜的脑子渐渐清醒过来。她终于想起这是叶东城的卧室，她昨晚照顾生病的叶东城，后来太累，便趴在床沿睡着了。她本打算小睡一会，可是一睁眼，怎么就天亮了呢？还有，她是怎么爬到床上的？叶东城呢？

带着一连串疑问，严末微掀开被子，爬下床。拉开卧室的门，她一眼便看见那个一大早就不见踪影的男子正伏在客厅的小方桌上，埋着头，手里握着钢笔，神情专注地在一堆纸张上写着什么。听到开门的声音，男子抬起头，朝她扬起一抹如春风般和煦的微笑。

“你醒了？”

严末微困惑地眨了眨眼，走到他的身旁，不解地问：“一大清早的，你不在卧室里睡觉，待在这里干什么？”

叶东城扬了扬手里的纸张，淡淡地笑着说：“我在修改游戏方案呀！”

严末微这才注意到小方桌上放着几个文件夹，看款式和颜色，正是她带来的那几个："你不会是整夜没睡，一直在干这个吧？"

"嗯，公司不是急着要吗？"

"你疯了？"严末微皱眉，"你还在生病呢！"

"你不用担心，我已经退烧了。"

"可是你的感冒还没有好，怎么能熬夜呢？"

"如果我继续休息，会拖慢项目的进度。而且你不是需要拿这个游戏方案交给许熠祺吗？"叶东城抬头，表情温和地看着她，"在蓝岸科技同意方案通过前，这些设计都是一堆废纸，即使给你，也没有用。我们只有尽快把方案修改好，让蓝岸科技那边点头，确定启动项目，你才能拿这份设计方案向许熠祺交差。"

严末微一愣，怔怔地看着他，语气有些不确定地问："你不反对我报仇了？"

"如果我反对，你会放下仇恨，离开腾升吗？"叶东城目不转睛地看着她。

严末微沉默了。不，她不会。为妈妈报仇是她必须实现的目标。妈妈的苦、妈妈的痛，是她这辈子不能忘记的伤。过了一会儿，她才低头，说："我帮你修改吧！你安心养病。"

叶东城眼中闪过失望，在心里叹了口气，摇头，体贴地说："你自己的任务已经很繁重了，我不希望你太累。再说，我不是请了三天病假吗？要想休息随时都可以，你就别担心我了。"见她还是一副忧心忡忡的样子，他放下钢笔，安抚性地拍了拍她的肩膀："好了，不要想太多，赶紧去洗脸，等会你还要上班呢！"

知道他的用意，严末微心里一阵感动，也不再拒绝："好吧！"她正想转身，突然想起什么，又回头对他说："对了，上次把你的胸针换过来，还没还给你呢！你这么珍惜这枚胸针，它对你来说，应该有很重要的意义吧？它现在在我办公室的抽屉里，我今晚下班拿过来还给你。"

"不用了，胸针你留着吧！我本来就打算把它送给你。"叶东城温柔地看着她，唇边有着一抹淡淡的微笑，"这枚胸针是一个曾经对我来说很重要的女孩子（详情请参考这个故事的前传《如果时光忘记了》，叶东城在这本书里跟女主角苏听蓝曾有过一段很深的情感纠葛）给我的，她是珠宝设计师，她说这枚百合花胸针象征着纯洁、恒远的爱情，让我送给未来心仪的姑娘。"

听出他话里的意思，严末微双颊一红，转身就走："我、我去洗脸了……"

她这是在害羞吗？

看着她几近落荒而逃的身影，叶东城的眼底有着宠溺的光，可眉头却不自觉地皱了起来。他不认可她报仇的方式，可他更不能眼睁睁地看着她毁掉自己。要想软化她心中的顽石，他必须先走进她的内心。精诚所至，金石为开，他相信只要自己一直陪在她身边，有一天会让她知道，这样的报仇方式不是唯一的。只要他坚持陪在她身边，万一有一天她计划败露，他才能……

蓝岸科技这一举，使腾升网络集团研发部所有员工都变得忙碌无比。严末微从早上踏进办公室到中午，屁股都没离开过椅子，连去厕所的时间都没有。修改过程中，因为对项目里某个角色的HP值（生命值）设定存有疑问，需要请示秦翊唯，为了省时间，她索性约他共进午餐。至于用餐地点，考虑到时间问题，公司食堂自然是首选。

许是大家的想法都跟她一样，食堂今天挤满了人，异常热闹。

严末微和秦翊唯端着餐盘，在用餐区随意找了张空桌子坐下，一边专注地讨论游戏角色的修改，一边有一口没一口地把饭菜往嘴巴里塞。因为整副心思都放在工作上，严末微舀起一勺子饭往嘴巴里送时，并没有发现有一颗米饭从勺子的边缘滑落，粘在她的衣领上。坐在她前面的秦翊唯却注意到了。

长臂越过餐桌，他动作自然地帮她拿走衣领上的饭粒，不忘念叨道："都这么大的人了，怎么还跟个小孩子一样，饭吃得到处都是!"

因为孟天瑶的关系，两人最近的关系不错，常常在一起聚餐、听音乐会，有种朝红颜（蓝颜）知己方向发展的趋势。秦翊唯此举，两人都觉得只是出于朋友关系，并不觉得有什么不妥的，但别人却不这么觉得。

陈静坐在距严末微不远的地方，两人的座位只隔了一条不足一米的走道。她比严末微他们先到，从他们坐下的那一刻起，便一直悄悄地关注他们的状况。秦翊唯此举看在她的眼中，有如情人般亲昵。她本就讨厌严末微，此刻更是恨得牙痒痒，盯着严末微的目光充满怨恨，用只有她自己听到的音量骂道："狐狸精就是狐狸精，前几天才把叶经理迷得魂不守舍，今天又来勾引秦总监，真不要脸！”

这个别人，除了陈静，还有正在排队打饭的安若然。

安若然刚来没多久，食堂里的人很多，可她还是一眼便看到秦翊唯他们。这个“特异功能”是她上大学的时候练成的，只要秦翊唯出现在她的视线范围内，她总是可以一眼便在人海中找到他。

对于他这一举动，安若然感到很惊讶。她认识他将近四年，知道他是一个生性清傲的人。对于关系一般的人，他向来秉持着“君子之交淡如水”的原则，别说当众帮女生整理衣服，就是让他跟人家多说一句，他也不愿意。她知道最近严末微和他走得很近，却没想到两人已经亲密到这种程度。

难道他已经喜欢上严末微？安若然心里一阵难过，不过她很快便否决了这个猜测，这应该不可能！如果秦翊唯真的喜欢严末微，严末微就不会劝自己去追秦翊唯。毕竟是同一家公司、同一个部门的同事，抬头不见低头见，要真闹出什么不愉快的事，以后见面会很尴尬，严末微这么做，对她并没有好处。

安若然正为两人的关系感到疑惑的时候，坐在用餐区的严末微也发现了她。

“咦，那不是安助理吗？”

听到那熟悉的三个字，秦翊唯拿勺子的手蓦地一顿，不过他很快便回过神来，一副没事人的样子，头也不抬地继续吃饭。

“她一直在偷看你耶！”严末微眨了眨眼，转头看着对面那个脑袋快要埋到饭碗里的男人，表情暧昧地撞了一下他的手臂，“她不会是对你有意思吧?”

“别胡说!”

严末微也没心思谈工作了。她一手拿着勺子，一手托着下巴，饶有兴味地看着正把饭卡递给食堂职工的安若然，好心地游说道：“其实安助理挺不错的，工作认真、细心，性格温顺、贤良，长得漂亮又有气质，带出去也有面子。听说她还是单身，你也没女朋友，要不你们索性交往看看?”

秦翊唯终于抬起头，那张俊脸却像吞了大便一样臭，眼神不善地瞪着她：“严末微，你再胡说，我就要生气了!”

两人无声地对视着，刚才和乐的气氛瞬间变得微妙，而那个引起这一切的“导火线”正朝他们这边张望。

安若然一直在关注他们这边的情况，虽然听不到他们在说什么，但两人的变化并没有逃过她的眼睛。

他们这是怎么了？刚才不是还好好的吗？怎么突然就变脸了呢?

她的心思都放在秦翊唯他们身上，打饭阿姨连叫了好几声，她才反应过来。接过装着饭菜和热汤的餐盘，向打饭阿姨道过谢，她的双脚像有自主意识般，自动朝两人的方向走。

陈静坐在一旁，目光掠过严末微娇艳的脸庞、正朝他们走来的魂不守舍的安若然，最后落在后者餐盘里冒着白烟的热汤上。她的眼珠子一转，心里顿时生出一个主意。眼看着安若然就要走到面前，她的脸上露出了一抹狐狸般的笑容，慢悠悠地把腿伸出走道……

严末微丝毫没有察觉横祸即将降临，仍为秦翊唯的感情生活操心着。看着他那双带着淡淡恼意的眼睛，她无声地叹了一口气，出于朋友的道义，明知他会生气，还是开口轻声劝道："我听说过你们的故事，也知道表姐是为了救安助理，才不幸被车撞死的。我理解你痛失爱人的心情，但你不能因为这样，就把害死表姐的罪名安在安助理的身上啊！表姐是安助理最好的朋友，也是她唯一的朋友，她怎么会希望好朋友出事呢？对于表姐的意外离世，相信安助理也很内疚。她本来就难过，你再这样针对她，她会更难受的。"

啪一声放下勺子，秦翊唯紧绷着脸盯着她，眼底布满隐忍的怒焰："小瑶是谁害死的，我心里自有判断！即使你是小瑶的表妹，也没资格管我们的事！以后不要再在我面前提起这件事，否则我们的私交就到此为止！我饱了，你慢慢吃！"说罢，他恼怒地站起来，转身就要走。

柳眉轻轻皱起，严末微正想唤住他，一碗热汤却突然从旁边冒出，带着腾腾的热气朝她泼来。她惊叫一声，脑袋下意识地朝右边偏了一下，汤水连同汤渣悉数洒在她的手臂和胸前。严末微庆幸现在是晚秋，自己向来怕冷，身上穿了好几件衣服，汤水才没能一下子渗透衣物，把她烫伤。她更庆幸自己反应够快，若是那些热汤泼在她的脸上，她此刻怕是已毁容了。

秦翊唯闻声转身，瞧见严末微身上的糟糕状况，又扫了一眼站在距她不远的走道上的罪魁祸首——

安若然左手捧着饭碗。右手抓住一个空餐盘，一动不动地站在原地，神情呆滞地看着严末微，看上去已是一副完全被吓傻了的样子。

浓眉紧紧地皱着，秦翊唯转身绕过餐桌，快步走到严末微的身边，一脸紧张地上下打量着她，刚才的怒气早已飞到九霄云外："你还好吗？感觉怎么样？有没有受伤？"

严末微摇头，唯恐他担心，故意用云淡风轻的语气说："我没事，汤水都泼在衣服上，没有碰到皮肤，换件衣服就好，不打紧的。"

秦翊唯岂会不明白她的心思，他紧抿着唇，转头冷冷地盯着安若然，碍于旁人的目光，他并没说什么，但眼神里的责备连傻子都能看出来。

"我、我不是故意的……"安若然心里更慌了，她紧咬着嘴唇，神情惶恐地看着两人，想要解释，却不知道该从何说起。其实，连她自己都不太清楚发生了什么事。她明明记得自己捧着餐盘，朝后面的空位走，经过严末微身旁时，右脚突然被什么东西绊了一下，她还没反应过来，餐盘里的汤碗已飞了出去……

秦翊唯没有理安若然，他脱下外套披在严末微身上，扶着她的肩膀往门口的方向走："我送你回去换衣服。"

"嗯。"

发生这样的事情，安若然也没心情吃午饭了，秦翊唯他们前脚刚走，她后脚也跟着离开。回到办公室，她怀着忐忑不安的心情，忧心忡忡地等待着，站也不是，坐也不是，最后在这块不算大的地儿里焦虑地来回踱步。在午休时间即将结束的前五分钟，秦翊唯终于踏进办公室，只是一张俊脸紧紧地绷着，那双魅惑的桃花眼也覆着一层厚厚的寒霜。

安若然心里一紧，连忙迎上去，担忧地问："严副经理她还好吗?"

秦翊唯面无表情地扫了她一眼，脚步没有丝毫停顿，直直地往办公室的内间走："你跟我进来。"

安若然看着他无情的背影，有些不安地咬了咬唇，却什么也不敢说，磨磨蹭蹭地跟着他走进办公室。

秦翊唯把门关上，走到宽大的办公桌后坐下，背靠着皮椅，一双褐色的眼睛冷冷地盯着低垂着脑袋站在办公桌前、神情惶恐的安若然，却不说话，俊脸上的表情难以捉摸。过了很久，似是已看够她惊惶的样子，他才冷着一张脸开口："为什么要把汤水往严副经理的身上泼?"

他这个罪名扣得也太大了，说得她好像有心把汤往严副经理身上泼似的!

安若然连忙摇头，试图解释："我不是故意的。我端着饭菜往后面的座位走，走着走着，不知道被什么东西绊了一下，手里的餐盘一个没拿稳，汤水才会泼到严副经理的身上。我发誓！我真的不是故意的!"

"不是故意的?"秦翊唯冷笑，看着她的目光充满讥讽，"你以为我会相信你的谎话吗？你那点心思别以为我不知道!最近严副经理跟我走得近，你心里不舒服，屡次在我面前说她的坏话，挑拨我跟她的关系。我没有听你的，继续和她来往，你心里不高兴，迁怒到她的身上。这次在食堂偶遇，你逮到机会，故意把滚烫的汤水往她的身上泼，借此给她一个教训，暗示她以后离我远点。我说得没错吧?"

"我没有!"安若然皱眉，有些生气，"秦翊唯！你为什么总喜欢把一些莫须有的罪名往我头上扣?”

“莫须有?”秦翊唯挺起背脊，愤慨地睁大眼睛，咄咄逼人地瞪着她，言辞激烈地指责道，“你敢说当年小瑶不是因你而死?你敢说严副经理身上的汤不是你泼的?你敢说当年你没有爬上我的床?安若然，你自己存的什么心思，你自己最清楚!”

安若然毕竟是女孩子，即使性格再温顺，也受不了这一连串用词直接、让人难堪的责问。她气得浑身颤抖，贝齿紧紧地咬着唇瓣，脸色却白得惊人。

对!她不否认，这些事确实都与她有关，但她不是故意的啊!她也不愿意这些事情发生啊!这些年来，每一个夜深人静的晚上，她总是会想起孟天瑶躺在血泊中的样子，想起孟家双亲在殡仪馆哭得晕死过去的画画，想起第二天在宾馆醒来他看着她的那副憎恨、嫌弃的表情……她难过，她内疚，她自我嫌弃，她整夜整夜地睡不着，神经变得极其衰弱，每周都要去看心理医生，床上柜上永远也少不了安眠药的身影。她受的这些苦，他根本就不知道，他有什么资格这样责怪她呢?

这些年来积压的痛苦和委屈，终于在这一刻喷薄而出。安若然紧握着双拳，瞪着对面那个让她又爱又恨的男人，情绪激动地嘶吼道:“秦翊唯，既然你这么不相信我，为什么要把我强留在你的身边?既然你这么讨厌我，为什么不让我离开你的视线、离开腾升、离开 X 市，让我走得远远的，跟你老死不相往来?秦翊唯!你就是个变态的疯子!”伸手狠狠地擦掉滑落脸颊的清泪，她不再看他一眼，转身大步走出办公室，大力地把门甩上。

秦翊唯看着被甩得震天响的门，不由得怔住了。

这是她第一次在公司里用这种态度跟他说话，这是她第一次在公司里甩他的门，这是她第一次在他面前落泪……

前两者都不奇怪，虽然她总是一副温柔恭顺、逆来顺受的小媳妇模样，但秦翊唯知道，那副纤瘦单薄的身躯里，住着一个比谁都倔强的灵魂。如果你没有触碰到她的底线，她永远是最好说话的那一个，反之，她会用尽全身的力量，给你始料不及、最致命的一击！这样的她，是不会轻易在人前哭泣的。至少，从他认识她的那一天开始，他就没见过她哭泣。哪怕目睹最重要的朋友为救自己命丧车轮下，哪怕一个女人最珍视的东西被他糊里糊涂地夺去，哪怕他一而再、再而三地在人前羞辱她，她都没吭过一声，她都没流过一滴泪。这样倔强的她，刚才却在他面前哭了……

其实秦翊唯心里一直很清楚，小瑶的死虽然跟安若然有直接的关系，但这也不是她愿意的，更不是她能控制的。归根结底，小瑶的离世，只是一场意外、一场悲剧。他真正介怀的，是那个失控的夜晚，是那个不该发生的错误，是那场代表着背叛的鱼水之欢……

三年前，学校的大榕树下。

幽暗寒冷的夜色中，秦翊唯盘腿坐在草地上，背靠着粗壮的树干，手里拿着一瓶啤酒，不要命似的大口大口地往嘴巴里灌，他的脚边歪歪斜斜地倒着五、六个空空的酒瓶。借着路灯昏暗的光线，可以看到他的脸颊和脖子红得快要烧起来一般，那双魅惑的桃花眼像覆着一层白雾，看上去水蒙蒙的，眼神迷离，没有焦距。少许透明的酒液沿着他的嘴角滑落，滴落在他胸前的白色绢花上。

今天是孟天瑶火化的日子。

他下午的时候去参加了葬礼，她就躺在水晶棺材里，脸上的血迹已经被处理掉，双眼轻轻地闭着，面容安详美丽，就像童话里的睡美人，一点也不像一个已去世的人。他还在葬礼上见到她的双亲，那对年过五旬的面容慈祥的夫妇趴在棺材上，悲痛欲绝地看着棺材里了无生气的独生女，哭得像个泪人，最后在送别厅里晕了过去。他在一旁看得满心酸楚，除了帮他们叫救护车，什么都不能做。

没等葬礼结束他就离开了，他没有办法亲眼看着心爱的女孩被推进火化炉，那会让他觉得她真的已经永远离开自己，他接受不了这样的现实。

仰起脑袋，秦翊唯又往嘴巴里灌了两大口酒，朦胧中，他仿佛看见那个魂牵梦萦的女孩正背对着满天的星光袅袅地向他走来……

“秦翊唯？真的是你？”女孩走到他的面前，轻轻地弯下腰，“你怎么在这里？天啊！你怎么喝这么多酒？你不要命了？”

“小瑶……”他仰起头，努力地眨动着迷蒙的眼睛，想要看清女孩的模样，“小瑶，是你吗？”

“我不是小瑶，我是若然。”

“你骗人！”他摇头，表情执着，“你是小瑶！我知道你是小瑶！你一定是不忍心抛下我一个人，所以回来了，对不对？”

“你醉糊涂了，别再喝了。”“小瑶”抽走他手中的酒瓶，使劲把他扶起来，“我送你回去吧！你家在哪里？”

他把全身的重量都压在“小瑶”的身上，用迷蒙的醉眼看着她模糊的脸，傻呵呵地笑：“小瑶，只要有你在，哪里都是我的家。”

“小瑶”的身体似乎僵住了数秒，片刻后才问：“你的手机呢？我帮你联系你的家人。”

“手机？”他迷茫地眨了眨眼睛，似乎在费力地回忆着，而后又傻呵呵地笑，“手机不见了，手机被天使带走了……哈哈哈……手机也抛弃我了……”

“……你的手机不会是被扒手偷走了吧？”

“不是扒手！”他皱眉，一脸认真地纠正，“是天使！是长着胡子的天使！”

“……算了，我还是带你去附近看看有什么地方可以住宿吧！”

那晚他喝得有八九成醉，已记不清自己是怎么离开的，只隐约记得“小瑶”把自己带到学校附近的一家小宾馆，在前台开了卡，又把他扶到楼上的房间，把他安顿好后，她就要离开。

看见“小瑶”要走，秦翊唯不由得急了，下意识地拉住她的手。“小瑶”显然没想到他会有此举，脚步一个不稳，踉跄着倒退了两步，摔倒在床上。唯恐“小瑶”会再度离开，他想也不想，反身扣住她的双手，牢牢地把她压在自己的身下。

“小瑶”似乎不喜欢他的举动，使劲地扭动着四肢，不断地挣扎着：“秦翊唯！你想干什么？你赶紧起来！”

不！他才不要起来！他知道，只要他一起来，她就会消失！他才不会上她的当！

不顾她的剧烈挣扎，他把脑袋埋在她温热的颈脖间，一边贪婪地吸着她的体香，一边低喃道："小瑶，我好想你，好想你……"

"小瑶"似乎很害怕，身体微微地颤抖着，声音已带着些哭腔："我不是孟天瑶，我是安若然！"

"不！我知道你是小瑶！我一个人的小瑶！"

他抬起头，伸手温柔地轻抚着那张模糊得只隐约看到轮廓的小脸，指尖下微凉滑嫩的触感令他的心跳渐渐地快了起来。目光在那饱满红润的双唇上停留了两秒，他终于忍不住亲了上去……

"小瑶"惊恐极了，又惧又怕地尖叫起来："不要！你别碰我！唔……不要……"

秦翊唯醉酒后仅剩不多的理智早已被欲望控制住，他听不到她的恐惧，更听不到她的哀求，只知道凭本能……

第二天，秦翊唯醒来的时候，已是日上三竿。

脑袋里传来的胀痛感让他难受得忍不住皱起眉，他一边伸手揉着隐隐作痛的太阳穴，一边慢腾腾地坐起来。目光不经意间扫过墙角，当他看见那个蜷缩成一团、蹲坐在那里的似曾相识的女孩时，手上的动作不由得一顿，剑眉紧紧地皱起："你不是小瑶的朋友吗？你在我的房间干什么？"

安若然似乎没有听到他的问话，既没有回答他的问题，也没有说话。她看上去一副极度缺乏安全感的样子，背靠着墙壁，双臂紧紧地环抱着双腿，下巴埋在双膝间，一双没有丝毫神采、只余一片死寂的眼睛一动不动地盯着地板，目光呆滞，面容憔悴，安静得像一个没有丝毫生气的木偶。

真是怪人！秦翊唯不再理她，回头环顾了一遍四周陌生的环境，终于发现了一丝不对劲。不对！这不是他的卧室！看房间的布置，倒像是宾馆！等等！宾馆？

秦翊唯心里顿时生出一股不好的预感，掀开身上的被子往里一看，他的脸色顿时大变，再转头看向墙角的女孩，他终于发现她身上不对劲的地方——

红红的肿胀的眼眶、皱巴巴的衣服、少了两颗纽扣的上衣……

再看床单，雪白的布料上那块暗红色的已干涸的血迹看上去触目惊心……

秦翊唯只觉得晴天一阵霹雳，怀揣的那点侥幸心理也在此刻烟消云散。他烦闷地用手抓着脑门上的短发，心情从一开始的震惊、愕然、不敢置信，到后来的烦躁、郁闷、不知所措，最终演变成怨恨、气愤、恼羞成怒。找不到宣泄口的他，最后把矛头指向了墙角那个可怜的女孩："是你把我带到这个地方的？"

安若然似乎没听到他的责问，依旧维持着刚才的姿势，安静得像尊雕像。

得不到丝毫的回应，秦翊唯只觉得脑门一热，心中的怒火噌噌地往上蹿，情绪渐渐失控，开始口不择言："为什么要把我带到这里？你都是成年人了，难道不知道一个女孩子和一个喝醉酒的男人上宾馆是一件危险的事情？还是你是故意的？"

安若然终于有反应，她抬头怔怔地看着他，那张没有丝毫血色的小脸慢慢地浮上了一抹惊愕，似乎不相信他会说出这样的话。

情绪失控的秦翊唯已经控制不住自己的嘴巴，他像是终于找到了发泄的方式，想也不想就把心中的愤怒、怨恨、对小瑶的愧疚一股脑地砸向墙角那个瘦弱的女孩："我以前就看出来你对我有意思，偏偏小瑶不相信，一直把你当作最好的朋友，还为了救你被车撞死！你倒好！小瑶尸骨未寒，你就按捺不住自己的欲望，直接把她的男朋友带到宾馆来了！你这样做，对得起那个把你视作亲姐妹的傻女孩吗?"

安若然不敢置信地看着他，单薄的身躯微微地摇晃了一下，脸色苍白如纸，眼底是一片深深的哀绝。

像是终于发泄够了，秦翊唯没有再理她。他用被单包裹着赤裸的身体，愤愤地下床捡起地上的衣物，去房间配套的浴室把衣服穿好，出来后看也没看墙角的安若然一眼，直接甩门离开。

……

秦翊唯不知道安若然当时是什么样的心情，也不知道她后来是怎么离开的。他只知道若是小瑶知道自己至爱的男友和最好的闺密发生了这样的事，刚进天堂的她一定很伤心很难过，她一定会觉得自己遭到了背叛。

他们是小瑶生命中除了父母之外最重视的人，却同时背叛了她。

他们都是罪人，他们都不值得被原谅。

所以，那场意外发生一周后，当他从别人口中得知安若然已经放弃好不容易找到的实习单位，打算一个人离开X市后，他不顾舍监阿姨的阻拦，愤怒地冲上女生宿舍找她。

“你要离开X市?”

安若然没有回答秦翊唯的问题，也没瞧过他一眼，一副完全当他不存在的样子，自顾自地把床上的被单折叠起来，放进旁边的一个行李袋里，她的脚边堆放着两个同样款式、已经收拾好的行李袋。

秦翊唯看着她的举动，越发恼火：“你把我骗上了床，害我在糊里糊涂的情况下背叛了小瑶，你就想一走了之，留下我一个人自责、愧疚、忏悔，独自承受这件事的后果？你别做梦!”

收拾好床上用品，安若然走到一旁的书桌前，开始收拾柜子里的书本。在这期间，她既没跟他说过一句话，也没看过他一眼，显然已经把他视为空气了。

秦翊唯彻底被她的态度惹恼了，他冷笑一声，语带讥讽地说：“安若然，你不说话是不是因为觉得我奈何不了你？如果你真的这样想，那你就太天真了！你觉得我会在什么功课都没做的情况下，贸然来找你吗?”

安若然终于停下手中的动作，抬头面无表情地盯着他：“你这话是什么意思?”

薄唇朝上勾起一道冷冷的弧，秦翊唯故意顿了顿，才不紧不慢地说：“你有个弟弟刚考上B市的重点大学吧？听说他的学业成绩挺优秀的，还获得了学校的最高奖学金。你乡下那对已下岗一年多的父母把他视为这个家的最大希望，一心盼着他学成归来，找份好工作，光耀门楣。你说，如果他在这个时候出了点什么意外，比如断个腿、少个胳膊的，不知道你那对年过半百的父母受不受得了呢?”

手里的书“啪”地滑落在地上，安若然不敢置信地瞪着他，气得浑身发抖：“秦翊唯！你这个疯子！你不是人!”

秦翊唯丝毫没把她的愤怒当回事，用不容置喙的口吻，一脸冷傲地安排她以后的命运：“我帮你申请了英国一所学校的研究生，学费和生活费我先借给你，等你以后工作了再还给我。在我毕业前，你就好好地待在英国，除非我批准，否则别想离开一步！你以后就这样跟着我，我让你干什么，你就干什么，直到赎清你的罪孽为止！如果你敢反抗，你的家人就别想有安稳日子过!”

安若然紧咬着唇，恨恨地瞪着眼前的男人，沉默了很久，最终还是屈服在他的淫威下：“我答应你。”

……

从往事中回过神来，秦翊唯痛苦地用手抱着脑袋。

安若然说得没错，他确实是一个变态的疯子。

他忘不了小瑶，就拉着她一起痛苦；他无法从那场背叛中走出来，就拉着她一起受罪。

可是，她不能怪他，要怪就怪她自己那天晚上送他去宾馆。

既然是一起犯下的错误，那就一起赎罪。如果无法赎罪，那就一起下地狱吧！

第八章　波折重重

那天过后，秦翊唯和安若然的关系降到冰点。两人谁都不愿意主动搭理对方，只有涉及工作上的事情，才公式化地跟对方交流一下，其余时间连句多余的话都没有。即使在公司的走道上遇到对方，也是面无表情地擦肩而过。不知道是不是受到这件事的影响，秦翊唯这几天的心情都不太好，对谁都一副阴阳怪气的样子，除了严末微，其他员工对他都是能避则避。

不过，秦翊唯这种状态只维持了几天，便不得不强打起精神，因为“锁碧传”项目小组夜以继日辛苦修改出来的设计方案，再度被蓝岸科技那边的人退了回来！

秦翊唯开始觉得不对劲。

腾升网络跟蓝岸科技不是头一次接洽，当初他们可是看过腾升以前的作品，并作过调研，才决定跟腾升网络合作的。而且，他们之前看过设计初稿，都表示很满意，也没提出太大的修改要求。怎么到了最后的关卡，他们就一而再，再而三地把设计方案退回来了呢？这不合常理啊！

秦翊唯决定亲自去一趟蓝岸科技，找他们的老总问个明白。

来到蓝岸科技，总经办的人却告知他们——

“不好意思，林总在休假，现在恐怕没办法见你们。”秘书小姐一脸抱歉地看着他们。

严末微以为她在敷衍他们，强调道：“我们真的有急事要找林总，非常重要的事情，事关两家公司的合作和未来的发展，麻烦你帮我们通传一声好吗？”本来陪秦翊唯来的人应该是安若然，但鉴于他们两人最近的关系有些微妙，于是秦翊唯就临时把她拉来了。

“这位小姐，我没有骗你们，林总真的不在，他带着家人去S市度假，两天前已经出发了。”秘书小姐一脸诚恳，看上去不像说谎。

“那林总什么时候回来？”秦翊唯问。

“两周后。”

“这么久？”严末微皱眉，语气不禁有些焦急，“那你有没有林总的联系方式？除了工作号，私人号码、私人邮箱之类的都可以。”

也许是她语气里的急切过于明显，就连那个一直安静地站在旁边填写表格的陌生男人也忍不住抬头好奇地看了他们一眼。

秘书小姐的眼底也浮上了一抹无奈：“小姐，您就别为难我了，我只是一个小秘书，哪有资格知道林总的私人号码呢？如果你们要找林总，请在两周后再来，好吗？”

“算了，也许她真的不知道，我们先走吧，回头再想别的办法。”秦翊唯拍了拍严末微的肩膀，率先转身朝外走去。

上司发话，严末微纵使心有不甘，也只得收起那些小情绪，抬腿跟上秦翊唯的脚步。

两人走进电梯，在金属门关上的前一刻，一个男人脚步匆匆地踏进来。

严末微定睛一看，发现来者正是刚才在总经办里填写表格的那个陌生男人。她也没在意，看着楼层指示牌上闪烁的红色灯光，默不作声。

电梯里只有他们三个，男人微喘着气，待因走得过急而略显急促的呼吸平复下来，他才转头看着站在一旁、一直低头盯着自己的鞋子、不知道在想什么的秦翊唯，礼貌地打招呼："秦总监。"

秦翊唯抬头，有些意外地看着男人，友好地朝他微笑："方经理，真巧。"

原来他俩认识！

目光在男人和秦翊唯之间来回移动，严末微正在心里猜测他和秦翊唯是什么关系，就听见秦翊唯向男人介绍自己："这是我们研发部的副经理严末微。末微，这是蓝岸科技的方经理，是'锁碧传'的项目负责人之一。"

严末微朝男人伸出手，红唇微扬，嫣然一笑："方经理，很高兴认识您。"

方经理落落大方地跟她握了握手，笑容和煦："严副经理，久仰大名。"

秦翊唯看着男人，脸上挂着一抹淡淡的笑容："方经理，设计方案的事情谢谢你，如果不是你的仗义相告，我们的项目小组估计还在傻乎乎地修改方案。"秦翊唯指的是设计方案一再被退的事情，当初就是这个方经理暗地里告诉他，这些都是蓝岸老总的意思，他这才察觉到事情另有蹊跷，下定决心前来蓝岸科技把事情弄个清楚。

“你不用谢我，我这么做都是为了我们蓝岸科技。你们的设计方案我们项目小组仔细研究过，大部分组员都认为很不错，很符合当下的大学生和白领的审美。如果这个游戏成功制作出来，肯定能在网游圈引起不小的轰动，我们两家公司未来几年的绩效和发展想必也能上升到一个新的高度。”

秦翊唯摇了摇头，遗憾地说：“可惜林总不这么想。”

“对于总经理的做法，我们都觉得很不理解，却又没有办法阻止他。”方经理轻叹了一口气，“秦总监，你们接下来打算怎么办呢？”

“我们本想找林总好好谈谈，没想到他去了S市。”

方经理静默了半秒，看着两人，一脸认真地问：“你们有想过去S市找他吗？”

“即使我们去了，又能做什么呢？”秦翊唯叹气，语带无奈，“S市这么大，想要在茫茫人海中找一个人又岂是那么容易的事呢？”

“你们愿意赌一把吗？如果愿意，或许我可以帮你们。”

狭长的桃花眼微微眯起，秦翊唯饶有兴味地问：“这话怎么说？”

“我以前跟总经理去过S市出差，下榻的是一家叫君瑞国际的酒店，总经理曾对那里的环境和服务质量赞不绝口。你们可以去那里碰碰运气，看看总经理这次入住的是不是这家酒店。”

S市是一座具有深厚历史文化底蕴的现代化城市。这里有大量保存完好的古建筑，也有设计前卫的摩天大楼；这里有风味独特、价格便宜的地方小吃，也有出自世界顶级大师之手、价格不菲的奢华料理；这里有最梦幻最好玩的大型主题公园，也有让女人疯狂的国内最大的购物中心……每逢节假日，从世界各地慕名涌来的游人总是把各个旅游景点和购物地挤得满满的，堪比盛典。

严末微他们都是头一次来S市，但谁都没有游玩的心情，一行四人一下飞机就上了出租车直奔酒店。

君瑞国际在当地是一家口碑和地理位置都很不错的酒店，幸好安若然提前在网上订好了房间，不然他们今晚恐怕要睡马路了。趁安若然和叶东城在前台登记的空隙，严末微和秦翊唯询问了一旁的服务员，住客里是否有一个叫林景辉的中年男人，他们的运气还算不错，服务员给了他们一个肯定的答复。

确定林景辉就下榻在这家酒店，接下来要做的就是守株待兔了。

去房间把行李放好，四人连衣服也顾不上换一件，随便洗了把脸醒醒神，便齐聚酒店大堂，一边啃面包当作晚餐，一边紧盯着酒店大门的方向。幸好林景辉也没让他们等太久，晚上九点多的时候，他的身影出现在四人的视线里。

林景辉是一个将近五十岁的中年男人，个子矮小、身材瘦削、长相极其普通，脸上总是挂着一抹看似谦和、实为狡诈的微笑。这样一个其貌不扬的男人，却是极度疼爱妻儿，为人也十分豪爽仗义，在圈里的人缘很是不错。此刻，他正一手抱着七岁的儿子，一手牵着美丽的妻子，满面春风地朝电梯的方向走。

四人脸上的表情同时一肃，秦翊唯放下手中啃了一半的面包，用纸巾擦拭了一下嘴角，率先站起来朝中年男人走去。其他三人见状，纷纷站起来，快步跟上。

“林总、林太太，晚上好。”

林景辉闻声抬头，看着面前这个浑身散发着领导者气息的年轻男人，眼底浮上一抹惊讶的神色，脸上如春风般的笑容缓缓敛起：“秦总监？”目光一一扫过他身后的三人，除了那个留着长鬈发、妆容精致的漂亮女孩，其他两人他都见过，他记得他们一个是秦翊唯的助理，一个是腾升网络项目部的经理。心里隐隐猜到他们此行的目的，林景辉眉头微皱，语气隐隐透着一丝不悦：“你们怎么会在这里？”

“林总，打扰了，我们是特意过来跟您谈‘锁碧传’这个项目的详细事宜的。”

林景辉眼底的神色似乎暗沉了些，那张总是挂着微笑的脸此刻一反常态的没有丝毫表情，就连语气也明显有些冷淡：“这个项目我已经全权交由我们公司的项目部负责，你们要有什么问题可以联系我们公司的项目部经理。”

秦翊唯只当他是不高兴自己打扰了他们一家子的出游兴致，脸上没有丝毫退意，继续不卑不亢地说：“林总，我们已经拜访过贵公司相关的负责人，也按照贵公司提出的要求对设计方案进行了大幅度的修改，但贵公司一直表示不满意。我们不知道问题出在哪里，又怕耽误项目的进度，才不得不前来打搅，希望您能为我们解惑。”

林景辉静默了片刻，才淡淡地开口："秦总监，我们公司的项目部经理是业内的精英，既然他要求你们修改，就肯定有他的用意，你们只管修改到他满意为止。至于问题出在什么地方，方案是你们腾升网络设计的，连你们都不知道的问题，我又怎么可能知道呢？你们还是回去慢慢研究吧！"说到这里，他的眼底已多了一抹似有若无的讥讽，"如果连这点小问题都无法解决，那只能说明你们腾升网络的业务水平还达不到我们蓝岸科技的要求，我们两家公司也没有合作的必要了。"话毕，他不等他们反应过来，已带着妻儿走进电梯里。

看着电梯缓缓合上的门，安若然的眉头紧紧地蹙起，语气有些不悦："这个林总怎么这样说话呢？他这样的态度，根本没有半点协助我们解决问题的意思，我还是头一次遇到这样的合作对象！"

"他确实没有打算解决问题。"盯着电梯显示器上不断变换的楼层数字，叶东城慢慢地开口，神情严肃，"因为这个问题就是他自己制造出来的。"

"你的意思是，林景辉是故意把我们的设计方案退回来的？"安若然睁大眼睛，简直不敢相信自己所听到的，"他为什么要这么做？我们公司和蓝岸科技签订了合作协议，两家公司的利益息息相关，他这么做，对他、对蓝岸科技有什么好处？"

"因为他反悔了，他不想再跟我们公司合作了，可是两家公司已经签订了合作协议，如果他这个时候无故提出解约，蓝岸科技就得赔偿我们公司一笔不小的违约金。"叶东城心情沉重地解释，眉宇间蒙上了一层淡淡的灰色，"林景辉想解约，又不想赔钱，就想出此招来刁难我们，好让我们知难而退，主动提出解约，这样他们就不用赔钱了。”

“反悔？他为什么要反悔呢？”安若然还是想不明白，稍微懂行的人都知道“锁碧传”这个项目多有“钱”景，林景辉这么做，不是自毁“钱”途吗？

“我也不知道，不过我可以确定的是，这中间肯定发生了什么我们不知道的事情，才导致林景辉改变主意。如果想要跟蓝岸科技继续合作，我们得想办法把事情弄清楚。”

安若然和叶东城的眼底布满愁云，秦翊唯的脸色也不怎么好，只有严末微依旧是一副冷静的表情，那双清亮的眼睛若有所思地盯着面前闭合的金属门，脑中闪过了一个主意——

“也许我们可以从林太太那边下手。”

第二天，一大清早严末微四人就守在离406号房不远的一个隐蔽角落里，他们特意等林景辉出去后，才上前敲门。

开门的是林景辉的儿子，七岁的小男孩一点都不怕生，他仰着脑袋，睁着那双小鹿一样充满灵气的大眼睛看着他们，用稚嫩的声音问：“叔叔阿姨，你们是来找我爸爸的吗？他刚刚出去给我和妈妈买早餐，还没有回来哦！”

听到这边的动静，林太太温柔的声音远远地从房间里头传来：“桐桐，谁来了？”

“妈妈，是昨晚找爸爸的那些叔叔阿姨们。”小男孩仰头望着走到身旁的妈妈，答话的声音清脆如黄莺出谷。

林太太是一个身材娇小、皮肤白皙的美丽少妇，她的皮肤保养得很不错，实际年龄将近四十，外表看上去却只有三十出头。她的五官不算十分精致，气质却很好，眉目间总是流淌着一抹让人感到舒服的宛如潺潺流水的温柔。大方得宜的穿着打扮，把她衬托得越发温婉娴静，完全是一副大家闺秀的样子。

秦翊唯清了清嗓子，率先开口："林太太，您好，我们是腾升网络的员工，我叫秦翊唯，我们冒昧登门拜访是因为……"

他声情并茂地把头一晚精心准备的台词念完，严末微唯恐他的话还不够打动面前的女子，连忙接上："林太太，我们对两家公司这次的合作是十分重视的，我们……"

林太太一直安静地听着，脸上没有丝毫不耐的神色，唇角始终带着一抹温婉的微笑。直到全部人都说完，她才一脸抱歉地看着他们，轻轻柔柔地说："不好意思，我从不干涉公司的事情，如果你们在工作上有什么疑惑，请联系我的丈夫，谢谢。"

四人轮番上前，费尽口舌，说得嘴巴都快干了，她却只用了一句话，就把他们打发了。

从406号房出来，四人都有些郁闷。罗马建成非一日之功，对于这样的结果，他们早有心理准备，只是他们没想到会输得这么难看。不过，他们并没有气馁，经过一番激烈的讨论，当天下午就开始执行B计划——死缠烂打。对于这个计划，其实秦翊唯他们都不太愿意执行，毕竟这种近乎无赖的做法，对于他们这群商界精英来说，多少有失身份，但在现在这种别无他法的情况下，他们也只能妥协了。为了"锁碧传”这个项目，他们是彻底豁出去了。

吃过午饭后，四人分成两组，像早上一样，轮流守在距406号房不远的那个隐蔽角落，等着林太太出门。

为了这个分组问题，四人还小小地争论了一下——

“我们四个人一同守在这里太浪费时间了，而且目标太大，很容易被林总发现。要不我们分成两组，半个小时换一次班，轮流守着，一旦有发现，立刻用手机通知另外两人？我们可以利用换班的时间回房间休息，保存精力，以最好的状态迎接下午的‘战役’。”

对于叶东城这个提议，秦翊唯三人毫无异议地点头，表示赞同。

“OK，那我和严副经理先守在这里！秦总监、安助理，你们回去休息吧！”叶东城并不知道秦翊唯和安若然前不久发生的争吵，他这么安排，是因为安若然是秦翊唯的助理，向来跟在秦翊唯的左右，而严末微是自己的直系下属，在公司里跟自己的接触比较多。他只是纯粹觉得，两个平常在工作上合作较多的人一起搭档，会比较有默契。

秦翊唯下意识地扫了一眼旁边的安若然，然后撇开脑袋，一脸冷傲地说：“我要跟严副经理一组！”

叶东城一来以为秦翊唯是在跟自己客气，二来是想跟严末微多待一会儿，于是说：“秦总监，你既要想办法解决林总的问题，又要远程处理公司积压的文件，昨晚一定没睡多久，今天一大早还带着我们拜访林太太，肯定累了，你还是先回去休息吧！这里有我和严副经理看着就行，你不用担心。”

“我不累，我要跟严副经理一组。”

“秦总监，你不用跟我们客气……”

秦翊唯看了安若然一眼，后者面容平静，眼帘微垂，安静地盯着大理石地面，对于他们的争论，完全一副置若罔闻的态度。秦翊唯只觉得没来由的一阵气闷，心里像被什么东西堵住一般，浑身都不舒服，看什么都来气。他拉下脸，抬头看着叶东城，音量不自觉地拔高了一些：“你想多了，我没有客气，我就喜欢跟严副经理一组！你也折腾了一个早上，我看你挺累的，还是你去休息吧！”

严末微站在一旁，把秦翊唯的每一个细微表情都看在眼里，又默默地看了一眼旁边面无表情的安若然，再联想起这两人最近的反常行为，心里顿时有些了然。

世界上最难懂最难理清的果然是爱情啊！

无声地叹了一口气，严末微转头看着一脸无辜的叶东城，说：“叶经理，既然秦总监这么体恤下属，你就别推辞了，这里还是由我和秦总监守着吧！”

接下来的等待是枯燥而难熬的，秦翊唯的脸色一直不太好，严末微也不敢招惹他，低头默默地研究着大理石地面上的纹路，无聊地自娱自乐。自林景辉早上提着早餐回房后，林景辉一家三口就再没出过房间，就连午餐都是让酒店的服务员送上来的。随着时间的推移，秦翊唯的脸色变得越来越难看，俊脸一直紧紧地绷着，浑身散发着一股生人勿近的气息。好不容易熬到叶东城和安若然来接班，严末微连一刻也没有多待，以上厕所为由，飞也似的奔回自己的房间。

就这样轮值了两三次，在第三次轮值接近尾声的时候，严末微终于看到406号房的门打开了，林景辉一家三口穿戴得整整齐齐、精精神神地出现在门口。秦翊唯精神一振，迈开长腿，悄无声息地跟在三人的身后。严末微迅速掏出手机，通知安若然和叶东城在楼下大堂集合，随后跟上秦翊唯的脚步。

林景辉一家三口出了酒店大门就坐上早已预约好的出租车，秦翊唯、严末微以及刚刚赶到的叶东城和安若然见状，连忙拦下一辆路过的出租车，让司机不远不近地跟在林景辉家坐的车的后面。车子开了大约半个小时，最后在S市最大的儿童主题公园的正门前停了下来。看着林家三口从前面的出租车里下来，走到主题公园的售票窗前，秦翊唯四人连忙付费下车，隔着一小段距离，悄悄地尾随着他们，买票、进园、坐观光车……

在主题公园里转了一圈，面对琳琅满目的游乐设施，七岁的林桐桐终于忍不住了，从观光车上下来，吵着要玩这玩那。

“表现的机会来了！”

秦翊唯微眯起眼睛，回头朝身后的三人使了个眼色。这几天的相处已让这四个年轻人默契十足，只需一个眼神，严末微他们便立刻会意，三人兵分三路，立刻朝各个游乐项目的售票点奔去。秦翊唯阴沉了一个下午的脸色终于缓和了些，满意地转身朝林景辉一家走去……

这边，林景辉正为孩子的闹腾头痛着——

“爸爸，我要玩地心历险、太空飞碟、飞越雪山……还有好多好多我不认识的游戏，您去给我买票好不好?”

林景辉抬头看了一眼不远处的项目售票处，售票窗前的队伍都快排到公园的门口去了。一想到自己也要成为那队伍中的一员，他的太阳穴不禁“突突”地跳了两下，脑袋隐隐作痛。

低头看着孩子充满期待的小脸，林景辉赔着笑，好声好气地说：“桐桐，这些游戏太多人玩了，排队也不知道要排到什么时候，我们去玩一些少些人玩的项目，好不好?”

林桐桐嘟起小嘴，生气地大叫道：“我不要！我就要玩这些！我就要玩这些!”

见状，林太太弯下腰，摸了摸儿子的脑袋，柔声哄道：“桐桐乖，听爸爸的话，妈妈一会儿带你去肯德基，好不好?”

“不好！不好！我就要玩地心历险！我就要玩太空飞碟!”

三人正僵持着，一个略带笑意的声音插了进来——

“桐桐难得来一次S市，他既然这么想玩，就让他玩吧!”

林景辉闻声抬头，看着面前脸带微笑的秦翊唯，两道又粗又黑的眉毛紧紧地皱了起来：“秦总监?你怎么会在这里?”

“林总、林太太，接下来的旅程，我们会一直陪在你们的身边。无论你们有什么需要，随时可以叫我们，我们一定会尽力办好的。”秦翊唯说着，蹲下身子，平视着林桐桐，扬唇浅笑，“桐桐，叔叔阿姨们已经去帮你买票了，你很快就可以玩地心历险和太空飞碟，还有很多很多有趣的游乐项目，不要再生气了，好不好?”

“好!”林桐桐高兴地点头，带着婴儿肥的可爱小脸终于恢复了笑容。

林景辉面无表情地看着半蹲在地上的秦翊唯，语气一下子冷了下来："你以为这样，我就会改变主意？"

秦翊唯站起来，对上林景辉那双略带恼意的眼睛，淡淡地笑："林总，我要做什么是我的事，你要不要改变主意是你的事。"

两人无声地对视着，一个紧绷着脸，一个始终云淡风轻地微笑，气氛怪异而让人觉得不安，就连林太太和林桐桐都察觉到情况不对，不敢说话。

就在这时，严末微扬着手里的几张门票，微喘着气，笑容满脸地大步奔到四人面前："太空飞碟和飞越雪山的票来了！"

"太棒了！谢谢阿姨！"林桐桐眼睛一亮，兴奋地接过严末微递过来的门票，仰头小心翼翼地看着正在生气的父亲，"爸爸，我们去玩太空飞碟和飞越雪山，好不好？"

林景辉低头看了看正仰着小脑袋、满脸期待地看着自己的宝贝儿子，拒绝的话无论如何也说不出口，却又不愿意欠秦翊唯他们的人情。

看出他心里的挣扎，秦翊唯温声劝道："林总，去吧，别让孩子白来一趟。"

林桐桐顶着一副可怜兮兮的表情，也开口道："爸爸，我真的好想去玩。"

林景辉犹豫了好半晌，最终还是抵不过宝贝儿子的苦苦哀求："这门票就算我花十倍的价钱买你们的，回头我把钱送到你们的房间。"他神情别扭地抛下这句话，弯腰抱起儿子，带着妻子头也不回地朝游乐项目的验票口大步而去。

终于让林景辉接受了他们的好意，虽然是以这样的方式，但也足以使秦翊唯高悬的心稍微放下了一些。回头看着旁边的严末微，他好奇地问："排队的人这么多，你用了什么办法，这么快就把票弄到手?"

严末微扬起下巴，有些得意地说："我花了三倍的价钱，让排在队伍前面的一个小姑娘帮忙买的。"

"脑子不错!"

"谢谢夸奖，公司记得报销就好。"

很快，叶东城和安若然都带着票一前一后地回来了，林景辉纵有不满，看在儿子的分上，也只有不情不愿地接受了他们的好意。

万事开头难，有了这一次，接下来的事情就好办多了。

"爸爸，我想吃棉花糖。"

"桐桐，叔叔给你买吧!"叶东城转身屁颠屁颠地奔向棉花糖售卖处。

"妈妈，我想喝水。"

"桐桐，水来了。"严末微从背包里掏出一瓶没喝过的矿泉水，细心地把盖子拧开，递给林桐桐。

"爸爸、妈妈，我想照相。"

"桐桐，阿姨帮你们照张全家福吧!"安若然从挎包里拿出相机，按下开机键。

接下来的时间，秦翊唯四人一直跟在林景辉一家子身后。只要三人有什么需求，他们立刻跑出来，第一时间把他们需要的东西准备好。林家三口玩游戏的时候，他们就候在游乐项目的出口处，等着三人出来。

林桐桐今天的兴致很高，一个项目接一个项目地玩，没有片刻停歇，脸上却没有丝毫疲态，反倒越玩越精神，倒是苦了跟在后面跑的人。秦翊唯和叶东城是男生，平时又经常上健身房，倒没什么。两个女生就惨了，跑了一会儿，便气喘吁吁，额角挂满汗珠。

安若然从挎包里掏出一包手帕纸，抽出一张递给旁边的严末微："严副经理，擦擦汗吧！"

"谢谢。"严末微接过纸巾，正想擦汗，旁边的秦翊唯却突然伸手把她手里的纸巾抽走。

"纸巾在生产过程中加入了香精，用多了对身体不好，还是用我的手帕吧！"不待她反应过来，秦翊唯已把手帕纸扔进了不远处的垃圾箱里，然后从胸前的口袋里掏出一块洁白的手帕。

严末微怔了怔，出于礼貌，还是伸手准备接过他的手帕。岂料，他接下来的举动，却让她当场呆住了——

秦翊唯没有把手帕递给她，而是直接帮她擦掉额上的汗珠！

一同呆住的还有一旁的叶东城，他愣愣地看着秦翊唯的举动，好半天也没有回过神来。

安若然也微微一怔，不过她很快便反应过来，把头转到一边，一副视若无睹的样子。擦掉额上的汗，把纸巾扔进垃圾箱，她低头在长椅上的环保袋里翻了翻，正要喝口水解解渴，旁边却突然伸出一条长臂，把袋子里仅有的那瓶矿泉水拿走了。

“走了这么长时间的路，你一定渴了吧?”秦翊唯体贴地拧开瓶盖，把矿泉水递给严末微，“来，喝点水。”

严末微有些紧张地咽了咽口水，看了看秦翊唯，又看了看安若然，不敢接那瓶水：“呃，我不渴。安助理不是要喝水吗?这水还是给她吧!”

“胡说什么呢!”秦翊唯拉下脸，表情又恢复成中午那副阴沉的样子，“从酒店出来到现在，你都没喝过一滴水，怎么可能不渴！赶紧把这水喝了!”

“可是，安助理……”

“她要喝可以自己去买。”

……

在秦翊唯饱含威迫的眼神下，严末微接过矿泉水，忐忑不安地喝了一口。许是太紧张，她一个走神，竟让嘴巴里的水呛着，无法自控地开始剧烈咳嗽起来，咳到最后连眼泪都冒出来了。

秦翊唯悄悄地瞄了安若然一眼，只见她神色淡然，一副毫不在意的样子，他的心没来由地一阵气闷。回头看着咳得半死的严末微，他的唇角突然漾起一抹宠溺中略带无奈的笑意，伸手轻柔地帮她拍打着背部，半是嗔怪半是担忧地说：“这么大的人，怎么连喝口水都会呛着呢?真像个孩子!”他的眼神温柔、语气亲昵，仿佛站在面前的就是他今生至爱的姑娘。

……

严末微被他的反常行为吓得连咳嗽都忘记了，僵硬着身体不知所措站在原地，一句话也说不出来。

幸好林桐桐这时跑了过来，拉着她的手，一边轻轻地摇着，一边撒娇道："漂亮阿姨，我饿了，您可以帮我买汉堡包和炸鸡腿吗?"

"桐桐，不可以让阿姨给你买东西，你要是饿了就告诉爸爸，爸爸去给你买。"

"没关系，还是我去吧!"严末微如获大赦，逃也似的朝主题公园附属的快餐店奔去，那敏捷的动作、惊人的速度，不知道的还以为她是赶着去捡黄金。

秦翊唯扫了面不改色的安若然一眼，冷哼一声，跟上严末微的脚步："我陪你去。"

两人走后，叶东城终于反应过来，心里同时也明白了五六分。

看了看秦翊唯远去的方向，又看了看身影单薄的安若然，他小心翼翼地问："安助理，你还好吧?"

安若然抬头看他，樱唇微微扬起："我很好呀!"

她明白叶东城和严末微在顾虑什么，其实他们都想多了，秦翊唯如今的言行举止已经影响不到她。如果事情发生在一个月前，她或许会难过、会嫉妒、会伤心，可是自从上次那场争吵爆发后，她已经彻底看清了自己在秦翊唯心里的位置。她再也不会犯傻，再也不会对她和他两人的未来抱有不切实际的幻想和希望。这段时间她已经想好了，等"锁碧传"这个项目结束后，她就递交辞职信，离开腾升，离开秦翊唯，离开X市。她打算去国外找一个人口稀少的小镇定居下来，远离跟秦翊唯有关的所有人和事，一个人平平静静地生活下去。

与此同时，这边的严末微一边朝快餐店的方向走，一边悄悄地打量身旁的秦翊唯，只见那张俊脸阴沉沉的，眼神阴冷，眼底全无刚才的宠溺和温柔。

“刚才的事，你是故意做给安助理看的吧?”

“别胡说!”

严末微咬着唇，犹豫了片刻，还是忍不住说：“翊唯，其实你是喜欢安助理的吧？你只是过不了自己心里那关，觉得喜欢上小瑶的朋友是对你们过去那段爱情的不忠、是对小瑶的背叛，所以才不敢承认，对不对?”

像是被踩着尾巴的猫儿，秦翊唯蓦地停下脚步，冷冷地盯着面前一副了然表情的女孩，心中突然生出一股被人戳穿秘密的痛恨，恼羞成怒地大声反驳：“我没有!”

严末微也停下脚步，勇敢地对上他隐含怒意的眼睛，直截了当地说：“你有没有喜欢她，你自己心里最清楚。你可以欺骗我，可以欺骗安助理，可以欺骗全世界，但是你欺骗不了自己的内心。”

“严末微，你再胡说，我就要生气了!”秦翊唯俊脸紧绷，就连眼神也是冷的，“拜托你别老是想些有的没的，你根本不清楚我和安若然之间发生过什么！你要是有这个空闲时间，就多想想该做点什么才能让林景辉改变主意，好为咱们腾升网络、为‘锁碧传’这个项目多做些贡献！公司会感谢你的!”语毕，他迈开长腿，头也不回地继续朝快餐店走去。

果然是旁观者清，当局者迷啊！秦翊唯在爱情方面这么执迷不悟，除非他自己有一天突然想通，否则即使旁人有心帮他，恐怕也无从下手了。

严末微叹了口气，无奈地跟上他的脚步。

接下来的几天，四人正如秦翊唯对林景辉所宣称的那样，除了晚上睡觉，其他时间都如影随形地跟在林家三口的身后，就连一天三餐都是用面包和矿泉水解决的。

第四天下午，林景辉半路接了个电话，低头跟妻子交代了几句，便匆匆离开。

秦翊唯他们见林太太面色如常，依旧和林桐桐有说有笑地逛街，以为林景辉只是暂时离开一下，也没想太多，继续跟在两人的身后。

接下来的几天，林家三口出门的时间相较前几天大大地减少了，即使出去，也只有林太太和林桐桐，完全看不到林景辉的身影。秦翊唯四人虽然心里有疑问，但鉴于他们和林家的关系还没熟悉到可以随意询问人家行程的程度，也不敢贸然上前打扰。只是，林家母子出去的时候，他们还是会跟随其后，帮母子俩提东西、买饮料、拦出租车、排队买各种票……只要他们能做到的，都尽全力去做，对母子俩照顾得无微不至。

林太太见这群年轻人为自己一家子忙前忙后的，心里很不好意思，特意挑了个时间，对秦翊唯坦诚道："秦总监，你们没必要这么做，老林不会因为你们做了这些，就改变主意的。"

薄唇微扬，秦翊唯目光清澈地跟林太太对视着，脸上是淡淡的笑："林太太，您不用因为我们所做的事情有心理负担。无论林总最后有没有改变主意，我们今天努力过、争取过，日后若是回想起这件事，至少不会感到遗憾。”

把他眼底的坚持和执着看在眼里，林太太知道自己说再多也是白说，她无奈地叹了口气，只得由他们去了。

第七天，406 的房门一直紧闭着，林家三口整整一天都没有出门，也没有服务员上来给他们送餐。

守在门前的严末微不禁有些奇怪：“林景辉他们今天在搞什么？既没有出去吃饭，又没有让酒店送食物上来，那他们一家子的早餐和午餐是怎么解决的？”

秦翊唯这两天的状态一直不太好，严末微很多时候都发现他在发呆。此刻，他不知道在想什么，显得有些心不在焉：“也许他们提前在房间里囤了食物吧！”

“他们不会趁我们昨晚睡觉的时候，连夜退掉房间离开酒店了吧？”严末微还是觉得有些不对劲。

秦翊唯抿了抿唇，随口敷衍道：“应该不会的，他们没必要这么做。”

严末微扫了一眼明显不在状态的秦翊唯，柳眉微微蹙起，双唇动了动，最后还是没有开口，继续默默地等待。她知道他这两天在纠结安若然的事，虽然她很想帮他，可是有些事情还是需要当事人自己想明白的。

时间在等待中慢慢过去，几次轮值后，窗外的天已在不知不觉中暗了下来。晚上九点多的时候，一位客房服务员提着一个小药箱，敲开了 406 的房门——

“太太，这是您要的退烧药和退烧贴。”

门后的林太太模样憔悴，动作急切地接过药箱：“谢谢。”

严末微察觉到情况不对，快步上前，伸手挡住即将关上的门扇。秦翊唯这时也反应过来，连忙跟过去。

看着面前一脸疲态的女人，严末微关心地问：“林太太，谁发烧了？”

“是桐桐。”林太太看着他们，眼眶微红，“他昨晚还好好的，早上起床后就一直嚷着头痛，下午就出现低烧。我喂他喝了好多水，他的体温却没有丝毫下降，反倒越升越高了。”

“林总呢？”

“公司出了点事，老林回去了，明天才能过来。”

严末微皱眉：“我们能去看看吗？”

林太太同意后秦翊唯也跟着进去，林太太把门关上，带着两人走到里间的卧室。

房间中央的大床上，林桐桐眼睛紧闭、面色潮红，身上盖着两床厚厚的棉被，小小的身体却依旧哆嗦个不停。

轻轻地把手放在孩子的额头上，掌心里传来的温度让严末微心里一惊，忍不住惊呼出声：“天啊！怎么这么烫？为什么不带桐桐去医院呢？”

林太太咬了咬唇，有些委屈地说：“我也想带他去医院，可是这是我第一次来S市，我对这里的环境一点也不熟悉，根本不知道医院在哪里。”这些年她被林景辉宠坏了，在家里万事有保姆和管家，出门有丈夫护航，她一个人根本不知道怎么处理这些突发事件。

严末微眉头紧皱，看看一脸惊惶的林太太，又看看表情有些迷茫的秦翊唯，她无声地叹了口气，急忙掏出手机，拨打叶东城的电话：“叶经理，你赶紧来406号房，桐桐在发高烧，必须马上带他去医院！”挂了电话，她看着还没反应过来的两人，说："你们在这里等叶经理，我去楼下拦出租车。"说完便脚步匆匆地跑了出去。

叶东城接到电话，不到两分钟就赶到了。看清房间里的情况，他二话没说就背起孩子快步跑到楼下，钻进严末微拦好的出租车里，让司机加速往最近的儿童医院开。

挂号、付费、检查、打针……

一阵忙乱的折腾，待事情处理好后，已是两个小时之后的事。

看着在医院的病床上安睡、面色已没刚才那么潮红的孩子，林太太心里对叶东城他们充满感激："谢谢你们，如果没有你们的帮忙，我今晚真不知道该怎么办。"

叶东城擦了擦额角的汗水，笑容温和："不用客气，桐桐没事就好。"

"林太太，您一整天没吃东西，肚子肯定饿了，我去给您买点吃的。"严末微体贴地说。

"我陪你去，你一个女孩子半夜在外面走来走去不安全。"叶东城体贴地说。

严末微点头，两人转身，一同朝外走。

看着两人将要走远的背影，林太太迟疑了片刻，终于还是张口唤道："等等!"

两人闻言停下脚步，转身看着她。

严末微问："林太太，还有别的事吗?"

林太太沉默了半晌，像是终于做了一个什么重要的决定，大步走到他们的面前，神情凝重地说："关于'锁碧传'这个项目，我听老林大略提过。其实他挺喜欢你们的设计方案，但碍于一个人的关系，他才忍痛一再把你们的方案退回去。”

“那个人是谁？”叶东城皱眉，“他为什么要这么做？”

“是天宇集团的总经理邓海富，他打电话给老林的时候，我刚好在老林的身边。我听不清他们在电话里说了什么，只知道他要老林取消跟你们的合作。老林以前受过邓海富的大恩，即使心里不愿意，也只得答应。至于邓海富为什么要这么做，我也不知道。如果你们想要继续跟蓝岸科技合作，唯有去说服邓海富，否则以老林的性子，他是无论如何也不会改变主意的。”

“邓海富？”酒店的房间里，四人齐聚一堂，听完叶东城的转述后，秦翊唯疑惑地皱起眉，“他为什么要这么做？我记得他跟爸爸的关系不错啊！”

秦翊唯不明白，严末微心里却是清楚得很——邓海富终于对她出手了！她早该想到的，像他这么心胸狭窄的人，被她拒绝后，又怎么可能轻易放过她呢？

“不管他出于什么原因这么做，我们现在要做的是找他把事情的症结弄清楚，然后想办法把问题解决。”安若然说。

严末微想了想，一脸认真地说：“秦总监，我以前在工作上跟邓总接触过，要不这事就交给我去办吧？咱们研发部的任务那么多，您不可能一直把时间耗在这个项目上。”

秦翊唯沉吟了片刻，觉得她说得挺有道理的，而且他最近的精神状态不太好，没有这么多的精力放在这种琐碎的事情上，于是点了点头：“嗯，也好，这事就交给叶经理和你去办吧！”

从S市回来，严末微和叶东城当天下午就去了一趟天宇集团。

前台小姐得知他们的来意，给总经办打了个电话，最后一脸抱歉地回复他们：“不好意思，邓总在开会，现在不方便接待你们。”

第二天，他们再度登门拜访，前台小姐依旧跟昨天一样，打了个内线电话，然后回复：“不好意思，邓总在接待贵宾，今天恐怕没空接待其他人。”

第三天，前台小姐连请示电话也不打了，直接回复他们：“不好意思，邓总出差了，你们过段时间再来吧！”

第一次这么说，也许是真的；第二次这么说，严末微他们勉强还相信；第三次这么说，那就是在把他们当傻子哄了！

从天宇集团出来，严末微紧握着拳头，一脸气愤：“这个邓海富太过分了！背地里去林总那里给我们使绊子就算了，我们来拜访他，他还让员工找各种可笑的借口把我们拒之门外！他到底想怎么样？”

把手中的矿泉水递给她，叶东城淡淡地说：“邓海富有心不见我们，我们再登门一百次，结果也是一样的。”

接过清凉的矿泉水，拧开瓶盖，仰头大大地喝了一口，严末微愤怒的心情终于平复了一些：“那我们怎么办？难道就这么由着他去？”

叶东城静默了片刻，唇角扬起一道淡淡的弧：“不，明的不行，我们可以来暗的。我们什么都不用做，直接在这里守株待兔就行。”

两人在天宇集团对面的咖啡馆找了个靠窗的位置坐下，

叶东城点了两杯咖啡，又帮严末微点了一些精致的甜品，让她只管在旁边吃东西、玩手机，自己则隔着玻璃窗，目不转睛地盯着天宇集团的正门，耐心地等待猎物的出现。

他的方法确实是有效的，下午六点多的时候，前台小姐口中“出差”的邓海富从天宇集团的大门走了出来。

叶东城和严末微迅速站起来，三步并作两步奔出咖啡馆，跑到邓海富面前。

“邓总。”

看着面前这两个不知道从哪里钻出来的年轻人，邓海富的眼底掠过一抹意外的神色：“你们怎么会在这里？”

露出礼貌的微笑，叶东城用真挚的口吻说：“邓总，我们有些事情想跟您谈谈。这几天我们已经来过好几次，但贵公司的员工一直说您在忙，没时间面见我们。我们没有办法，只好在这里等您，希望我们此举没有给您带来困扰。”

“是吗？”邓海富淡淡地应了声，脸上没有丝毫意外，显然他早已知情，“不知道两位大驾光临，有何贵干呢？”

两人沉默了半秒，严末微率先开口：“邓总，您和林总的事情，我们已经知道了，您为什么要阻止蓝岸科技和我们公司合作呢？”

邓海富一副阴晴不定、难以捉摸的表情，目光阴冷地盯着她，略带嘲讽地冷笑一声：“严小姐，你是真不知道，还是在装不知道呢？我不是阻止蓝岸科技跟你们公司合作，我只是阻止蓝岸科技跟你合作。至于为什么，你自己心里清楚。”

闻言，严末微和叶东城同时一怔。

严末微知道邓海富心里一直记恨着自己，却没想到他居然敢当着第三者的面，肆无忌惮地说出这么直白的话。

“你怎么样才肯放过我、放过我们公司？”

邓海富想了想，泛着油光的大饼脸浮上一抹猥琐的笑容：“要我放过你也可以，不过你得答应我一件事。”

严末微忍着恶心，捺着性子问：“什么事？”

邓海富瞟了叶东城一眼，厚厚的香肠嘴凑到严末微的耳边，用只有两人听见的音量，暧昧地说：“陪我一夜。”

严末微僵硬着身体，没有说话，放在腿侧的双手却紧紧地握成拳头。

这时，一辆宝马在三人不远的地方停下，邓海富瞟了一眼车子，伸出肥厚的大掌在严末微的肩膀上拍了拍：“好好考虑一下。”

语毕，他心情愉悦地打开车门钻了进去。银色的宝马载着邓海富，很快便消失在两人的视线里。

收回目光，叶东城低头看着身旁表情僵硬的严末微，担忧地问：“邓海富跟你说了什么？”

严末微抬头看着满脸忧色的叶东城，不想让他担心，勉强地笑了笑：“没什么，我们回去吧！”

“嗯。”

当天晚上，回到家后，严末微想了很久，又打电话与叶东城商量了半天，最后一致决定继续对邓海富死缠烂打，直到他愿意放过他们为止。

虽然严末微也不知道这招对邓海富有没有用，但她很清楚，像他这种老流氓，用对付正常人那些招数对付他是肯定不行的。想要对付无赖，就得用无赖的方法。

况且，除了这招，他们已经想不到更好的方法了。她总不能真的去陪他一夜吧？那还不如让她去死！这种触及底线的要求，她说什么也不可能就范的！她知道邓海富憎恨自己，她不介意他用言语侮辱自己，她只希望他骂累了、厌倦了、觉得无趣了，能早日放过他们！

接下来几周，严末微和叶东城天天去天宇集团蹲点。邓海富最初还兴致勃勃地在精神上打击他们、侮辱他们，折腾了几天后，见此招对他们没什么影响，便失去了兴致。再后来，邓海富被他们缠烦了，开始想着法子躲他们。严末微和叶东城也不是吃素的，一前一后守在天宇集团的两个出口，直接把他的后路堵死。

邓海富感觉到两人的行为已经影响到自己的工作和生活，他终于厌烦了这种“猫捉老鼠”的游戏。他让保安驱赶他们、指使清洁工朝他们泼污水、找人割破叶东城的车子的轮胎……只要是他想到的，无论是光彩，还是不光彩，他都让人去做了，目的只有一个——让这两个烦人的家伙彻底滚出自己的视线范围内。

偏偏，严末微和叶东城都不是那种轻易向困难屈服的人。两人配合无间、见招拆招，非但没有被邓海富的招数吓跑，反倒把他缠得更紧了。以前两人的蹲点范围仅限于天宇集团，现在两人连他家也不放过，一大早就在他家别墅的门前等着。无论他是去公司上班、上餐厅吃饭，还是出门拜访客户、带下属去应酬……严末微他们都在后面隔着一段不长不短的距离如影随形地跟着，逮着机会就上前劝他不要再阻挠他们公司跟蓝岸科技的合作。邓海富觉得自己快要疯了，严末微他们却越挫越勇……

这天傍晚，邓海富约了朋友吃饭，一出大门就坐上候在大厦前的专车。经过将近一个月的蹲点，严末微和叶东城早已有经验，两人迅速钻进车子里，隔着一小段距离，跟在银色宝马的后面。

车子行驶了大概半个小时，银色宝马在一家富丽堂皇的酒店前停下，西装革履的邓海富推开车门，挺着啤酒肚大步走进酒店。

两人跟着邓海富一路来到二楼的一间包厢前，见他开门进去，两人像往常一样，正欲走到旁边的角落里等待，严末微却在不经意间，透过还没关上的门，看见了坐在里面的人。她的脚步一顿，愣愣地看着包厢里的人。

“怎么了?”叶东城奇怪地看了她一眼，下意识地顺着她的目光探去，当他看见里面的人时，不禁一怔——邓海富今晚约见的人竟然是林景辉!

就在两人怔愣的时候，包厢里的人也发现了他们。林景辉站起来说：“叶经理、严副经理，真巧，你们也来这里吃饭?”

闻言，邓海富回头厌恶地白了严末微他们一眼，一边走到林景辉的旁边坐下，一边没好气地说：“巧什么巧！他们是跟着我后面过来的!”

严末微和叶东城有些尴尬，却还是礼貌地跟林景辉打招呼：“林总。”

林景辉点点头说：“既然来了，不如一起吃吧！来来来，赶紧进来！”自从上次返回S市，从妻子的口中得知是这群年轻人帮忙把高烧的儿子送到医院，他对他们的态度便好了许多。

严末微还在犹豫，叶东城却觉得这是一个解决问题的好机会，果断地拉着她一同走进包厢，顺带把门掩上。

对于好友此举，邓海富并不赞同：“老林，他们就是两只烦人的跟屁虫，你用不着对他们这么客气的！”

林景辉假装没听出好友话中的不悦，径直看着刚落座的严末微和叶东城，好心劝道：“叶经理、严副经理，你们最近所做的事情，我全听邓总说了，其实你们真的没必要这么做。”

叶东城真诚地说：“林总，我们公司是很有诚意跟贵公司合作的。”

严末微连忙点头附和：“是的，是的，林总，请您给我们一个机会吧！”

对上两人执着的目光，林景辉有些无奈，他环视了一遍在座的人，思忖了片刻，坦诚地说：“既然在座的都是明白人，那我就直说吧！叶经理、严副经理，我承认你们的设计方案确实很好，但因为某些原因，我已经决定跟腾升网络解约。对于这个决定，我感到很遗憾。同时，我也承认之前数度退回你们的设计方案，是希望你们能知难而退，率先提出解约，这样我们公司就可以免掉一笔不小的违约金。”说到这，他的话顿了顿，再度开口时，语气里多了一丝歉意：“我知道自己这样很过分、很自私，从S市回来后我反思过，也不想再为难你们了。回头我们公司会正式向腾升网络提出解约，违约金一分也不会少，请你们放心。”

“林总，我们做这些并不是想要您赔钱，我们是真心希望两家公司共同携手，一起把这个项目做好。”严末微试图说服他，“再说，这个项目的部分设计借鉴了国外一些成功的大型游戏，这样的游戏模式、世界观和人物设定还是国内首例，等它上市后，肯定会在国内引起巨大的反响，收益和口碑都不会差的，请您再考虑考虑。”

“严副经理，真的很抱歉。”

“林总，说到底，您还是介意邓总的想法，对吧?”叶东城抿了抿唇，转头看着正在翻看菜单的邓海富，“邓总，您说吧！我们到底要怎么做，您才肯放过我们？趁着这次该在场的人都在场，无论您以前对我们有什么不满，您都说出来，我们今天一次性解决了吧!”

“不错！看不出你小子还挺爽快的!”邓海富挑眉，目光有些玩味地看着他，“我也厌烦了被你们纠缠的日子，看在你们这么有毅力的份上，我就给你们一个机会。”被这两人纠缠了一个多月，他早已觉得厌烦，甚至想过这事就这么算了，可是又觉得这样太便宜他们。眼下有一个这么好的折磨他们的机会，他若不好好利用，那就太对不起自己了!

邓海富按下墙上的服务铃，对着话筒那边的服务员吩咐了几句，挂上话筒。

没过多久，一名年轻的女服务员推着一辆小餐车，带着邓海富想要的东西，敲门进来：“先生、小姐，这是你们要的伏特加。”

邓海富点点头，吩咐道：“把它们放到桌子上。”

待服务员把酒放好，退出包厢，邓海富转头看着叶东城，豪迈地说：“只要你一次性把这十瓶酒喝光，我就不再干预腾升网络和蓝岸科技的合作。”

严末微扫了一眼那堆酒，柳眉紧蹙，盯着叶东城的眼睛，一脸严肃地阻止道：“不行！这酒的酒精浓度高，一次性喝这么多会出事的，你不能喝!”

林景辉见势不对，也开口劝说：“邓大哥，十瓶确实多了点，要不就让他喝两瓶？赔礼道歉讲究的是真心实意，意思到了就好，你说是不是呢?”

“那可不行，如果事情的难度不高点，又怎么可以看出他的诚意呢?”邓海富似笑非笑地睨着叶东城，“叶经理，你说是吧?”

叶东城紧紧地盯着他，认真地问：“是不是我今天把这些酒全喝了，你以后就不再找我们的麻烦?”

“当然。”

“行！我喝!”

严末微紧皱着眉，担心地拉住叶东城的衣袖，想要阻止：“东城!”

“不要担心，我没事的。”叶东城拍了拍她的手背，朝她扬起一抹安抚的微笑，这才拿起桌上的酒瓶，拧开瓶盖，仰头大口大口地把酒灌进嘴巴里……

一瓶、两瓶、三瓶……

叶东城举着酒瓶拼命地往嘴巴里灌，桌上的瓶子一个接一个地变空，他的脸色也一点一点地变得难看。当他放下第六个空酒瓶时，那张脸已青白得不见丝毫血色，额角渗出密密麻麻的冷汗。他没有在意，用那双微颤着的手拿起第七瓶，仰头又喝了一大口。然而，那口酒还没来得及咽下，他只觉得胃部一阵火烧般的灼痛和恶心，还没反应过来，腥甜的鲜血已混合着酒液喷了出来……

严末微吓坏了，惊惶地抓住他的手臂，脸上布满忧色："东城！你怎么了？"

颤巍巍地伸手擦掉嘴角的血迹，叶东城勉强地对她笑了笑，一边喘着气，一边吃力地安慰道："我……我没事，你不用……不用担心，我很快……很快就可以把这些……这些酒统统消灭掉！"说着，他举起酒瓶，又要往嘴巴里灌……

严末微一把抢过他手中的酒瓶，带着哭腔说："东城，不要再喝了！你看你都呕血了，再喝下去，你会没命的！"

叶东城温柔地看着她，虚弱地说："没关系，只要……只要可以帮你……帮你完成心愿，我……我不要紧的。"说罢，他费力地抢回酒瓶，继续仰头不要命地猛喝。

看着眼前那张惨白的俊脸，严末微只觉得胸口阵阵发痛，鼻子一酸，眼泪不受控制地滑了下来。

林景辉看不下去，有些焦急地看着旁边的邓海富，劝道："邓大哥，我看算了吧！他都喝了六瓶多了，再喝下去会出事的！"

邓海富冷冷地扫了叶东城一眼，那双阴沉的眼睛里没有丝毫感情："是他自己愿意喝的，我可没有强迫他。"

两人谈话间，叶东城又喝了大半瓶，他的脸已白得像一张纸，额上布满了汗水，拿着酒瓶的手剧烈地颤抖着，神志已有些不清。又一口酒下肚，他终于熬不住，吐出一大口血后，酒瓶自他无力的手中滑落，他也彻底地晕了过去……

叶东城醒来的时候，发现自己正躺在医院的病房上。用手揉了揉隐隐作痛的太阳穴，他感觉胃部还有些不舒服，但跟昨晚相比，已经好很多了。用手肘撑着床铺，他动作笨拙地挪动着有些僵硬的身体想要坐起来，就在这时，旁边忽然伸出一双手环住他的背，一个略带沙哑的女声同时传来——

“你醒了?”

叶东城回头，这才发现床边的严末微。她的眼皮肿胀，眼眶还有些发红，眼睛下的黑眼圈大得惊人，看起来明显哭过兼一夜未睡。

他伸手怜爱地摸了摸那张略显憔悴的俏脸，心疼地问：“你在这里守了一夜?”

她的身体微微地僵了一下，却没有躲开他的手，一边动作轻柔把他扶起来，一边轻声说：“我担心你。”

“我怎么了?”

“你喝酒过量导致胃出血，医生说你得住院观察几天。”

“住院?”叶东城皱眉，然后摇头，“我不住院，邓海富那边需要人盯着。”

严末微佯装生气地瞪着他，嗔怪道：“都这个时候了，你还记挂着邓海富!”

痴痴地看着她散发着无限风情的娇丽的容颜，叶东城呆愣了两秒，才柔柔地解释：“我不是记挂着邓海富，我是记挂着你的心愿。这个项目耽搁了这么久，我担心许熠祺那边给你压力。”

闻言，严末微怔愣了一下——

许熠祺……

他已经好久没有联系她了……

不对！现在不是想这个的时候！

深吸一口气，严末微重新扬起笑容，温柔地看着他："你不用担心，林总已经答应继续跟我们公司合作了。"

"真的？邓海富这次这么好说话？"叶东城将信将疑地看着她，"你不会是为了让我好好住院，所以说谎骗我的吧？"

"我没有骗你，林总真的发话了。邓海富事后确实有意反悔，但林总昨晚被你吐血的样子吓坏了，再加上他心里多少有些顾念我们之前所做的努力，所以不顾邓海富的反对，答应了我们的请求。邓海富见他这次态度格外地强硬，也就没再说什么。"

"是吗？"叶东城见她神情认真，不像是说谎，他略显苍白的双唇微微扬起，悬挂多日的心终于放下了一些，"看来我这次算是因祸得福了。"

目光真挚地看着他，严末微感激地说："东城，这次辛苦你了。如果不是你，这件事还不知道什么时候才能解决。"

叶东城有些俏皮地眨了眨眼，半开玩笑半认真地问："那你要怎么报答我？"

严末微歪头想了想，说："等你出院了，我请你去吃粤菜？"

"我不要吃的。"

"那你想要什么？"

叶东城温柔地凝望着她，语气缓慢却坚定："我想要一个女朋友。"

严末微的眼睛亮了，不过那抹美丽的神采很快便黯淡下去，她垂下脑袋，避开他期待中略带紧张的目光，轻声说："东城，我和熠祺分手的那天，曾对着妈妈的遗照发誓，在家仇得报前，我是不会开始新恋情的。"

叶东城凝望着脑袋快要埋到胸前的她，无奈地叹了口气，伸手轻柔地把她拥进自己的怀里，宠溺地说："没关系，我等你。"

严末微愣了愣，双手在半空停顿了半秒，最后还是顺从自己的心意，轻轻地回抱他："东城，谢谢你。"

谢谢你对我不离不弃，谢谢你一直在我的身边。

第九章　轩然大波

少了邓海富的阻挠，两家公司很快便把“锁碧传”的设计方案确定下来了。

把方案上交给秦翊唯前，叶东城特意用U盘拷贝了一份，亲自交到严末微手里：“去交给许熠祺吧！”

严末微扫了一眼那枚小小的U盘，抬头感激地看着眼前这个陪她走过这段艰难日子的男人，心中感慨万分。万千语言，最后化作简单却真挚的两个字：“谢谢。”

收好U盘，严末微从叶东城的办公室出来，直接走到大厦的天台上。

已是初冬，天空阴沉沉的，冷风夹带着刺骨的寒意呼啸而过，把人的皮肤刮得生疼。天台上除了严末微，别说人，就连一只虫子也没有。

她背靠着护栏，低头盯着手机通信录里显示的许熠祺的号码，迟疑了差不多五分钟，终于按下拨号键。

很快，电话就通了，听筒里传来敲击键盘的清脆声响和一个漫不经心的男声——

“喂？”

“……熠祺，是我。”

敲打键盘的声音戛然而止，电话那端的人静默了一下，“小微？”

严末微沉默了半秒，深吸了一口气，继续用平静的语气说：“我拿到‘锁碧传’完整的设计方案了。”

“谢谢，”电话那端的许熠祺顿了顿，“不过我已经不需要了。”

严末微故作平静的脸上闪过一抹诧异的神色，她不解地问：“为什么？”

“我不希望你继续掺和到这件事里，我心中已经有了一个比你更适合去做这件事的人选了。”

“那个人已经拿到设计方案了？”

“不，她还没有答应帮忙，不过我会想办法让她点头的。”

严末微皱眉，很不赞同他的做法：“既然我已经拿到设计方案，你又何必舍近求远呢？再说，那个人也不知道什么时候才会答应帮忙，即使你有时间陪她慢慢耗，泰宏游戏那边的人应该也没有心情陪你等吧？”

电话那端的许熠祺没有作声。

严末微抿了抿唇，继续说：“你不用觉得拖累了我，也不用觉得亏欠了我。妈妈把我从孤儿院领回家，养育成人，我有义务帮她做这些。”

电话那端的许熠祺沉默良久，终于开口：“好，我去联系泰宏游戏的人，确定交收时间和地点后，我再打电话给你。如果在这个过程中，你后悔了，可以随时跟我说。”

“嗯。”

总监办公室里间，安若然站在宽大的办公桌前，神情平淡地把手中的白色信封推到坐在办公桌后的男人面前。

秦翊唯低头看了信封一眼，并没有接，抬头面无表情地看着她："这是什么？"

"辞职信。"

秦翊唯眼角微挑，目带讽刺地斜睨着她，讥诮道："我什么时候说过你可以离开腾升了？"

"我会把工作交接好才离开的。"

"你觉得我会批准吗？"

安若然表情平静，声音不大，语气却异常坚决："我已经决定了，无论你批不批准，我都要离开。"

秦翊唯紧抿着唇，沉默了半秒，淡淡地问："你不管你年迈的父母和还没踏出校门的弟弟了？"

安若然平静的面具终于出现了一道裂痕，放在大腿侧的双手慢慢地握紧，一双美目有些幽怨地盯着他："秦翊唯，你觉得这样有意思吗？我知道你恨我，可是我说过很多遍，当年的事不是我可以控制的，我也不愿意看到这样的结果。再说，我已经任劳任怨地跟在你身边三年，你也变着法子折磨了我整整三年，你就是有再多的气也该解了吧？你就不能好心放我一条生路吗？"

"三年？"秦翊唯冷笑，"区区三年，你就觉得漫长得熬不过去了？小瑶失去的可是一辈子！"

"你以为我愿意这样吗？"安若然闭上眼睛，笑得一脸凄凉，"如果时光可以倒流，我宁愿死在车轮下的那个人是我！

那样的话，至少不用跟你纠缠在一起，至少不用活得这么痛苦！”

秦翊唯猛地站起来，怒不可遏地指着门口，吼道：“你出去！我不想再跟你讨论这个问题！还有这封所谓的辞职信，你也一并带走，在你赎清罪孽前，我是不会让你离开的！”

“随便你怎么说，反正我今天是一定要离开这里的！”话落，安若然转身就要走。

“站住！”她的态度成功摧毁秦翊唯最后一丝理智，他大步走到她的面前，一把拽住她的手臂，一步步地逼她倒退到办公桌前，“看来你的父母和弟弟已经不足以牵制你蠢蠢欲动的心了，既然这样，我们就来制造点更具威慑力更能压制你的筹码吧！”

看着那双已经完全被怒焰和疯狂占据的眼睛，安若然突然有些害怕，双手用力地抵在他的胸前，声音已不由自主地带着一丝颤意：“秦翊唯，你想干什么？”

秦翊唯早已气红了眼，哪里会把她的话听进去？

大掌一挥，办公桌上的东西全被扫到地上，他稍一用力，把她整个身子托上桌面。不顾她的哭喊，强壮的身体已压在她的身上。伸手扯掉领带，麻利地把她乱动的双手绑起来按压在头顶，他埋头便在她的脖子啃咬起来……

“秦翊唯！你给我住手！你这个疯子！住手！”

“你叫吧！最好叫大声一点，把公司里所有的人都招来，让他们看看你被羞辱的样子！”

“秦翊唯！我恨你！”

尖锐的指甲紧紧地掐进掌心的肉里，安若然浑身充满恨意地握紧拳头，一滴冰冷绝望的泪水在她紧闭的眼睛里滑落……

从秦翊唯的办公室出来，安若然的衣着发型经过整理，已恢复成原貌，除了裙子有点皱，其他并没什么不同。只是，她的精神看起来明显不好，整个人死气沉沉的，神情恍惚，毫无生气。她的脸色白得惊人，那双眼睛没有丝毫神采，宛如两潭死水。

拖着两条麻木的腿，她无意识地向前走着，看不见别人异样的目光，也听不见别人的议论。她如同一具没有灵魂的躯壳，只是机械地重复着行走的动作，走出公司，走出大厦，走上大街……

当她回过神来的时候，发现自己站在一座天主教堂前，大门两侧神情慈悲的修女雕像正怜悯地注视着她。

她用近乎虔诚的目光凝望着那具雕像，耳边响起的却是秦翊唯的威胁——

“如果你敢再动离开的念头，我就把这段录像寄给你的亲朋好友！”

她的眼底闪过绝望。

连世人都无法原谅自己，天主又怎么可能原谅她呢？她知道，她这辈子都不可能得到救赎，要想解脱，只有陷进更深的地狱……

严末微接到许熠祺的短信，已是两天后的事。

按短信上的指示，她带着装有设计方案的U盘，来到一间小咖啡馆。

约定的最后一排最后一张桌子里，已坐着一个三十多岁的清俊男人。

严末微迟疑了一下，走到男人面前："您好，请问您是方先生吗？"

男人站起来，仔细地打量着她，微微点头："是的，你是严小姐？"

严末微点点头，慢吞吞地拉开他对面的椅子，坐下。

方先生也重新坐下，目光炯炯地盯着她，压低嗓子，轻声问："东西都带来了？"

严末微咬着唇，迟疑了半秒，低声回道："嗯。"

在男人炽热的目光下，她打开手提包，磨磨蹭蹭地从里面摸出一个U盘，却迟迟没有递给对方。

其实在来这里的路上，她一直在想，自己这个决定到底是对是错。

她知道，只要自己把U盘交到泰宏游戏那边，不但能给许熠祺的工作室带来一笔丰厚的资金，还能给腾升网络和秦明宗那个负心汉以重重一击。

可是，这个U盘是叶东城亲手交给她的，如果她把U盘交出去，到时东窗事发，肯定会查到他的头上。届时，他不光身败名裂，说不定还会有牢狱之灾！

可是，如果不交出去，那她和许熠祺这几个月为了拿到设计方案所做的一切、所受的苦，统统变得没有意义了。许熠祺一定会恨死她的！

怎么办？这个U盘，她该交，还是不交呢？

严末微沉浸在自己的思绪里，丝毫没有发现不远处有一个人的目光正落在她身上。

离他们不远的座位里，陈静窝在柔软的沙发里，手里端着一杯香浓的咖啡，有一口没一口地喝着，眼睛紧紧地盯着不远处的严末微，目光充满探究。

坐在陈静对面的化着浓妆的艳丽女子看着脸色微变的好友，好奇地问："阿静，你在看什么呢?"

"没什么，只是见到了一个同事，在想着要不要上前打声招呼。"

艳丽女子循着好友的目光看去，目光在严末微身上停留了半秒，最后落在她对面的清俊男子身上，诧异地说："咦，那不是泰宏游戏的方总吗?"

"泰宏游戏?"陈静转头看着好友，眼睛微微眯起。

"对呀！我前两个月才在一个慈善晚会里见过他呢！我们总经理还夸他年轻有为、前途无量，让我找机会跟他结识一下！没想到他也会来这种小地方喝咖啡。"

这就奇怪了！陈静探究的目光再度落在严末微身上，脑子飞快地运转着：泰宏游戏不是我们公司的死对头吗？严末微怎么会认识那边的人？她到底想干什么？

陈静略一思索，当机立断地拿出手机，悄悄地拍下眼前的画面。

那边的严末微丝毫没有发现陈静的存在，她紧紧地攥着U盘，柳眉紧皱，内心在不断挣扎。

方先生见她久久没有下一步动作，浓眉不禁疑惑地皱起：“严小姐？”

“啊？”严末微如梦初醒，抬头对上男人的眼睛，犹豫了一下，慢慢地把手中的U盘递过去。

方先生抿着唇，伸手正要接过，面前的U盘却突然缩了回去。

浓眉紧紧地皱起，他抬头不悦地盯着对面的人，脸上的表情一下子冷了下来：“严小姐，你这是什么意思？”

握紧手里的U盘，严末微深吸了一口气，神情决绝地站起来，满脸歉意地向对面的男人鞠了一躬，说：“对不起！”说完拿起手提包，绝尘而去。

没错，她确实复仇心切，但不能因为一己之私，就把叶东城推进不忠不义、受人唾弃的处境里。他对她这么好，事事为她着想，为她牺牲了那么多，她不能做伤害他的事情，否则她一辈子也无法原谅自己！

从咖啡馆回来后，严末微只给许熠祺发了一条短信——对不起。

奇怪的是，许熠祺也没有找她，就连兴师问罪的电话，她也不曾接到。她心里不无疑惑，却又因为在咖啡馆里临阵脱逃的事，始终提不起勇气去见他。

时间在严末微的痛苦煎熬中慢慢地前行，不知不觉中，已过去半个月。

这天早上，严末微像往常一样，准时来到公司。刚踏进研发部，她立刻察觉到办公室里的气氛跟平日不太一样。职员们离开自己的座位，三五成群聚在一起，交头接耳，议论纷纷，全无工作的样子。

柳眉不自觉地皱起，严末微随手拉住一个路过的女同事，问："小雅，发生什么事了？"

"严副经理，您还不知道吧？咱们公司的死对头泰宏游戏昨天下午高调召开新品发布会，他们的新产品除了名字，内容居然跟咱们还没有公开的'锁碧传'一模一样！不知道谁把这则新闻贴到咱们公司的论坛里，现在公司上下几乎所有人都知道这件事了！"

心脏猛地颤动了一下，严末微怀疑自己的听力出现了问题，瞪大眼睛不确定地看着小雅，嗓音带着一丝颤意："你是说，泰宏游戏？"

小雅肯定地点头："对呀！"

严末微脸上的血色迅速褪去，她白着脸抛下有些莫名其妙的小雅，快步回到自己的办公室，关上门，用颤抖的手打开公司的论坛。

员工们议论纷纷的那篇帖子就挂在杂谈板块的最前端，帖子的内容跟小雅说的基本一致，文字的最上方还挂着一张照片，照片里泰宏游戏的方总在记者们的包围下笑得温文尔雅。帖子的关注度十分高，留言区里的议论已超过一千条……

怎么会这样？严末微的脸色苍白如纸，神情有些恍惚，她明明没有把U盘交给泰宏游戏的人啊！难道是许熠祺命人做的？

与此同时，董事长办公室里，秦明宗坐在宽大的办公桌后，面无表情地盯着电脑里的帖子内容，浓眉紧紧地皱起。静默了片刻，他头也不抬地对静候在一旁的中年男人下令道："小陈，立刻成立调查小组，彻查此事。"

"是，董事长。"陈叔恭敬地应道，年近五十的他已跟在秦明宗身边二十多年，是秦明宗最得力的左右手。

秦明宗想了想，又问："蓝岸科技那边知道这件事了吗?"

"已经知道了，蓝岸科技的林总刚才来电责问，秦总监已经让人去处理了。"

秦明宗点点头，紧绷的脸终于缓和了一些。

就在这时，陈叔的手机滴滴地响起了两声短信提示音，他打开一看，脸上的神情顿变："董事长，您赶紧刷新一下网页，事情有新发展。"

秦明宗见他神情不对，连忙刷新了网页。

只见那篇帖子的下方出现了一篇新的帖子，帖子里没有任何文字，只有两张照片。

照片的背景是一间装修雅致的小咖啡馆，主角是一对年轻男女，男人正是第一篇帖子里的主角——泰宏游戏的方总。第一张照片里，女孩一脸认真地跟男人说着什么，男人微笑地颔首，似乎答应了女孩什么；第二张照片里，女孩递给男人一个银色的U盘，男人伸手正欲接过。

虽然帖子里没有一个文字，但联系上一篇帖子，再看这些照片，发帖者的意思已经很明显——她在指控照片里的女孩就是此次出卖腾升网络的人!

看着照片里的女孩，秦明宗隐隐有种熟悉的感觉："这个女孩子是谁?”

陈叔扫了照片里的女孩一眼，恭敬地回答:“她是研发部的副经理，叫严末微。”

“严末微?”秦明宗低喃着这个名字，耳边却忽然响起一个遥远的封存在记忆深处的声音——

“阿宗，这是我刚从孤儿院里领养的孩子，叫芷微，她以后就是我的女儿了。”

忆起往事，秦明宗心中一痛，脑中同时闪过一个大胆的猜测。

略一思索，他抬头看着陈叔，说:“小陈，帮我查查这个女孩子跟淑梅有没有关系。”

“是，董事长。”陈叔跟在秦明宗身边多年，自然知道上司口中的淑梅是谁，微一躹躬，他转身退了出去。

另一边，严末微坐在自己的办公室里，怔怔地盯着电脑里自己的照片，脸上没有丝毫血色。

她不知道这些照片是谁拍的，也不知道这些照片是谁放到论坛里的，不过她知道，她这次怕是要完蛋了。

就在这时，桌面上的手机响了起来，拿起一看，屏幕上跳动的是秦翊唯的名字。迟疑了几秒，严末微最终还是按下接听键。

她还没开口，秦翊唯冷冰冰的声音已从听筒里传来:“立刻过来我的办公室，我有事情要问你!”说罢，不待她有所回应，他已把电话挂了。

听着手机里传来的嘟嘟声，她咬了咬唇，慢慢地站起来。

来到秦翊唯的办公室，严末微看到他正坐在办公桌后，神情冰冷地盯着电脑屏幕，估计还在看那篇帖子。

她有些紧张地深吸了一口气，这才鼓起勇气踏进办公室里："秦总监。"

秦翊唯抬头，冷冷地扫了她一眼："帖子的事，你应该知道了吧？"

严末微咽了咽唾沫，微微点头："嗯。"

"你是不是需要向我解释一下这是怎么回事？"

咬唇沉默了半秒，严末微抬头看着浑身散发着寒意的男人，努力用平静的口吻说："事情不是我做的，我没有背叛公司，我没什么好解释的。"

"严末微，时至今日，你还要把我当作傻子吗？"秦翊唯一拍桌子，恼怒地站起来，"你别以为我不知道，你根本不是小瑶的表妹！你之前所做的一切，都是事前精心设计好，再故意演给我看的！"

他居然知道？

严末微惊讶地睁大眼睛，好半晌才问："既然你知道，为什么不拆穿我的谎言，还陪着我一起演下去呢？"

"这得归功于你的事前功课做得好，而我，确实需要一个懂小瑶的人陪我怀念她。"

严末微沉默了，她低头咬着唇，过了将近半分钟，才抬头看着他，眼神透着固执："我承认，当初为了接近你，我确实调查过小瑶，但我并没做过任何伤害你的事，不是吗？不管你相不相信我，这次的事情确实不是我做的！无论你怎么逼问我，没做过就是没做过，没做过的事情我是绝对不会承认的!”

“你——”

就在秦翊唯气得脸都黑了的时候，门外忽然传来一个淡漠的声音：“项目的设计方案是我泄露出去的。”

两人同时回头，看着不知何时出现在门口的叶东城。

秦翊唯跟叶东城对视了片刻，转头冷着脸对严末微吩咐道：“你先出去。”

“可是……”严末微紧张地看着叶东城，想要说些什么，最后在他的眼神示意下，她默默地闭上嘴巴，听话地退了出去。

回到办公室，严末微坐立难安，全副身心都放在对面的办公室上，心里期盼着叶东城能快点回来，快点出现在那里，她有一肚子的话要对他说。

在严末微的焦急等待中，时间一点一点地流逝，眼看着大半个小时过去了，叶东城依旧没有回来，她心里的不安升到了最高点。

就在这时，外间传来一阵杂乱的脚步声和议论纷纷的嘈杂声。

心底隐隐升起一种不祥的预感，严末微怀着惴惴不安的心情走到门口，拉住了一个路过的员工，问话的语气里不自觉地透着一丝急促：“丽丽，外面怎么这么吵，发生什么事了?”

“严副经理，您还不知道吧？刚才公安局经济犯罪侦查支队的人来把叶经理带走了，我猜，应该跟泰宏游戏这事有关!

严副经理、严副经理，您怎么了?”

严末微瘫坐在地上，苍白的脸上没有一丝血色，那双布满惊惶的眼睛里隐隐泛着泪光……

第十章　如若有你，一生何求

丽丽走后，严末微把自己关在办公室里。

背靠着墙壁坐在冰凉的地上，她用双手抱着双腿，把脑袋埋在双膝间，感觉自己的心如这地板一样冰冷。

她最害怕的事还是发生了。

她不害怕身败名裂，不害怕成为众矢之的，也不害怕坐牢，只要能帮妈妈报仇，无论付出什么代价，她都愿意。可是，叶东城是无辜的，他什么都没做。要说他唯一的错，大概就是遇到了她。

明明是她犯的错，为什么恶果却要他来承担呢?

正当她感到彷徨无助的时候，口袋里传来来电铃声，掏出手机一看，屏幕上显示的竟是多日没有音信的许熠祺。

按下接听键，手机里传来那个熟悉的充满担忧的声音："小微，我听说有人把你跟方总见面的照片发到了你们公司的论坛里，是真的吗?"

严末微鼻子一酸，两行清泪毫无征兆地流了下来："嗯，公司里的人都以为'锁碧传'的设计方案是我泄露出去的，秦翊唯传了我去问话，叶东城为了帮我，把所有罪名都揽到自己身上。公安局经济犯罪侦查支队刚才来了人，把他从公司里带走了……”

“叶东城被带走了？”

“嗯，熠祺，我好害怕，我该怎么办？”

电话那端的人沉吟片刻，用沉稳的声音安抚道：“小微，你先不要慌，这件事跟你没关系，我会想办法处理，叶东城很快就会平安归来，你不用担心。”

“嗯。一切就拜托你了。”

六神无主的严末微稍觉安心。

电话的那一端，许熠祺站在办公室的落地玻璃窗前，一手插着裤袋一手拿着手机，静静地凝望着高楼下的车水马龙，脑海里慢慢地浮现半个月前的事。

那天，傍晚时分，也是在这个办公室里，他收到她的短信，内容只有简单的三个字——对不起。

她终究还是不愿陷叶东城于不义。

这样也好，他本来就不希望她执着于仇恨，妈妈的仇由他一个人来报就够了。只是，泰宏游戏那边怕是不好交代了。

许熠祺轻叹了一口气，在手机联络人里翻出方总的号码，正欲拨过去，手机却响了起来。

扫了一眼那个不算陌生的号码，他的目光瞬间变得幽深。按下接听键，他把手机放到耳畔，不紧不慢地开口：“考虑得怎么样？”

电话那端静默了半秒，一个略带悲凉的女声幽幽地响起：“我答应你的要求，但我有两个条件。”

“说!”

“把秦翊唯的手机弄来给我，还有，安置好我的家人。”

“成交!”

在焦虑不安的状态下，严末微好容易熬过了两天。叶东城依旧没有回公司，电话也打不通，许熠祺那边也没有任何消息传来。她感到越发不安，心里牵挂着叶东城，甚至病急乱投医地想要不要向秦翊唯坦白。

就在这时，公司的论坛里，紧跟着前两篇有关泰宏游戏的帖子，下面又出现了一篇新的热贴。只是跟以匿名发表的前两篇不同，新帖的发帖人用的是实名，更让人感到意外和不敢置信的是那个人居然是秦翊唯的助理安若然。

安若然在帖子里承认自己就是那个背叛公司的人，她之所以这么做，是因为急需要钱还债。因为逃不过良心的谴责，她最终决定自首。帖子的最下方还有一段录音，那是她跟泰宏游戏的负责人交易时的证据。

看着那篇帖子，听着那段录音，事情突然峰回路转，严末微感觉自己像在做梦一般，惊愕得说不出话来。

同一时间，关注那篇帖子的，还有总监办公室里的秦翊唯。

他坐在办公桌后，盯着显示屏里的帖子，那双淡褐色的眼睛里布满阴霾。握着鼠标的手往下一滑，帖子下方那些用词暴力、脏话连篇的咒骂和议论让他更是心烦意乱，一张俊脸黑得几乎可以滴出墨汁来。

冷着脸往西装口袋里一掏，探了个空后，他这才想起手机在前几天不小心弄丢了，还没来得及买新的。他转身拿起座机的话筒，动作飞快地拨了个早已烂熟于心的号码。

等了很久，就在秦翊唯耐心几乎尽失的时候，电话终于接通了。

怒火攻心的他顾不上责问她这几天为什么不来公司、为什么不接他的电话，劈头就冷声问："安若然，论坛里的那篇帖子真的是你发的?"

电话那端的安若然语调平静，淡淡地回答："对。"

"你是不是疯了？你为什么要这么做?"

"我没有疯，我只是在做我该做的事。"安若然一副云淡风轻的语气，情绪没有丝毫的波动，仿佛在说着一件跟自己毫不相干的事，"设计方案是我交给泰宏游戏的方总的，我不想叶经理和严副经理因为我犯下的错，而被你们误会。"

"我不相信！你没有理由这么做!"

"理由?"电话那端的安若然悲凉中带着嘲讽地笑了，"呵呵！难道你手机里的那段视频不足以成为我这么做的理由吗?"

手机？秦翊唯愣了，这才醒悟过来，原来他的手机不是不小心遗失了，而是被有心人偷去了！

"安若然，我看你真的是疯了！为了一段视频，你居然违背人格、背叛公司，做出这种自毁前程的事情！你知不知道你这么做是犯法的？是要坐牢的?"

电话那端的安若然握紧手机，抿了抿唇，一字一句地说：

“秦翊唯，我宁愿坐牢，也不愿意再跟你有任何牵扯。”

她的态度和话语成功激起秦翊唯心中的怒火，他紧绷着脸，音量不自觉地提高：“安若然！”

然而，电话那端的安若然并没给他宣泄的机会，他的话还没说话，她已把电话挂了。

听着话筒里传来的嘟嘟声，秦翊唯愤怒地握起拳头，重重地捶在桌面上。

安若然，你别做梦，这辈子你都别想从我的身边逃开！

扔下手中的话筒，秦翊唯黑着脸，浑身散发着骇人的寒意，像旋风般卷了出去……

董事长办公室里，陈叔站在宽大的办公桌前，神情恭敬地看着上司，认真地汇报道：“董事长，调查结果出来了。严副经理是淑梅小姐的养女，本名严芷微，淑梅小姐离世后，她才改了现在的名字。”

秦明宗脸上的神情有些恍惚，轻声低喃道：“芷微，她果真是芷微……”

陈叔顿了顿，继续往下说：“董事长，我还查到严副经理跟一个姓‘许’的年轻男人来往甚密……”

“姓‘许’？”秦明宗的眼底闪过一抹惊喜的亮光，他有些激动地看着陈叔，“是许熠祺吗？”

他已经好多年没见过熠祺了，淑梅离世后，他曾想过认熠祺作干儿子，把他和芷微接回家里。然而，当他去到许宅时，邻居却告诉他，熠祺和芷微早已离开了。他也曾派人找过他们，找了几个月，却没有丝毫消息。后来，公司发生了些事，妻子又因为陈年旧事一直在跟他闹别扭，他忙得焦头烂额，也就把这件事给忘了。现在数年过去了，没想到他还有机会见到熠祺和芷微。

“是的，谨慎起见，我特意查了一下，这个男人就是淑梅小姐的儿子许熠祺。”说到这，陈叔停顿了一下，看着秦明宗，迟疑了片刻，才继续往下说，“我还查到许熠祺在X市创立了一家叫M&W的软件开发工作室，这几年一直跟泰宏游戏有合作。在泄密事件发生前，许熠祺曾见过安助理，我想这次的事跟许熠祺脱不了关系。”

秦明宗不肯相信他的话，斩钉截铁地说：“不可能！熠祺不会这么做的！”

“董事长，这是真的，您一定要相信我！”陈叔的眉头微微皱起，“我猜，许熠祺之所以这么做，可能是因为对您有某些误会……”

秦明宗静默了两秒，抬头看着陈叔：“小陈，你有熠祺的工作室地址吗？”

一周后。

严末微端着马克杯，脚步轻快，途中遇见同事，还心情不错地跟她们打招呼。

她昨晚接到叶东城的电话，他告诉她，他下午已经回到家，一切平安。听着那久违的温柔的嗓音，她的泪水情不自禁地流了下来，笼罩心底多日的阴霾终于消散。

那一刻，她才知道，他对自己来说，是这么重要。

这段日子，他的温柔、他的包容、他的爱早已以润物无声的方式，无声无息地渗进她的血肉里，在她的心底生根发芽，占据着最重要的位置。

这辈子，她已经没有办法离开他。

严末微不知不觉来到茶水间前，正欲推门进去，却隐隐听到里头传来一些议论——

“这次的泄密事件闹得可不是一般的大呀，最近咱们研发部都快成为全公司的焦点了。”

“那是！这件事真不是一般的复杂，简直是跌宕起伏！最初，我以为严副经理是泄密者，没想到中途冒出个叶经理，就在我以为叶经理是叛徒的时候，安助理却跑出来承认自己才是那个背叛公司的人！我的脑子都快被他们绕晕了，我至今都弄不清楚谁才是真正的泄密者。你们说，过段时间，秦总监会不会跑出来，说他是这次泄密事件的幕后操纵人？”

“这可难说！你们还不知道吧？安助理已经被放出来了，听说是老大的意思……”

“天啊！不会吧！你说的是真的吗？”

“自然是真的……”

她们接下来说了什么，严末微没仔细听，她只注意到一件事——安若然被放出来了！

叶东城被放出来是理所当然，因为他确实什么都没做，他确实是清白的。可是，安若然不是已经出示录音证据证明事情确实是她做的吗？为什么她也会被释放呢？

严末微正疑惑着，口袋里的手机忽然响起短信提示音，打开一看，短信是很久没有音信的许熠祺发来的，内容如下：

小微，你现在有空吗？我有重要的事情要跟你说，我在你们公司对面的咖啡厅等你。

严末微没有犹豫，回办公室拿了钱包，又交代了下属几句，便转身离开。

来到公司对面的那间咖啡厅，她刚进门，就看到坐在靠墙的座位里正朝自己招手的许熠祺。

她快步走过去，在他对面的位置坐下，满脸担忧地责问：“熠祺，你这几天跑到哪里去了？我给你打了好多遍电话，你的手机却一直显示关机状态，我都快急疯了！”

许熠祺端起咖啡轻抿了一口，神情平静地说：“我回了一趟老宅，在那里住了几天。”

“老宅？你为什么突然想去那里？”严末微惊诧地看着他。几天不见，她发现他看起来有些不一样了。以前的他总爱皱着眉头，一双墨眸冰冷幽深，宛如两口深不见底的井，她永远也看不透他在想什么。现在的他依旧爱皱眉，只是眼底的寒意散去了不少，取而代之的是一抹淡淡的惆怅和忧伤。

许熠祺没有回答她的问题，他盯着瓷杯里浓郁的咖啡，静默了片刻，淡淡地说：“秦明宗前几天来找过我。”

柳眉紧皱，严末微问：“他找你干什么？”

许熠祺盯着杯中的咖啡，微微失神，秦明宗那天的话在他的耳边回响——

“小祺，我知道你恨我，可是真相并不是你所想的那样。当年，我确实跟你的妈妈交往了三年，并到了谈婚论嫁的地步。那时的我还是一个一无所有的穷小子，你外婆嫌弃我穷，以死相逼，淑梅只能含泪离开我。后来，我离开了小镇，来到X市发展，经济渐渐好了起来。你外婆离世后，淑梅独自一人来X市寻我，却没想到在半途遇到一个禽兽，被侮辱了……她的精神濒临崩溃，本打算见我一面后，就去找你外婆。就在那个时候，她发现自己有了你。淑梅是一个善良的女人，她恨你的父亲，但她知道你是无辜的。她为了你，最终活了下来。如果可以，我愿意娶她，可是当时的我没办法这么做，因为我已经结婚，妻子已为我生下了翊唯……我知道你不会相信我的话，这是淑梅的日记，她临终前让我在你二十岁那年交给你，可是当时你已经不辞而别了……”

“熠祺！熠祺！”

急促的呼唤终于让许熠祺回过神来。

严末微担忧地看着他，关心地问：“熠祺，你在想什么？”

许熠祺摇了摇头，他放下手中的咖啡杯，抬头认真地看着她，郑重地说：“小微，我不打算再报仇了，你也放下仇恨，不要再执迷不悟了。”

严末微紧皱着眉头，不敢置信地瞪大眼睛盯着他，情绪有些激动：“熠祺，你知道自己在说什么吗？妈妈她……”

许熠祺抬了抬手，阻止她继续往下说。他沉默了两秒，慢吞吞地从大衣口袋里掏出一本巴掌大的纸张有些泛黄的笔记本，缓缓地递给她：“这是妈妈以前的日记，等你看完，就明白我为什么做出这样的决定了。”

严末微半信半疑地接过那个小小的日记本，肚子里有一堆疑问，可是她看着他眼底的疲色，最后还是什么也没问。

“小微，我已经把工作室暂交给朋友打理，我打算离开 X 市一段时间。”

“你要去哪里？”

“没有明确的目的地，只是到处走走，到处看看。我想认真看看这个世界，重新认识这个世界。”顿了顿，他表情柔和地看着她，“小微，你愿意跟我一起走吗？”

如果是以前，严末微一定会毫不犹豫地点头，然而现在，她的心里已经有了她不愿离开的人。

“我……我暂时没有离开 X 市的打算……”

许熠祺看着她，脸上一片了然的神色：“看来这个城市，已经有了让你想要停泊的人。”

严末微双颊微微泛红，却没有否认他的话，只是柔声说：“如果你在外面漂泊累了，随时可以回来，我在 X 市等你……”迟疑了一下，她终于唤出那三个字：“许大哥。”

许熠祺目光柔和地看着她，微笑着点头。

两个月后，董事长办公室。

秦明宗目光在办公桌中央的那两个白色信封上停留了几秒，抬头看着面前两个年轻人，问：“你们这是什么意思？”

严末微和叶东城恭敬地看着他，异口同声地说：“董事长，这是我们的辞职信，请您批准。”

辞职这样的事，他们本来应该找秦翊唯的。然而，自从两个多月前，安若然离开后，秦翊唯便无心工作，天天忙着找人，已经两个多月没来公司了。他们没有办法，才找上秦明宗。

秦明宗看着两人，双眉微微皱起："熠祺已经走了，难道连你们也要离开公司吗?"

严末微没有说话，她两个月前已经看过妈妈的日记，看清被时光掩埋的真相，也终于弄懂许熠祺离开的真正原因，她已经没有留在这里的必要了。她当时之所以没有立刻辞职，是因为想把自己惹下的烂摊子收拾好，弥补自己犯下的过错。现在经过改良的"锁碧传"已经正式进入制作阶段，一切回到正轨，也是她该离开的时候了。

"为什么要辞职?"秦明宗目光炯炯地盯着两人，像是想起什么，又问，"是因为之前那桩泄密事件吗？我知道这一切都是误会，我没打算追究任何人的责任。再说，经过协商，泰宏游戏不是已经放弃继续开发那个游戏，并向我们公司道歉了吗？蓝岸科技的林总前两周看过你俩和小组其他成员精心改良过的设计方案，对你们的才华赞不绝口。你们的能力公司上下所有员工都有目共睹，你们完全没必要因为那件事做出这样的决定。"

叶东城看了严末微一眼，转头目光真诚地看着秦明宗："董事长，我们这么做，不完全是因为那件事。我们只是有些累了，想好好休息一段时间。"

秦明宗见两人态度坚决，无声地叹了一口气，只好答应："好吧！只要你们愿意，公司随时欢迎你们回来。"

"谢谢董事长。"

走出腾升网络集团的大门，严末微抬头眺望着远处蔚蓝如海的天空，闭上眼睛深吸一口外面自由的空气，只觉得心情一片舒坦。

叶东城站在她的身旁，眼神宠溺地看着她，静默了一会儿，他忽然想起什么，试探地问："离开了公司，你接下来有什么打算？"

严末微歪头看着他，认真地问："你呢？你有什么打算？"

叶东城想了想，说："我想创立一家属于自己的公司。"

严末微满意地点头，一边向前走，一边一本正经地说："嗯，创业不错，总裁夫人的称号相比经理夫人，威风多了！"

"总裁……夫人？"叶东城脚步一顿，呆呆地站着，模样像只呆头鹅。

严末微也停下脚步，回头斜睨着他，佯装生气地责问："怎么？亲也亲了，抱也抱了，毁了我的清白，你就想赖账，不负责任了？"

看着她娇俏可爱的模样，叶东城终于反应过来，傻笑着奔到她的身旁，连声说："不不不！我愿意！我愿意负一辈子的责任！"

"哼！这才差不多！"严末微藏起唇角的笑意，故作冷傲地下巴一扬，继续向前走，"不过，我先说好，我这个责任可不是这么好背的！我要吃最好的、穿最好的、住最好的！"

叶东城屁颠屁颠地跟上，唯唯诺诺地答应："那是当然！为夫一定会努力挣钱，把全世界最好的送到夫人手里。"

"我只负责花钱，不负责挣钱！"

"那是自然！为夫负责挣钱养家，夫人负责貌美如花即可。"

"你也别指望我做家务，像洗碗、扫地、擦地板……"

“这些为夫全包!”

“叶东城，我以前咋没发现你这么狗腿?”

“只要能抱得美人归，狗腿一下又何妨!”

……

（全文完）